JN170116

The Dead are Blind

Max Afford

闇と静謐

マックス・アフォード

安達眞弓 訳

論創社

The Dead are Blind
1937
by Max Afford

目次

主要登場人物

アガサ・ボイコット＝スミス……篤志家
アンドリュー・ニューランド……ボイコット＝スミスの甥。ニッカーソンの友人
ジョージ・ニッカーソン……ＢＢＣラジオ局プログラムディレクター
テッド・マーティン……音響効果主任
カール・フォン＝ベスケ……プロデューサー
オルガ・ルシンスカ……ベテランの花形女優
メアリ・マーロウ……新進女優。アンドリューの恋人
マーサ・ロックウェル……ベテランの脇役女優
キャスリーン・ノウルズ……脚本家
ゴードン・フィニス……俳優
スティーニー・ロッダ……麻薬ディーラー
マイルス（マック）・アロイシウス・コンロイ……スコットランドヤード主任監察医
デニス・コノリー……スコットランドヤード所属の刑事
ウィリアム・ジェイミソン・リード……スコットランドヤード主席警部
ジェフリー・ブラックバーン……数学者

闇と静謐

第一巻　視覚を伴わない音の世界

「ラジオドラマの天才は皆、放送が始まる前から、自らの信念の証を無意識のうちに示すものだ。自分が世に送り出そうとする放送が見知らぬ場所へと伝わり、二度と会うこともない、彼の目には見えない無数の人々の心に直接届くのだという信念を、自らの心の内で主張するのだ」

『ラジオドラマ論』ランス・シーベキング

第一章　定時のニュース

「これが毒ならば、どの修道士が私を殺そうと企んだのでしょう？」

『ロミオとジュリエット』第四幕第三場、ジュリエットの部屋

これはジェフリー・ブラックバーンにとって忘れがたい事件である。

ジェフリーが今後、どのような事件に遭遇する運命にあろうとも、かの「暗闇と静謐の驚くべき事件」は、その記憶に今もなお鮮やかに刻まれているのは、彼をよく知る立場である私が何よりわかっている。巧妙で冷酷な野望が招いた凶悪な犯罪をジェフリーが解決に導いてから長い月日が流れたが、彼の活躍は末永く仔細に渡って語り継がれ、人々の間で殺人が話題に上ると、今もなお、どこであろうと、犯罪学上の偉業として言及されるエピソードである。

「犯人はぬかりなく先手を打った――ただひとつの例外を除いて」ジェフリーはこの事件について、こんな感想を述べている。「犯人はあらゆる法則を踏まえて慎重に考え、比較検討し、解釈を試みたというのに、あろうことか、可能性の法則を検討しなかったのだ」気障（きざ）な表現ではあるが、事実であ

ることに変わりはない。ジェフリーが居合わせた放送局のスタジオで遭遇した不可思議な事件は、いくつもの出来事が招いた、偶然の産物だった。主席警部がＢＢＣから招待されなかったら……？　ジェフリーが主席警部とコンビを組んでいなかったら……？　マイルス・コンロイが過去の事件との関連性を見いださなかったら……？　だが、今回の驚嘆すべき事件で投入された仮説や仮定をもとに、新たな小説が書けるかもしれないなら、是非とも書いていただきたい。

シェルドン判事殺人事件（論創社・刊『百年祭の殺人』）、身の毛もよだつ「死を呼ぶ人形」の事件（国書刊行会・刊『魔法人形』）の幕が開く前の不吉な出来事にジェフリーが巻き込まれたときの唐突さを思えば、今回言及する事件で起こった一連の出来事に、彼がいつになく傍観者として関わっているのには、運命のいたずらのようなものを感じさせる。来客のひとりとして気乗りせぬまま現場に居合わせたジェフリーは、ほんの冷やかしのつもりで足を止めた結果、罪なき人々はもちろん、犯人をも巻き込んだ犯罪の罠に絡め取られることとなる。

この年、ロンドンには例年より早く春が訪れた。だが、この街がそれに知らん顔を決めこむわけがない。雪解けの三月から新緑萌ゆる六月の半ば過ぎまで、あらゆる階級（クラス）に向けて行われる催しが目白押しなのだ。英国自動車倶楽部はイーストボーンで国際ラリーレースを開催し、『デイリーメール』紙が主催する〈理想の家庭博〉は、聖地（オリンピア）に憧れる多数の植民地人を魅了している。英国産業博覧会では、祖国に帰ってマンチェスター通りで肩を組み、喜びを分かち合いたいという人々を動員した。シェイクスピア演劇フェスティバルのシーズンが始まると、ロイヤル・アカデミーとロシア芸術展覧会に芸術家が足を運び、競馬ならダービーやグランドナショナル、サッカーならウェンブリーカップの決勝戦へと、スポーツ観戦好きが大挙して集まる。このように心奪われる催事が山ほどあろうとも、生来の詮索好きであるスコットランドヤード犯罪捜査課のウィリアム・ジェイミソン・リード主席警部が、放送界の大きな催しに並々ならぬ関心を向けるのは必然だった。

それなのにジェフリー・ブラックバーンは、捜査に意欲を燃やす相棒の熱意には与しなかった。彼にとってラジオとは余暇を過ごす手段としては実に不適切であり、放送する番組の品格を誹(そし)るのはもちろん、ラジオという媒体の趣向は奥行きに欠けるというのが一番の反対要因だった。ラジオとは、数分間は好奇心に駆り立てられて観察に励むかもしれないが、不条理以外の何者でもなく、一面的な肖像画を描くシュールリアリストのようなものだとも語っている。このたとえは適切ではないかもしれないが、感動を重んじ、すべてを動きや色でとらえるジェフリーは、ラジオを聴いていると、複製による「機械的な貧血症状」のため、非常に落ち着かなくなってしまうのだ。演劇における顕在的な感情の吐露、新聞の見出しが持つ感動が凝縮したメロドラマ性に取って代わるのがラジオであるとの見解を、彼はあからさまに笑い飛ばした。それでも主席警部と同居するヴィクトリアの賄い付きアパートで、高価な大型無線機器がラジオ放送を受信していることも、また事実である。だがジェフリーは、磨き上げたラジオ受信機を手に入れたのは、良友リード主席警部の熱意を気持ちよく受け入れたことの現れに過ぎないと、ことあるごとに自分から述べるのだった。

「主席警部の弱点といったら、形の美しいパイプ、最高品質のウイスキー、天空からの声ぐらいだ」友人たちをアパートに招き、スリッパ履きの主席警部がマントルピースの前を歩き、ラジオが大音量で鳴り響いていたところに遭遇すると、ジェフリーは自虐気味にこう言っていた。「ただの薄っぺらな愛着だと思ったこともあった――コカインに目がないシャーロック・ホームズのようにね」

対するリードは気の強そうな眉をクイッと上げて客人を一瞥すると、受信機に歩み寄り、エボナイト製のノブを回して、大音量が部屋の隅々まで響きわたるようボリュームを上げるのが常だ。

ラジオはジェフリーにとっては「天空から聞こえるおぞましき声」を発するものだが、主席警部には何より魅惑的な存在だった。娯楽の精神に没入し、朗読の間は部屋の灯りを消し、目を閉じるものだと言って憚らなかった。リードの主張に納得できないジェフリーは、きまり悪そうに部屋の中を歩き回っては、暗闇の中、家具の突起物に思わぬ形でぶつかって痣を作るか、そうでなければ椅子に体を投げ出し、苦々しい顔でドラマを最後まで黙って聴いている。そのくせ、たまに洒落心をくすぐられると、リードから「役者にも演技で表現する機会をあげたまえ！」と、苛立たしげに言われても気にも留めず、深刻な劇のせりふを滑稽な茶番劇に置き換えて茶々を入れるのだった。ラジオは社会不安を招く道具となりかねないとされる時勢ではあったが、ジェフリーは、「甲の薬は乙の毒」という諺には一理あるとの認識をかねてから持つ人物である。かくして彼も歩み寄りの姿勢を見せ、ラジオドラマが始まれば別の部屋に逃げ込み、ドアを固く閉めれば済むと言う程度にまで寛容になった。

かの月曜の夜、彼らの部屋では夕食が早めに供された。ガスストーブの煙にむせながら、ふたりは座ってコーヒーとタバコをたしなんでいた。いつしか話題はラジオ劇全般へと移っていく。ルクセンブルクのラジオ局が〈ウィディスの万能キッチンクロス〉の提供で「夕餉（ゆうげ）のミステリー」と題する番組を制作し、主席警部が聞き及んだ限りでは、謎と騒動が相まったこのドラマを聴かずして、夕食は終わらないほどの人気番組だという。ラジオに対して強い偏見を持つジェフリーは、この手の話題には嫌々耳を貸していたのだが、この日、夕食を終えたふたりは、先般聴いたラジオ劇について語り合っていた。

「実によくできたドラマだったな」リードはコーヒーカップを押しどけ、パイプに手を伸ばしながら言った。会話の背景で、やっと聞き取れるぐらいにまで音量を絞ったラジオの音が弱々しく単調に響いている。

「随分とお粗末な演出じゃないですか」ジェフリーが反論する。「キッチンクロスに微量の毒物とは！　おお、時代よ！　おお、風習よ！（マルクス・トゥッリウス・キケロが『カティリナ弾劾演説』で世の腐敗を嘆いて発した言葉）」

パイプを軽くくわえたリードが太い眉を寄せた。「問題は、君があまりに高尚すぎるところにあるのではないかね、ジェフリー？」

「そのようですね」ジェフリーは和やかに相槌を打った。「無味無臭で殺傷能力が高く、被害者の体から検出は不可能という、現代科学では解明できないインドの謎の毒物がトリックだなんて、教養のない連中とそしりを受けてもしょうがないでしょう。あえて苦言を呈するならば、警部、こんなくだらないドラマを世間に押しつける輩（やから）を取り締まる法律が必要ですよ」

主席警部は肩をすくめ、「必要だとも――君がこれからも粗探しを続けるならな……」と言うと、咎めるようにパイプの柄をジェフリーに向けた。「それはともかく――そんな毒はないと、なぜわかるのかね？」

「まさか」ジェフリーも非難めいた口調で言い返した。「スコットランドヤードの主席警部の口から、そんなせりふを聞くことになろうとは！」

「聞き捨てならないな」リードが声を荒らげる。

ジェフリーは座っていた椅子をぐいと引きずって前に出た。「何をおっしゃる！　主席警部、どうやれば地球が丸いと立証できますか。もしそんな毒物が実在するなら、なぜエドワード・プリチャード医師がアンチモンの代わりに使わなかったのでしょう？　なぜトーマス・ワインライトが発見しなかったのでしょう。悪名高き過去の毒殺者をご覧なさい！　ウィリアム・パーマーはストリキニーネを使い、ヘンリー・セッドンは砒素を使っていたとの嫌疑を受け、ハーレイ・クリッペンは、妻に臭化水素酸ヒオスシンを盛って警察を欺こうとした。だがどの事案でも、毒物は検視によって検出されているんですよ！　絶対に見つからない毒があるなら、過去の毒殺魔が必ず使うはずだ。特に、逮捕されるまで毒殺で生計を立てていた、ニール・クリームとジョージ・ヘンリー・ラムソン博士のような犯罪者はね！（ジェフリーが言及した人物はすべて、十九世紀末から二十世紀初頭にかけて世間を騒がせた毒殺事件の犯人として知られている）」

「君が例に挙げるのは二十年前の犯罪ばかりだ」リードが異を唱えた。「現代の化学はどう進歩したのかね？」

　ジェフリーはタバコの灰をはじき落とした。「化学者が毎月新しい毒物を発見しているというのは、おっしゃるとおりです。しかしその事実を引き合いに出すと、あなたの仮説が説得力を失うだけですよ、警部。毒物は一度発見され、表にまとめられたら最後、もう検出できないとは言えないのですから！」そう言って、彼は椅子に深く座り直した。「毒殺と言えば――そう、斬新な手段が一向に明るみにならないのはご存じですよね。たとえば一九二二年のトンプソン・バイウォーターズ事件。トンプソン夫人はガラス粉で夫を毒殺しようとしましたが、これは一五四〇年頃、ルクレツィア・ボルジアが使った手口です」

「前にコンロイが言っていた、現代の化学物質はどうなのかね――ガソリンの主成分、テトラエチル鉛は？」

「お願いです、警部、これでは議論になりません！　それこそ消毒剤から除草剤まで、事実上、誰もがあらゆる手を使って人を毒殺できるのですから。過去には存在しなかったガソリンを飲ませるといっても、ソクラテスの毒ニンジンを今風に焼き直したに過ぎません。それにもうひとつ、テトラエチル鉛は既知の毒物であり――」

リードは罠にかかったテリアよろしく、噛みつくような口調で言い返した。「もちろんわかっているとも！　ただし世間には、同じ威力を持つ毒物がまだ見つかっていないかもしれないじゃないか！」

ジェフリーはあくびをした。「大人のおとぎ話があなたの心を癒やす糧になるかは別として、そんな毒の話を聞いたことがありますか？」

「よくぞ言ってくれた！」主席警部はとどろくような声で言った。「もちろん聞いたこともない。発見されなければ未知の存在に決まっているがね」冷静になると、リードは居心地が悪そうに幅広の肩を丸めた。「君の言うことも一理ある。もしそんな毒があれば、悪人の手に入ると恐ろしい凶器になりかねない」

ジェフリーはにやりと笑った。「ラジオドラマではありませんよ、主席警部。『真実はすべてを征服す』とは、ラジオ脚本家がタイプライターに向かえば、当たり前のように頭に浮かぶモットーです。真実は常に明らかになる。たとえどれほど不可解な状況にあっても。だから真実とは、こんなにも理不尽なのです」

リードは愛想のない含み笑いをした。そして、パイプの中にあるタバコをマッチの軸でほぐした。「根本的な問題を推測で批判するのは、やめたほうがいいぞ」ジェフリーがにらみつけたが、リードは話を続けた。「ＢＢＣのプログラムディレクターをしている、ニッカーソンという若者を覚えているかね？　数か月前、犯罪学がテーマのトーク番組シリーズへの出演を君に持ちかけた男だよ――」

「その話は断りました」話を遮ってジェフリーが答えた。「ええ、ジョージ・ニッカーソンのことは覚えています。彼がどうしました？」

「ポートランド・プレイス付近に建設された、ＢＢＣ新局のマネジャーに任命されたのだ――確か、ウィグモア・ストリート沿いだ。今夜が正式な開局日なんだ」リードはここで一旦息をついてガストーブの栓をいじり、「彼が招待状を二通送ってきた」と、もったいぶった口調で話を締め括った。

「へえ……！」ジェフリーは茶目っ気を見せながら、顔をくしゃくしゃにして笑った。「だから今夜は夕食を早めに取ったというわけですね！　アリスよろしく、不思議な鏡の国へと繰り出そうとお考えですか？」

リードは居住まいを正した。追い詰められたイカが墨を吐くように、雲のようなタバコの煙の中に隠れて姿が見えない。「もちろん、私は行くぞ」彼はきっぱりと言った。「午後十時半から上演する『暗闇にご用心』というラジオドラマを是非とも見学したいのだよ」ジェフリーが興味深げに黙って話を聞いていると、リードは文字どおり渦を巻くタバコの煙から顔を突き出し、耳障りな声で言った。「異論はあるかね？」

ジェフリーはタバコをもみ消して言った。「異論どころか」彼は穏やかな声で返す。「僕から文句なしの同意を得て、仕事にかこつけた休日が過ごせるのですから」

「ひょっとすると」リードの言葉の端々に皮肉が込められている。「君は、私に同行するのが沽券に関わる一大事だと思ってはいないかね」

ジェフリーは頭の後ろで手を組み、天井を見上げた。「欠点を指摘するときには、本題とは関係ない相手のお気に入りの話題に触れるのが定石じゃないですか」ジェフリーはつぶやいた。「アレクサンドロスは実に慧眼の持ち主で――」リードの椅子が床をきしませる音がしたので、ジェフリーは話を途中でやめた。主席警部が立ち上がった。

「君のくだらん格言を黙って聴いているほど暇ではないんだ」リードは歯をむき出して反論した。ジェフリーは身を乗り出してリードをそっと席に押し戻すと、咎めるように首を左右に振った。「鋼の自制心はどこに行ったんです、警部？　いつもは絶対に感情を表に出さないというのに。あなたの自制心を妨げているのは、最近、事件が起こらないからだと言ってしまっていいでしょう――」

「何だと――！」

「本音を言いますとね」ジェフリーは静かな声で言った。「僕はあなたと一緒に行きたいんです。時間と才能をとことん犯罪学に費やしてしまったので、二項定理に関する画期的な論文を書こうという意欲がまったくなくなってしまいました」と言って、彼はため息をついた。「極悪非道な凶悪犯罪者らが夕食時のラジオミステリーに注目しだしたそうですし、僕は毎晩、かなり退屈しているんです。だから警部、今夜はお伴しましょう」

リードが返事をする間もなく、突然部屋の電話が鳴り響いた。彼は低い椅子から立ち上がると、電話機へと歩いていった。主席警部が受話器に向かってぶっきらぼうに「もしもし」と話しかけるのを聞いているジェフリーの耳が、奇妙な喉声をとらえた。相手の話を聞く主席警部の顔から苛立ちが消えていく。大きくうなずいてから彼は言った。「それは大変ご親切に」驚くほど愛想のいい声だった。

「はい――お待ちしております」彼は受話器を置いて振り返った。

「警視総監からでしたか？」ジェフリーが明るい声で尋ねた。

リードは唇を固く結び、ジェフリーの問いかけには応じなかった。「ニッカーソンだ」彼は感情を押し殺した声で言った。「スタジオに向かう途中で電話をしてきた――私たちがドラマの見学に来るのかと訊いてきた。もうすぐここに着くそうだ。だが、いいか」主席警部の声が重々しくなった。「オックスフォードやケンブリッジでしている講義のような話で彼を当惑させたら、首をへし折るぞ！」

そのとき来客の到着を告げるドアベルが鳴った。ジェフリーは椅子から立って出迎えに行った。ジョージ・ニッカーソンは、まさにラジオの申し子のような男だった。機関銃のように短く吠えるようにしゃべり、エネルギーが有り余っているのか、数分もじっとしていられなさそうだ。ただジェフリーは、あまり好意的には見えないリードの態度のほうが気になっていた。主席警部は三脚目の椅子を暖炉のそばまで持っていくと、ウイスキーの飾り台（タンタルス）に向かったままだった。むしろ愛想がよくて困るほど歓待するリードがこんな態度を取るのはなぜなのだろうか。初対面の客に挨拶すると、ジェフリーは話を聞こうと椅子に深く腰かけた。だが、来客の第一声はジェフリーに向けられたものだった。ニッカーソンは椅子から身を乗り出して話しだした。

「ご依頼の件ですが、ミスター・ブラックバーン――考え直してはいただけないでしょうか。せっかくの機会ではないですか。いい宣伝になります。考えてもみてください――あなたの声が何千、何万もの聴取者の耳に届くのですよ」

「そんなこと考えたこともありませんでした、ありがとうございます」ジェフリーは素っ気なく礼を言うと、にっこり笑った。「またとないお申し出ですが、正直に申し上げますと、かの『魔法人形』事件を解決した時点で、僕の探偵としての名声はすでに確立しているのです」

ニッカーソンは肩をすくめて「ならば、しょうがありませんね」と言うと、振り返ってリードからグラスを受け取った。「どうやら興味を持っていただけなかったようですな、主席警部」

リードは残念そうな顔で言った。「お引き受けできかねます。公務に就いております関係上、立ち会いは許可されないのです」彼はつぶやくように答えた。「それに、この若者が行きたくないというのに無理強いするわけにはいきません、たとえ彼がくだらない偏見の持ち主であろうとも」

ジェフリーは主席警部の言葉が気に障ったようだった。「主席警部、今夜の開局式典の同行に関しては主義を曲げてもいいですよ。僕の言い分を尊重してくださるなら――」

「シーッ！」リードは強い調子でジェフリーを黙らせた。彼は片耳をそばだたせ、両目は腕時計をじっとにらみつけている。そしておもむろに振り返り、「ニュースの時間だ」と言うと、顔を上げてラジオのほうを見た。「もう半分も聴き逃したじゃないか。定時のニュースは欠かさず聴いているというのに」彼はニッカーソンにそう説明すると、部屋を横切ってラジオのダイヤルを回した。

現在発売中のタブロイド紙の記事内容を詳しく解説する、快活だが抑揚のない声が部屋中に流れた。三人は黙ってニュース番組に聞き入った。音声が中断し、カサカサという紙の音がする。少し経って、几帳面で歯切れのいい声がふたたび聞こえてきた。


ハートフォードシャーのロイストン・タワーズにある自宅で重篤な病の床にある著名な篤志家、ミス・アガサ・ボイコット＝スミスの病状に関する、最新の情報を入手いたしました。わずかではありますが、容体は好転したとのことです。ミス・ボイコット＝スミスは面会謝絶の状態が続き、唯一の身内である甥が屋敷に呼ばれ……

「これにて最初の臨時ニュースを終わり――」

主席警部が主電源を消してマントルピースのそばに戻ると、アナウンサーの声は消え、沈黙が流れた。「あの、ボイコット＝スミス女史とはいったい何者なんだ？　ここ数週間、ミス・ボイコット＝スミスの病状ばかりがニュースに取り上げられているじゃないか。もう彼女のことは聞き飽きたぞ」

ジェフリーは苦笑いした。「このご婦人の話題にかなりご執心のようですな、主席警部殿。確かに彼女は警察の人相書きで見る顔でもなければ、起訴状に名前が載るような人物でもありません。ただ、あなたが面倒くさがらず、こまめに事務所の外を歩き回っていれば、否が応でもその名は耳に入っていたはずです」

リードは椅子に身を落ち着け、ジェフリーを見上げて言った。「なぜかね」

「国立病院で〈ボイコット＝スミス棟〉と名のつく建物は五指に余るほどありますし、イーストエンドには〈ボイコット＝スミス無料図書館〉が、我が国の大学には、〈ボイコット＝スミス〉奨学金が三つはあります。それに昨年、失業者救済基金に膨大な金額を寄付したばかりです」ジェフリーはひとときタバコを吹かしてから言った。「それ以外にも数百万ポンドの資産があるとの噂ですよ」

「女史は自分の体調を公に伝えたくて、放送局の権利を半分買い取ったに違いあるまい！」

臆病な小鳥のように頭を振りながらふたりの会話を聞いていたジョージ・ニッカーソンが、我が意を得たりといった顔で笑った。「ミス・ボイコット＝スミスはもう、娯楽事業に投資するとは思えませんね。映画会社に投資して多大な損害を被りましたから」

「どういうことです？」ジェフリーが尋ねた。

「ご存じありませんか？」ニッカーソンが言った。「半年ほど前のことです。責任の一端は彼女の甥、アンドリュー・ニューランドにあったのです。ニューランドは僕の友人で、悪い奴ではありませんが、こと事業にかけては才能にまったく恵まれず——」

「ニューランド?」リードはその名を繰り返した。「ラグビーの試合で、イングランドがオーストラリアと対戦したとき、アンドリュー・ニューランドという選手が出場していたが——」

「それが彼です」ニッカーソンが話に割って入った。「その試合に勝ったあと、映画会社から役者として契約を結びたいとの誘いがあったのです。おば上の資産が目当ての話だったのは言うまでもありませんが、アンドリューは滅多にない話だと乗り気になりました。映画会社はスポーツ映画のシリーズを制作する企画を立てました。ニューランドがスポーツ選手版バッファロー・ビル（アメリカ西部開拓時代の伝説のガンマン）を演じるという、子どもたちが喜びそうな冒険活劇です。ニューランドは相当額の資金を映画会社に投資するようおばを説得し、アンドリュー主演の映画が、確か三本制作されたはずです」

「それからどうなったのですか?」

　ニッカーソンは答えにくそうに笑った。「あまりにひどい出来だったので、一度も上映されずにお蔵入りです。興行が失敗したとの噂を耳にしたおば上の弁護士は、騙されていたのだとミス・ボイコット＝スミスにご注進しました。女史は支払いを差し止め、映画会社は翌週に倒産しました。彼女は最初からこの話に乗り気ではなかったようです。甥の力になりたかっただけでした。ミス・ボイコット＝スミスは家名を重んじ、世間の注目を浴びるのは沽券に関わるとの考えの持ち主です。二年ほど前、ニューランドはボクシングの全英中量級選手権で大敗しました。勝てば賭け金が手に入る試合でしたが、負債も大きかったというわけです。この失態がおば上の知るところとなり、その場で相続権を打ち切られるところでした」

「ミスター・ニューランドは大金をどぶに捨てて喧嘩をするような、掛け値なしの馬鹿者なんですね」ジェフリーはきっぱりと言った。

「いや、おばと甥との諍いはすぐに収まりました」ニッカーソンは言い切った。「あのふたりは、いやはや、実に仲がよいのです。ニューランドは礼儀正しくてまっすぐな性格、決して賢いとは言えませんが、根っから純粋な男です。彼は自分が十歳の頃から、ミス・ボイコット＝スミスが母代わりであるという恩を忘れてはいません。ニューランドの父親は病弱で、病院で亡くなったと聞いています。母親は夫の死から数か月後、心労でこの世を去りました。そこでおばのミス・ボイコット＝スミスが彼を引き取り、以後、何不自由のない暮らしをさせているのです。おばをこよなく愛する彼は――」

ここでニッカーソンは輝くような笑みをふたたび見せた。「つまりですね、おばの次に愛しく思う若い女性を、今夜のドラマに出演させるのですよ」

「ほう！」ジェフリーの声が思わず弾んだ。「ラジオの国のロマンスというわけですか」

ニッカーソンはうなずいた。「その女性のことはよく知りませんが、名前はマーロウと言います。メアリ・マーロウです。しかももの静かで、気立てのよさそうな娘なのです。おば上の病状がもう少し好転したところで、ふたりの婚約を執り行うということになっていました」ところがニッカーソンは、どこか取ってつけたようにこう言ったのだった。「メアリは今夜、立派に演じてくれるでしょう。ニューランドの要望で役を与えられたのですが、役者の交代で、ちょっとしたいざこざがあって」

「交代？」

「ええ」ニッカーソンの声は少し気まずそうだ。グラスの酒を飲み終えると、彼は深々と椅子に座った。「メアリが演じる役は脚本家が演じることになっていました。今夜放送する『暗闇にご用心』の脚本を書いたのは、キャスリーン・ノウルズなのです」

「あのミステリー作家の？」ジェフリーは好奇心をあらわにして尋ねた。

「そのとおり」ジョージ・ニッカーソンは笑みを浮かべた。「ノウルズは変わり者です。うずたかく結い上げた髪に珍妙な帽子をかぶり、長い鎖をつけた金のアクセサリーがお気に入りで。エメリン・パンクハースト夫人（一八五八〜一九二八。十九世紀の女性活動家）と『チャーリーのおば』（十九世紀に人気を博した、風変わりなおばが登場する英国の戯曲）を足して二で割ったような人だなと、会うたびに思います。ただし推理小説の才能にかけては超一流です。斬新なストーリーは誰も歯が立ちません。『暗闇にご用心』をお聴きになったら、きっと納得していただけるでしょう」

「ミス・ノウルズは、自作のドラマで役を演じることになっていたのですか？」

ニッカーソンはうなずくと、そうなった経緯を語りはじめた。「彼女はラジオ局を舞台にした新作の執筆中で、ラジオドラマの制作現場を実際に見てみたいと考えていました。そんなわけで、自分が書いた脚本の、この役を演じさせてくれないかと申し出てきました。私は承諾しました――それでプロデューサーが喜ぶのなら」ニッカーソンは肩をすくめた。「ところがミス・ノウルズは演技がからきし駄目で！　リハーサルを二度行いましたが、それはひどいものでした。プロデューサーが私に詰め寄り、彼女がいたらドラマは台無しになるとなじられました。たまたまそこを通りかかったニューランドが、頼むからマーロウにオーディションを受けさせてくれと言ってきた――というわけです」

ニューランドはここで話すのをやめ、まずジェフリー、そしてリードに視線を投げた。「そんな提案をまともに受け取るはずがありません。メアリはマイクロフォンの前に立ったことが一度もなく、アマチュア劇団で役者をやったことしかないのですから。彼らにとっては、千載一遇のチャンスをものにするつもりだったようです。彼女はちゃんと演じてみせるとニューランドが言ってきかないので、プロデューサーに相談しました。メアリに役がついたのには、こんな事情がありまして、人前に出しても恥ずかしくない演技をしてくれるでしょう」

リードは口髭を撫でた。「それで、どう説得してノウルズという女性に役を降りてもらったのかね？」

ニッカーソンは顎に手をやり、沈んだ声で答えた。「納得ずくというわけにはいきませんでした。『金輪際ラジオの仕事から手を引くわ』と捨て台詞を残し、ものすごい勢いでスタジオから出ていったのです。そんなわけで、スタジオにふたたび足を踏み入れることはないはずです」ニッカーソンは顔を歪めて笑った。「別に珍しいことではありません。仕事をしていれば多かれ少なかれあることですから」

「その後、ミス・ノウルズから何か連絡がありましたか？」

「二日ほど前、ぞんざいな手紙が届きました。このドラマに関わる一切から自分の名を削除して欲しいとの要望がありました――ドラマの制作のあらゆることから手を引きたいそうです。今回の一件で、女史がどれほどご立腹か、これでおわかりいただけるでしょう」

ジェフリーは笑いたいのを抑えて言った。「ならばその女流脚本家は、今夜の式典には出席しないのですね？」

ニッカーソンは首を左右に振った。「まず、いらっしゃらないでしょう。私は礼を尽くしてミス・ノウルズに招待状を出しました。しかし彼女は、いわれのない無礼を働かれたと、いたくご立腹の様子と聞いています。ミス・ノウルズのお怒りは収まらないでしょうが、開局記念式典は彼女の後ろ盾がなくとも執り行わなければなりませんから」

ジェフリーは舌打ちした。「何とも残念ですな。ラジオの脚本家とやらに一度は会ってみたかったのに」そこで彼の灰色の瞳が輝いた。「僕は今まで、脚本家は僕らとは違う生き物だと思っていました――一角獣やマンティコラ（頭は人間、胴体はライオン、尾はサソリの体を持つ、神話の生き物）みたいなね」

「ジェフリー……！」主席警部は低い声でたしなめた。そして、話題をまったく別のほうに向けた。「ニューランド君は今夜、放送局に来て、恋人のデビューを見守るのでしょうか」

ニッカーソンは首を横に振った。「大事を見て、屋敷でおばのそばにいると聞いています。ミス・ボイコット＝スミスは、今朝方から容体が思わしくありません。ニューランドはもちろん、ロイストン・タワーズで放送を聴くでしょう。私たちも、あの娘がへまをしでかすとは思っていません。当社でも指折りの名プロデューサー、カール・フォン＝ベスケが手がけるドラマですから。ベスケは元映画監督で、キノフィルム映画社を辞めてうちに来たのです。おまけにニューランドに連れられてリハーサルに出たとき、なかなかよい演技をしてましたよ」

ニッカーソンがここまで話すと、マントルピースの上に掛けた時計が七時半を告げた。彼は腕時計に目を落とし、すっくと立ち上がって「急がなければ」と言った。「話は変わりますが、ドラマが始まる前にスタジオを案内させてください。本番の最初のほうも見学できるでしょう」

リードはパイプの灰を灰皿にトントンと落としながら言った。「ブラックタイかホワイトタイか、どちらがいいかね？」

「ブラックタイでお願いします」ニッカーソンが答えた。「公式行事ですので。どうぞ気兼ねなくお越しください」主席警部が椅子から立つと、ニッカーソンは「これにて失礼します。それではスタジオでお目にかかりましょう」と言うと、片手を上げて出ていった。

主席警部はソファにもたれかかったジェフリーを見下ろすと、両手を勢い良くこすり合わせた。そして、煉瓦のような顔をさらに紅潮させて言った。「ついてきたまえ。暖炉のそばから離れるんだ。BBCの皆さんを待たせるわけにはいかん！」

ジェフリーは背伸びをしながら大あくびをした。「テレビジョンが見学できないのは実に残念だ」

ソファから身を起こしながらジェフリーはつぶやいた。「僕は普段からブラックタイで、たいそう気品ある服装を心がけていますけどね」

第二章　開局記念式典の夜

空の鳥がその声を伝え、翼ある者がその事実を伝える。

『コヘレトの言葉』第十章二十節

1

ピカデリーの喧噪とオックスフォード・サーカスの交通渋滞を抜けたあとのウィグモア・ストリートは、騒々しい人通りから長い間忘れられ、閉鎖されたあとの抜け道のように、ひっそりとしていた。ベントレーのロングノーズボディのスポーツカーでしんと静まりかえった通りを走っていて、ジェフリーはふと、できたばかりのラジオ局が『冬物語』（シェイクスピアのロマン劇）に登場するオートリカスの地獄耳の権化なら、そこに至る静寂に包まれた道筋は逆説的な存在なのだろうかと考えた。そのことを隣にいる主席警部につぶやいたが、何の賛同も得られなかった。「くだらん！」リードはぶっきらぼうに答えた。「運転に専念したまえ」

リードに言われなくとも、運転に専念するしかない状況だった。スタジオの外は車の行き来が絶えなかった。車はゆっくりと進み、一旦停止してからバックし、ふたり連れやグループの客を降ろしている。通りの一角は過熱気味の興奮で活気づき、声をひそめた語らいと、時折聞こえる笑い声や高らかな声の挨拶が響き、後ろでは車が行き交う音が聞こえる。山高帽と髪粉の乗った肩にネオンサインが上品な光を投げかけるのを眺めながら、ジェフリーは、自分のブラックタイ姿は見劣りしていないだろうかと少し不安になった。相棒のリード主席警部は、こと社交場の機微については心得があり、こういうときに臆したりはしない。彼の目は、モダンな高層建築、移動式のヘッドライトに照らされ、氷の女王の宮殿のような輝きを放つ、ガラスとクロム造りのファサードに釘付けになっていた。

　帰りの車が混乱を起こさぬよう、制服姿の案内係が配置されている。教育の行き届いたポーターがゲストを休憩室(ホワイエ)へと誘導する。ポーターに導かれ、多種多彩な人々が重厚なガラス扉を通り抜け、開局記念の夜に三々五々集まっている。花束や化粧台の上の高価な香水瓶から漂う薫りが立ちこめる中、辛辣なコメントや活気に満ちた笑い声が飛び交っていた。顔の前で炸裂するフラッシュの光、四方から遠慮なくのぞき込む報道陣のカメラ。主席警部は栗毛色の分厚いカーペットを足音も高く歩き、きれいに手入れした口髭を噛みそうな勢いで口を引き結んでいる。スポットライトがこれほど集まっているると、さすがのジェフリーも多少ひるんで見える。

「これが半公式行事なら」最上級のファーに覆われた首元からのぞく宝石のきらめきに目をくらませながら、リードは不満げに言った。「放送局が通常業務に就くところなど、絶対に見たくはないぞ！」

　リードとジェフリーは肩肘を軽く張り、人の波をかき分けて少しずつ進んだが、固く閉ざされた二重ドアの前で足が止まった。ドアにはくせのあるデザインで〈スタジオ入口〉と書いたガラスの文字が貼ってある。ここから先へは進めそうになかった。リードはがっしりとした背中をそのドアに預けると、刻々とその数を増していく人々の頭越しにあたりを眺めた。周囲の空気は、香りつきタバコや葉巻の煙の濃厚な匂いで満ちていた。招待客の群れを注視していた主席警部が不意に驚いたようなうなり声を上げたので、咄嗟にその顔を見たジェフリーは、警部が何か良からぬものを見つけたような目をしているのに気づいた。主席警部は無言のまま人混みの中に姿を消すと、ややあってから、若い男の腕をつかんで戻ってきた。身なりはいいが、ひどく痩せた若者で、青白い顔に白粉を塗り、ぎらぎらした黒い目は追い詰められたヘビのようだった。片手をつかまれたまま、ブラックコート姿でしなやかに身をよじると、一層ヘビらしく見えてくる。主席警部は左右に目を配った。すぐ向かいにあるドアに〈クローク〉と書いてある。リードはジェフリーに目配せしてクロークに向かうと、抵抗する若者をドアのところまで連れて行った。勢いよくドアを開けて誰もいないのを確認すると、痩躯の若者を引きずるようにして中に入れた。若者は身をくねらせ、激しく抵抗した。

「とっとと手を放せ！」男は嚙みつくように言った。「あんた誰だい？」

「さて、スティーニー・ロッダ君――」リードに名を呼ばれると、若者はふたたび目をぎらつかせ、激しい口調で反論した。

「俺はそんな名前じゃない！　人違いだ！　ここから出せよ！」

　主席警部は両脚を開いてドアの前にしっかりと立ちはだかった。荒い息をつく男を冷ややかな灰色の瞳でじっくりと観察した。

「そうか――お前はスティーニー・ロッダではなく、私のことも知らないと言うんだな？」リードはぞっとするほど冷静な声で言った。「今はどんな偽名を使って悪事を働いているのかは知らんが――ミヤガワ・ヤスキチ（一九二〇年代にヘロインやモルヒネの密売をしていた日本人）が一九三二年に麻薬密売事件で逮捕されたことは忘れてはいないはずだ」白髪交じりの口髭に隠れたリードの唇が歪み、ぞっとするような表情を見せた。

「覚えているだろう、ロンドン中央刑事裁判所（オールド・ベイリー）で、トラヴァース・ハンフリー判事が判決を申し渡した朝のことを――」

「わかったよ、リードの旦那、わかったってば！」ロッダは桃色の舌を見せて唇をなめ、憎悪で瞳を潤ませた。「正直に白状するよ、俺は確かにスティーニー・ロッダだ。だけど今は真っ当に暮らしている――本当だぜ！　今夜は俺も招待されてんだ――」

「スリ・かっぱらい協会からか？」

「もちろんＢＢＣに決まってるさ！」

　リードは手を伸ばすとロッダの腕をつかんだ。「うそを言え、スティーニー――白状しろ。なぜここにいる？」

「招待されたって言ってるだろ！」ロッダの声が一段高くなった。「いいから手を放してくれよ。誰が見ているかわかったもんじゃない！」

「お前の顔は『ポリス・ガゼット』（警察の広報誌）で毎週おなじみだ」主席警部は容赦なく言い放った。「ああ、そうとも――警察はずっとお前から目を離さなかったんだ、スティーニー！　この二年、お前が得意とする手口の事件を調べたところ、お前のしわざだとわかった事件は片手に余るほどあった」主席警部は震え上がる若者から手を放すと、両者は一歩ずつ後ずさった。するとロッダがポケットに手を突っ込み、小型の銃らしきものを取り出した。それが銃だとわかるや、主席警部は即座に大きな体に緊張をみなぎらせ、ジェフリーも一瞬ひるむほどの迫力を示した。ところがロッダが引き金を引くと、銃口から飛び出してきたのは一本のタバコだった。スティーニー・ロッダは片方の手でタバコを持ち、もう一方の手でピストルの形をしたシガレットケースをポケットにしまった。宿敵リードの狼狽ぶりを心から楽しんでいるようだ。ロッダがタバコに火をつけたとき、薄い唇のあたりに小憎らしい表情が浮かんだ。

リードが太い眉を寄せると、額を一直線に走る棒のようになった。「今度またそんな真似をしてみろ、スティーニー」彼はひとことひとこと、噛みしめるように言った。「お前の体を膝で真っぷたつにへし折ってやる！」ドアの脇に立つと、ロッダに言った。「さあ、とっとと出ていくんだ。この騒ぎに乗じて何か盗んでみろ、ただじゃおかないぞ、この白粉（おしろい）野郎が！」

さすがに小賢しいロッダでも、これ以上は手の打ちようがない。彼はさっと背中を向けると、一条の黒い線のようになめらかな身のこなしでドアをすり抜けた。主席警部はロッダが去っていくのを見届けるとジェフリーのほうを向いて「あのように忌々しい悪党にも、汚れを知らない乳飲み子の頃があるとはな」と毒づいた。「スティーニーを改心させるより、蟹をまっすぐ歩くよう躾けるほうがずっと楽だ！」

ふたりはもう一度、人でいっぱいの休憩室（ホワイエ）に戻った。ジェフリーは首を横に振り、「たとえ無意識だったとはいえ、あなたがアリストパーネスの格言を引用するなんて、僕にはもう怖いものなんて何もありませんよ（アリストパーネスには「蟹をまっすぐ歩かせることはできない」という有名な格言がある）」と、冗談とも真剣ともつかぬ口調で言った。「だから早く言ってください、ここにはミスター・ニッカーソンらしき人物はいないし、これはたちの悪い悪夢なのだと」そしてジェフリーは、あたりの様子をうかがった。「そういえばミスター・ニッカーソンは――どこにいるのでしょう？」

「私が知るはずがない」リードはきっぱりと言った。「君も聞いていたはずだ――彼が『スタジオでお目にかかりましょう』と言ったのを」

ジェフリーは集まった招待客を少し蔑むような目で見ていた。「そろそろ僕たちの手で制裁を加え、何かやる頃じゃないですか、主席警部？　コヴェント・ガーデン（ロンドン中心部にある複合マーケット）の開店時みたいな騒ぎが起こりますよ！」

主席警部はうなずいた。そして振り返ると、スタジオと入口の間にある二重ドアをいくつか入念に見て回った。肩をいからせて堂々たる態度で間近のドアに手を掛けようとしたそのとき、ドアが勢い良く開いてジョージ・ニッカーソンが姿を見せた。前回会ったときとは様子が違っていた。洗練された自信ありげな雰囲気が消えていた。顔は土気色に変わり、思い詰めた表情で、おろおろして心ここにあらずといった様子だ。主席警部とその相棒と面と向かって顔を合わせるや、ニッカーソンはドアの入口に立ち止まった。

「ようこそ！　おふたりともお変わりないようで」丁寧な語り口なのだが上の空で、もっと大事なことに気を取られているようだった。ニッカーソンはリードのほうに歩み寄り、彼の腕に手をやって言った。「ご覧のとおり、今夜は取り込んでおりまして――局内をご案内できません。私の代わりにスタジオディレクターがお伴します。今夜は想定外のことがいろいろありましてね」

「重大な不手際でもあったのですか？」リードが尋ねた。

「それはもう、深刻な不手際ですとも！　スタジオ間の通信回線が断絶したのです。発覚したのが今日の午後、当社の技術者がそれこそ身を粉にして働き、何とか今夜の放送に間に合わせようとしています」ニッカーソンは壁に掛けた電子時計のほうに顔を向けた。「だけど無理だ――どこに問題があるのかすらわかりません」ニッカーソンはがっくりと肩を落とした。「今頃は夜の放送時間のはずです、すべてが効率よく動いてさえいれば」

主席警部は不安になって尋ねた。「つまり、ラジオ局は放送ができない状態にあるということですか」

リードの心配をよそに、ニッカーソンは弱々しい笑みを浮かべるだけの余裕があった。「ありがたいことに、そこまでの事態には至っていません。通信が途絶えたのは地下の音響室と、ラジオドラマの制作スタジオとの間です。ですから今夜のドラマで使う音響効果は、すべて一本のマイクロフォンを使うことになります――音響効果も役者と同じスタジオで行う、というわけです。音響効果室ができるまで、ラジオ放送はそうやって作っていました。一時しのぎで不便なこと極まりないですが、こんな状況では――」ニッカーソンは一旦話をやめ、人の波をかき分けながらこちらにやって来る若者に合図を送った。「チャールズ・フィンレイが来ました――彼が当局のスタジオディレクターです」

フィンレイは長身でメガネを掛けた若手だが、年齢の割に落ち着いた顔をしている。フィンレイはこちらに来ると、ニッカーソンと何やら話し込んだ。リードとジェフリーがいるのに気づくと、丁寧に一礼してから自己紹介を始めた。ニッカーソンは時計と招待客に気を取られながらも、案内役が変わることを詫び、急ぎ足で立ち去ろうとしたところをスタジオディレクターに呼び止められた。フィンレイはポケットから一通の電報を取り出した。「ニッカーソンさん宛てに数分前に届きました」と言って、彼は電報を手渡した。「だからあなたを探していたのです」

「悩みの種がまたひとつ増えたようだ」ニッカーソンが困ったような声で言った。封筒を切り裂いてメッセージを取り出して読むうちに表情が歪んできた。「はるばるハートフォードシャーから届いた電報に、こんなに皮肉なことが書いてあるとは！」ニッカーソンはそう自嘲気味に言うと、天を仰いでメッセージを放り投げた。「電報はニューランドからです。『開局おめでとう、残念ながら、今夜の栄ある招待客にはなれません』だそうな！　私としては、ここに来られないとはなんと強運に恵まれたものでと言いたいところです！」ニッカーソンは顎を引いて軽く挨拶すると、そのまま歩いて群衆の中に飲み込まれていった。

「世間がこれほどエコー（木霊の語源となったギリシャ神話の妖精）の神殿に注目しても、僕は何の感銘も受けませんけど」ガラスとクロムでできた壁の間で人だかりがあふれていくのを眺めながら、ジェフリーは言った。「この人たち全員に、本当に招待状を送ったんですか？」

　フィンレイは肩をすくめた。「今夜はずっと、自分自身にそう問いたい気分ですよ。こんなに人が集まるとは、ミスター・ニッカーソンも予想外だったようです。もちろん、制止を振り切って入ってきた人もかなりいます――追い出すことなんてできませんでした。僕たちも手を尽くしましたけど、ひとりひとりに招待状を見せろと言って回るのは無理です」彼はそう言うと、この話題はもうやめましょうと身振りで示した。「とにかく、僕が悩んでも問題は解決しません」フィンレイは前に進み、いくつかあるドアをひとつ開いた。「スタジオ見学を始めましょう。こちらへどうぞ」

　三人は両開きのドアから中に入った。彼らが入ると二枚のドアはふたたび閉まり、鼓膜がずきずきするほどの静寂の中に置き去りにされた。ふたりはスタジオディレクターの案内で、厚みのある絨毯が敷きつめられ、壁の高い位置に配された細くて白い蛍光灯に照らされた廊下を、右へ左へと何度も曲がりながら進んだ。主席警部は、静かな環境が徹底して守られていることに感銘を受けたと述べた。フィンレイはうなずくと、防音設備が整っているからだと説明した。四方の壁には音の反響を吸収し、放送の音質を損ねる反響音の発生を防ぐ特殊繊維が貼ってあるという。フィンレイは自分の口を手で覆ったかと思うほど唐突に、きっぱりと説明を終えた。いつも周囲に鋭い目を向けているジェフリー

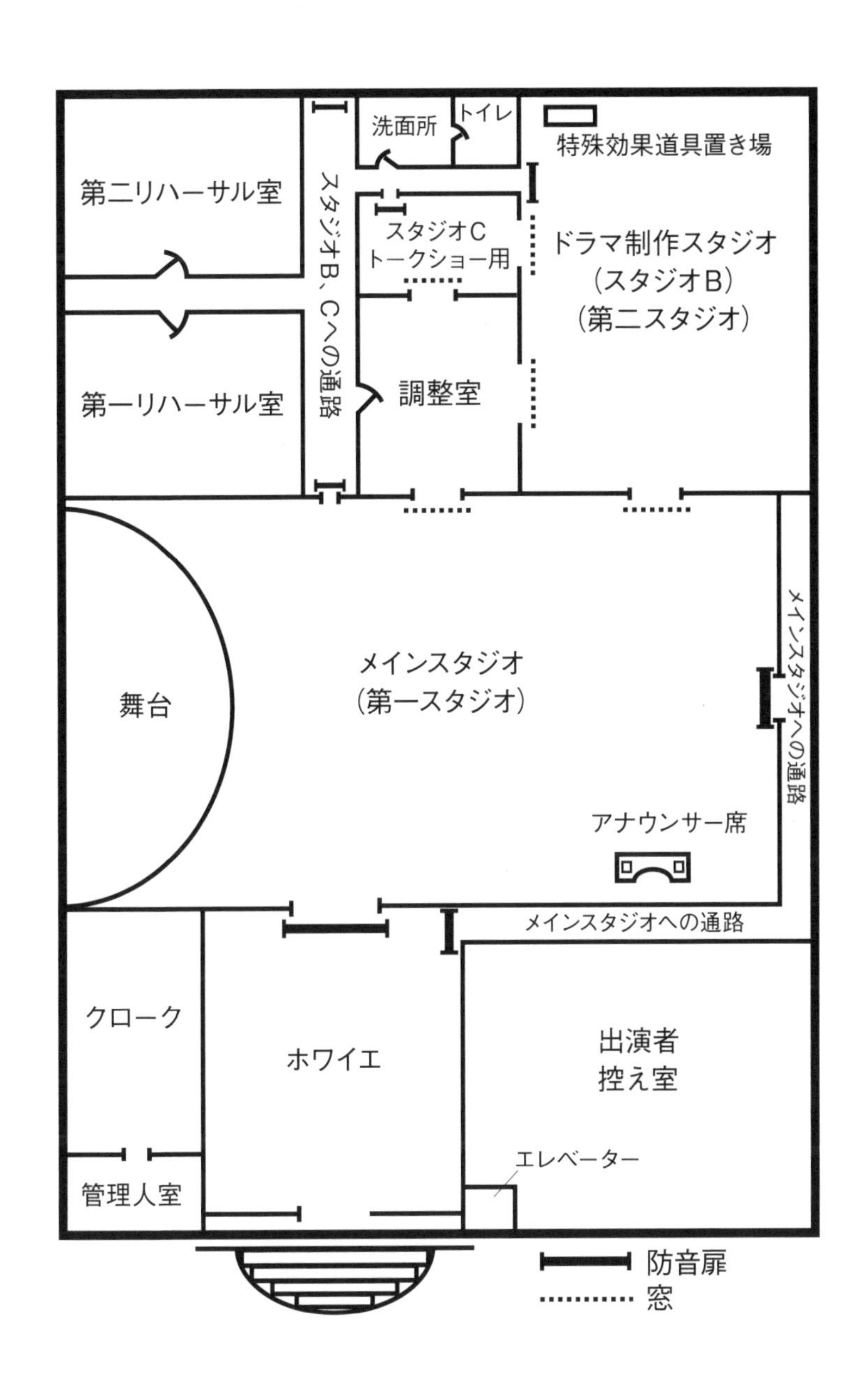
洗面所
トイレ
特殊効果道具置き場
第二リハーサル室
スタジオB、Cへの通路
スタジオC
トークショー用
ドラマ制作スタジオ
（スタジオB）
（第二スタジオ）
第一リハーサル室
調整室
メインスタジオ
（第一スタジオ）
舞台
メインスタジオへの通路
アナウンサー席
メインスタジオへの通路
クローク
ホワイエ
出演者
控え室
エレベーター
管理人室
防音扉
窓

にとって、スタジオ内の静寂は日常の静けさとはまったく違った正真正銘の無音状態であり、地下深く眠る地下埋葬所(カタコンベ)の曲がりくねった通路を歩いているようにしか思えなかった。だが、一行は別のドアに行く手を阻まれた。ドアの上に突き出ている小さなライトが警告灯のようにまばゆい光を放ったのが、せめてもの救いだった。一行が立ち止まると、ライトは消えた。

「こちらが」フィンレイがドアを指して言った。「当社のメインスタジオです。第一スタジオとも呼ばれています。ドアの上にあるパイロットランプは室内パネルのマイクロフォン操作キーと連動しており、マイクロフォンがオンのときは警告灯がつきます。うっかりしてスタジオに立ち入る人や邪魔が入るのが防げるというわけです。マイクロフォンがオフになるとランプは消えます。ということで、今は中に入れます」フィンレイはドアを押し開けた。「どうぞお入りください」

ジェフリーはスタジオ内を見回した。スタジオの奥、舞台脇にある花束の山が芳香を放ち、演壇本体は中央が幅広のリボンで飾られている。ジェフリーがじっと見ているのに気づいたスタジオディレクターは、うなずいてから説明を始めた。

「開局記念式典はここで行われます。挨拶に続いて上の階にある臨時スタジオから短い録音番組を流し、その間に本日の目玉、ラジオドラマ『暗闇にご用心』の準備を行います」

リードは両手をポケットに入れたままうなずいた。「ドラマはここで上演されるのですか?」

フィンレイは首を横に振った。「いいえ。当局にはドラマを放送する専用のスタジオがあります。ドラマで使用する音響設備が整ったスタジオです。メインスタジオは、音響学的には大人数による収録に適しています。コーラス、オーケストラ、バンド、ミュージカル喜劇やオペラなどですね。いくつもの音が『テイク』できる規模のスタジオです。せりふ劇では言葉のひとつひとつがはっきり聞こえなければならないので、音が一か所に集まる小さなスタジオが必要なのです」

主席警部の顔がほころんだ。「ラジオ局の総力を結集した一大イベントというわけですな」

フィンレイはふたりにスタジオ中を見せてまわった。「毎回、細心の注意を払ってリハーサルを行っています。音声は光信号で完全に同調させています。ただし今夜はスタジオをひとつしか使いません――回線に何らかのトラブルがあったと聞いていますので」

スタジオの床から数フィート上壁面に作った四角形のガラス窓の前で、三人はもう一度足を止めた。リードとジェフリーは窓をのぞき込んだ。いくつものキーやボタンが並び、ゴムで絶縁したケーブルがあちこちで複雑にからみ合う巨大な制御卓を見て、ふたりはどんな感想を述べたらいいのかわからなくなっていた。鉄製の黒いボードにいくつも並んだ、色とりどりの小さなランプが宝石のように点滅している。この存在感ある設備と向き合うようにして、床にネジ留めした椅子が三脚あり、そのうち二脚にセーター姿の青年が座っている。こちらから近いほうの技師はエボナイト製の大きなノブを慎重な手つきで前後に動かしている。拡声器が彼の頭上で大きな口を開け、反対側の壁には掛け時計が六つほど、知らん顔を決めこんで見下ろしている。

「こちらが調整室です」フィンレイが言った。「各スタジオから出た音を、この部屋で『調整』します――『変調』すると言ったほうが正しいでしょうか。番組を『再生』した音を拡声器で聞きます。今、拡声器から大きな音が出ていますが、何も聞こえないのは、この防音窓のおかげです」

フィンレイは振り返ってにっこり笑った。「今夜の見学はもうすぐ終わりです。これからドラマ制作スタジオにご案内します」

2

気密性の高い扉をもうひとつ通り抜け、リードとジェフリーは絨毯敷きの薄暗い廊下を、案内役のすぐ後ろに続いて進んだ。「随分たくさんの洞窟を越えていくんだな」無音の廊下を歩きながら、ジェフリーはついうっかり不平を口に出した。例のくせのあるガラス製の文字で〈立ち入りを固く禁ず〉という厳しい注意書きが貼られたドアまで来たところで、三人は止まった。「第二スタジオです。ドラマを制作する場所です」フィンレイが力を入れてドアを押し開き、ふたりを中に招き入れた。リードに続いてジェフリーが入ると、スタジオディレクターはドアをカチリと閉め、彼らのほうを向いた。リードとジェフリーはじっくりと観察した。先ほど見学したスタジオよりも狭いが、格段に暖かかった。調度品が揃った居心地のいい部屋と少しも変わりがなかった。「窓」は三つあった。突き当たりの一番大きな窓はメインスタジオと接し、アナウンサーの机が見えるようになっている。彼らが入ったドアがある壁側に、窓があとふたつある（三十五ページの見取り図参照）。ドアに近いほうの小さな窓からクローゼットほどの小部屋が見えるようになっており、フィンレイのその後の説明によると、トークショーのスタジオとして使うらしい。その奥の窓は調整室の壁と接している。窓にはそれぞれ垂れ飾りのついたカーテンが取りつけてあるが、中央の窓にある分厚いカーテンは、窓をすぐに隠せるようリングを使って吊してある。カーテンの色合いは絨毯や壁と統一感を持たせている。間接照明の琥珀色の光がスタジオを包み、随所に素晴らしい水彩画が壁を飾っている。暖炉を模した電気ヒーターがほのかに赤い光を放っている。スタジオ内の心地よい親しみやすさに、主席警部は満足げな声を上げた。

「ここでの演技にラジオ局がギャラを支払わないとはけしからん。私なら、この舞台で『ヘスペラス号の難破』（H・W・ロングフェローの物語詩）を演じてもいっこうに構わないのだが」リードはあたりを見回した。「マイクロフォンはどこかね？」

スタジオディレクターは天井を見上げた。彼の目が向いた方向に目をやると、釣り上げられた大きな鱒（ます）を思わせる筒状の物体がワイヤーからぶら下がっていた。リードはフィンレイのほうを見て尋ねた。「マイクロフォンの新機種ですか？　ラジオ番組の出演者はフロアに置いたマイクロフォンの回りに立ってせりふを読むものだという、漠然とした認識があります。出演者の頭上にマイクロフォンを吊しているのは、トークショーのスタジオだけじゃありませんか？」

フィンレイはうなずいた。「そうです。ですから今夜の番組では、トーキーを使う予定です」と言って、彼は説明を始めた。「おっしゃるとおり、出演者は通常、フロアのマイクロフォンの前に立って台本を読みます。しかし今回のドラマでは、舞台俳優と同じように演技をすることが求められています。目の前に観客がいるときのように、実際に動いて演技をするのです」

「それって、どんな概念ですか？」ジェフリーが尋ねた。

「当局のプロデューサー、ミスター・フォン＝ベスケが考案した最新技術です。彼は、トークショーのスタジオの設置とともにBBCに入局した職員です。せりふ運びの不自然さがラジオドラマの重大な欠点だと言い、現状のスタジオ配備では、役者が自分の前にあるマイクロフォンにずっと気を取られてしまうと主張しました。彼は――もちろんできる限りで、の話ですが――マイクロフォンのことを一切忘れ、芝居を演じるよう役者たちに指導してきました。自然で自由な演技をするにはこうするしかないという強い信念の持ち主で、その結果、せりふを残らず拾える上、演技の邪魔にならないと言って、役者の頭上にマイクロフォンを吊せと命じたのです。まったく新しい試みですので、私たちも結果を見るのが楽しみなのです」

主席警部はうなずいてから言った。「そんな新技術なのに、あまり世間に公開していないじゃありませんか」

「おっしゃるとおりです。いいですか、この新方式を採用した結果、聴取者の耳にドラマが今まで以上にリアルに伝わっているかを確かめたいのです。というわけで、この計画は機密事項です。役者にはこの件について余計なことは言わないよう頼んでいますし、実際にリハーサルが始まってからは、スタジオへの人の出入りにも気を配っています」フィンレイは振り返ると、大きな身振りでスタジオを示した。「だからおふたりには、こんな形で見学していただくわけです」

スタジオにはクロム鋼製のテーブルが一脚、椅子が六脚用意されていた。フィンレイはそのあたりを顎で指し示した。「『暗闇にご用心』の舞台は、田舎屋敷のダイニングルームです。宿泊客がテーブルにつくと、不思議な出来事が次々と起こります。ですから役者は椅子に座り、舞台の演技と同じようにせりふを言うことになります」

「それでは」ジェフリーが尋ねた。「あそこにある、途方もない数のあれは何ですか？」

ジェフリーはスタジオの隅のほうに頭を向けた。壁のすぐ脇に、戸惑うほど雑多なもので埋め尽くされた木製の長いベンチがあった。さまざまな形や大きさの箱があり、小さならせん状の電線が箱から伸びているものもあれば、小さな押しボタンをちりばめたじょうごのような口を持つものも。『ガルガンチュア物語』（フランソワ・ラブレーの著作）に出てくる道化の帽子に似たメガホン、卓上蓄音機に似た、小型だがもっと複雑な機械が二台、鍛冶屋のふいごのような道具、かんぬきと錠前、鍵が揃った、小型だがよくできたドアの模型もある。ジェフリーは部屋を横切って、この不思議な小道具を見下ろした。リードは彼のそばに立った。彼は目を下に向けたまま言った。

「これは何ですか？ 開局後にがらくた市でも開くのかね？」

フィンレイは真面目くさった顔をほころばせた。「やっぱりそのように見えますよね」と言うと、彼は部屋を横切ってテーブルの裏側に入り、ジェフリーたちと向かい合った。「今夜のドラマで使用する効果音を出す道具です。見かけは確かに妙ですし、出す音もまた奇妙なのです。値段が五十ポンド近くする道具もありますが――何より一般の方では購入できません。BBCが特注したものです」と、フィンレイは小道具に向かって手を振って示した。「信じられないかもしれませんが、赤ん坊の泣き声から象の大群が走り去る音など、あらゆる効果音を作れますし、作った音をすべて一度に出すことだってできるのです。ドアの模型はご覧のとおり、さまざまな登場人物が出入りするときに使います。本物のドアを乱暴に閉めると、反動で起こった風の音をマイクロフォンが拾います。事前にきちんと位置決めをしておけば、この模型で期待どおりの効果音が出せるのです」

ジェフリーはベンチに興味津々な眼差しを向けながら周囲を歩き回っている。「では、これはいったい何という名前がついているんです？」

彼の目を引いたのは、先が丸いほうの柄に小さなエボナイトのつまみがついた、長いハットピンだった。ピンは、四隅を木枠でピンと張ったオイルシルク（桐油で防水加工を施した絹布）の上に置いてあった。フィンレイは視線を落として言った。「水のしたたる音を出す道具です。マイクロフォンには変なくせがありまして――自然な音を聞き分けられないほど歪ませるんです。水を普通に落とすと、洪水の日のナイアガラの滝のような音になります。ところが、あのエボナイトのつまみでオイルシルクを叩くと、よりリアルな音が出るのです」

主席警部はフィンレイの話を熱心に聴いていた。「ひとつのスタジオでドラマと音響効果を同時に行うのは、いささか異例なことではないでしょうか」

眉をひそめたフィンレイの顔に影が差した。彼はうなずいてから言った。「効果音スタジオは地下にありまして、専任の職員が管理しています。効果音スタジオには、大型でもっと手の込んだ効果音の装置が常設されており、バスタブや砂利を入れた樋（とい）、サンダーシート（雷の効果音を出すために使う大きな金属板）などなど、奇妙な装置がたくさん揃っています。いくつかある効果音スタジオはまとめて地下にあります。せりふは通常、このスタジオで放送し、効果音は地下で出します。各自、台本に従い、効果音が必要なときにはマイクロフォンにある〝フリックライト〟という小さな電球が点灯するので、音のずれが防げます。ですから、役者と音響効果のスタッフがお互い見えない場所にいても、せりふと効果音がぴったり合うというわけです」

宝物の山に片方の目を釘付けにしていたジェフリーが、間髪入れずに尋ねた。「でも、専用スタジオ以外の場所で効果音を出したら、せりふと合わせるのは不可能じゃないですか？」

フィンレイは首を横に振った。「番組の冒頭はマイクロフォンのオンとオフが慌ただしく切り替わるので、当局の音響技師は、効果音スタジオとメインスタジオのマイクロフォンにだけフリックライトを取りつけています。開局の夜、第一スタジオに効果音の道具を雑多に並べておくわけにはいきませんから、ここに置くしかないのです」と言って、彼は肩をすくめた。「とにかく最高の番組になるよう望むしかありません。今日の午後、回線が時間までに復旧しないのがわかったため、フォン＝べスケはこのスタジオで予定より遅いリハーサルを行い、音響効果主任のテッド・マーティンとかなりの時間をかけ、今夜の放送で効果音がずれないよう調整しました」

ジェフリーはスタジオを横切って窓のそばまで行くと、小さい〝トークショー〟スタジオをのぞき込んだ。「このスタジオで効果音を出すと、何か問題があるんでしょうか？　役者の動きはこのガラス窓からよく見えるのに」

「そのスタジオにはマイクロフォンがありません」フィンレイが答えた。「開局したばかりでスタジオの設備がまだ整っていないのです。今週末には体制がすべて整うのですが、それまでは、その小さなスタジオにはスピーカーはあっても、マイクロフォンがありません」と言って、彼は首を振った。「ええ、設備さえ揃っていれば、ここで効果音なんか出しませんよ。ひとつのスタジオで一緒にやるか――さもなければ、ドラマそのものを中止にするしかないでしょう」フィンレイはかすかな笑みをふたたび口元に浮かべた。「だから、リスクの少ない手段を選んだのです」

その後、三人は何も語らなかった。主席警部はスタジオの中を歩き、青い目で中の様子をくまなく見て回った。やがて、メインスタジオが見渡せる大きな窓のそばで立ち止まった。「窓にはどんな役割があるのですか？　スタジオの居心地をよくしたいからでしょうか？」

「まさか！」フィンレイは窓のほうへと歩み寄り、指先でガラスを叩きながら言った。「スタジオの窓には、いわゆる視覚的制御という効果があります。ドラマ本編の前後に流れる告知をお聴きになったことがありますよね。ドラマの一シーンを朗読したり、出演者の名前を紹介したり」フィンレイは話を続けた。ジェフリーとリードがうなずきながら話を聞いていると、彼はこう言った。「実際の演技の邪魔にならないよう、別のスタジオでアナウンサーが読んでいます。アナウンサーは第一スタジオで、この窓に直接向かい合って座ることになっています。そうすれば、アナウンサーはドラマ制作スタジオにいる役者がよく見えますし、役者からもアナウンサーがよく見えます。アナウンサーは役者の動きが見え、壁にある拡声器から声も聞けます。間に防音壁があっても、役者とアナウンサーがお互い意思の疎通ができるのには、こうした工夫が施されているからです」

ジェフリーはまだ、窓にへばりついてスタジオをのぞいており、何かしゃべるたび、窓ガラスが彼の吐息で曇った。「だけど、ドラマ制作スタジオには役者が何人も入りますよね？　頭上でガヤガヤやられては、アナウンサーは自分の声が聞こえなくなるのでは？」

「ですから今夜はスタジオを両方同時には使いません」フィンレイが返した。「冒頭は、ある程度やり直しが利くよう作りました。スチュアート——この番組の担当アナウンサーです——は役者と一緒に、このスタジオに入ります」

リードが左右を見ながら言った。「では、他の窓の目的は？」

「もうおわかりでしょうが、おふたりの右側にある窓は調整室に面しています。スタジオの様子が見えるのが調整室の絶対条件ですから。壁の奥にある窓は、トークショー用の小スタジオとつながっています。おふたりは今夜、小スタジオからドラマを見学されるとニッカーソンから聞いています」

窓を覆ったベルベットの目隠し用カーテンを開けようと伸ばしたフィンレイの手が途中で止まった。ジェフリーと主席警部が彼の視線を追うと、メインスタジオのドアが開き、白い毛皮やサテンの衣装、糊の効いたシャツに身を包んだ人たちが押し寄せ、人の波はカーペットを敷いた広いスタジオ中に広がっていた。あちら側ではちょっとした混乱が起きているに違いないが、ガラスのこちら側にいる三人の耳には、ほんのわずかな反響すら聞こえなかった。下手な演出の無声映画の群衆(モブ)シーンを観ているようで、ひとことも発さず、肘を突きあい、身振り手振りで口だけ動かして無言劇を繰り広げるはしゃいだ人の群れを眺めながら、ジェフリーは無音の世界がこれほど不自然なのかと感銘を受けた。ジョージ・ニッカーソンが両開きドアから姿を見せると、人数は少ないが偉そうに見える集団の真ん中にいる、慌てて正装したような馬面のしなびた老紳士に向かって、ひどく媚びへつらう態度を見せた。ニッカーソンがスタジオのあちこちを手で示すと、その老人は時折ぼんやりとうなずいた。ふたりが窓のそばを通り過ぎると――

「サー・タリス・モルガンです」フィンレイはふたりに説明した。彼はカーテンを閉めて視界をふさいだ。「きっともう時間がないんだ。一緒にいらっしゃいませんか？」

「僕たちがですか？」ジェフリーは口ごもると、心もとなげにネクタイをいじりながら言った。「著名人が大勢集まっていて気が引けます。びっくりした子鹿――いや、臆病な牝鹿なんです（ルネサンス期のソネットに「初めて会ったときの君は臆病な牝鹿のようだった」という一説がある）」

フィンレイは微笑んだ。「もちろん入りたくなければ無理にとは申しません。しかし、今日おふたりがここに来た目的がドラマの見学だと聞いていますので」

「僕はただ、あちこち見て回るだけでよかったんです」ジェフリーは正直に答えた。「ラジオ局の創意工夫に富んだ魔力に、僕は言葉を失うほど魅せられました。鍵を投げても姿なき音が聞こえ、音なき姿が見える。ＢＢＣはさながらヒルカニア（カスピ海沿岸にかつて存在した古代帝国）のようにありがたい場所です。いいですか、僕は――」

「たとえ話はもういいから」リードは不満げな声を上げると、フィンレイのほうを向いて言った。

「出演者とお目に掛かれますかな？　かのミスター・フォン＝ベスケにもお会いしたい」

「承知しました。俳優は今、リハーサル室で通し稽古中です――」そのときドアをノックする音がし、スタジオディレクターは話すのをやめた。三人が振り向くと、ドアが開いて見慣れない人物が入ってきた。

よろよろと入ってきた、と言ったほうが正しかった。今しがたスタジオに入ってきたのは、手脚に力が入っていない猫背の青年で、ほっそりとした体は、着ている灰色のスラックスとセーターが四肢をつなぎとめているように見える。顔色は黄色く、口角がだらしなく下がっているせいで、しわが寄って小さな下顎が際立っている。こんな風に小鬼を思わせる容姿だが、茶色の澄んだ瞳は美しく、穏やかでもの悲しげに潤み、打ちひしがれたスパニエル犬にも似ていた。男はきまり悪そうにドアから入ってすぐの場所に立ち、ジェフリーたちを悲しげな目でしげしげと眺めていた。やがて彼はフィンレイに向かってうなずくと、だらしなく垂れた顎がリズミカルに動きだした。話しだすと、その鼻にかかった発音から、アメリカ南部の出身だとわかった。

「あの、ミースター・フィンレイ」男はのんびりした口調で話しはじめた。「ミースター・フォン＝ベスケがすぐに来て欲しいそうです。あのお騒がせ女優がまた面倒を起こしてます。リハーサル室は手がつけられないほどの大騒ぎです」

スタジオディレクターは眉をひそめた。「ミス・ルシンスカか？」

「そうなんです」若者は陰気な顔をしてうなずくと、しゃっきりしない動き方でスタジオの中へと入ってきた。「あの人、自分をグレタ・ガルボ（一九〇五～六〇。ハリウッドの映画女優）か何かと勘違いしてますね、きっと。効果音と一緒なら、このスタジオで演技なんてするもんですか、と来ましたよ」彼の顔に浮かんだ嘆きの表情が一瞬強い怒りへと変わり、ひょろりと長い腕を振って効果音機材が乗ったテーブルへと向けた。「あんたにこのスタジオにいられたら、僕の効果音も台無しだ、って言ってやりそうになりましたよ！」

フィンレイは顔にうっすら笑みを浮かべて同僚のほうを向き、「こちらはテッド・マーティン、音響部門のチーフです」と、ジェフリーと主席警部に紹介した。哀れを絵に描いたようなマーティンはむっつりした顔でうなずきながら、ふたりと握手をした。

「ハッピーと呼んでください」マーティンは締まりのない唇にぞっとするような笑みをたたえて言った。「ここの連中からはそう呼ばれています。でもハッピーと呼ばれるせいで、頼まれごとをほいほい引き受けすぎて、自分の仕事がちっとも終わりません。それなのに」マーティンはだらだらとしたしゃべり方で愚痴をこぼした。「せっかくみんなのために頑張ったって、結局誰もありがたがらない！」

「典型的なイソップの寓話だな」ジェフリーがつぶやいたが、フィンレイが彼を遮るように尋ねた。

「ここで効果音を出したら何か不都合があるのか？」

マーティンは肩をすくめた。「だから言ったでしょう、彼女のお気に召さないだけですよ」そしてしばらく考え込んだあと、何か思い出したのか、茶色い瞳を輝かせて言った。「連中とリハーサル室にいたら――今夜のドラマの通しげいこをしてたんですけど――急にドアがものすごい勢いで開いたかと思うと、あのいけ好かない女優が飛び込んできたんです。『スタジオにあるがらくたを片付けてちょうだい』と、血の匂いを嗅ぎつけた雌の虎みたいに、甘ったるい声で言いやがった。僕は『プロデューサーから許可があるまでは無理です』と答えました。そしたらあの女、こっちに来て人差し指を僕の顔に向けたんです。目をえぐられるかと思いましたよ。『いいですか』僕はことを荒立てずに言いました。『あなた、いつか痛い目に遭いますよ！』」マーティンの黄色い顔にふたたび笑みが浮かんだ。「そして僕は彼女に背中を向け、リハーサル室をあとにしたというわけです！」

フィンレイは彼をたしなめるように首を左右に振った。「まさかそんなことをミス・ルシンスカに言ってないだろうね、テッド。彼女は演劇界では立派な役者さんなのだから」マーティンの表情が硬くなった。「そうは思えません」彼は頑固に食い下がった。「あの女、マイクロフォンを離れてもひと芝居打ったんですから」

「君が出ていってから何があったんだ？」

「彼女の怒りの矛先がフォン＝ベスケさんに向いて、彼はもう、かんかんです。だからフィンレイさんに仲裁に入って欲しいんです。ルシンスカさんのせいで、フォン＝ベスケさんはもうすぐ子どもが生まれるっていう父親みたいに落ち着きを失ってますから」

服を指で弄ぶフィンレイの、どこか煮え切らない態度から、大女優との交渉をできるだけ先延ばしにしたがっているのがうかがえた。やがて彼は咳払いをし、壁の掛け時計を見上げた。「そろそろ準備を始めたほうがいいぞ、テッド」フィンレイはやにわに言った。「あと二十分でオンエアだ」

音響効果主任はうなずき、「だから僕が来たんじゃないですか」と、間延びした口調で言った。折りたたんだ台本をポケットから取り出すと、マーティンは特殊効果機材を置いたテーブルまでよたよた歩いていくと、開いた台本に時折目をやりながら、手慣れた様子で機材の配置を始めた。ジェフリーと主席警部はマーティンの仕事ぶりをしばらく見ていたが、フィンレイに呼ばれたのでそちらを向いた。

「出演者と会いたいなら、今がいいタイミングでしょう」その声には有無を言わせぬ響きがあった。

リードは少しためらい、ジェフリーはもう少しで嫌だと言いそうになった。リードは口髭をぐいと引っ張った。

「いささか間の悪いときにお邪魔したようですな」しかしフィンレイは身振りで彼を制した。そしてスタジオを横切ってドアを開けた。「ルシンスカと会えば、たとえ私がスコットランドヤード主席警部の後ろ盾が欲しかっただけでも、招かれてよかったと思っていただけるでしょう」口調は穏やかだったが、フィンレイは厳しい表情を崩さなかった。

　リードがジェフリーのほうを見ると、彼は肩をすくめた。少し躊躇したあと、ふたりはドアに向かって歩を進めた。スタジオの外に出たところで、主席警部がぼやいた。「立派な国際連盟じゃないか！　アメリカ人の音響効果技師にドイツ人のプロデューサー、イギリス人のスタジオディレクター、それに、あのルシンスカという女優」リードの口調は含みのあるものになった。

「彼女はどこの人です？」

「タタール人さ！（英語の〈tartar〉には「口やかましい女」という意味もある）」

　三人がスタジオの外に出ると、リードの言葉と同じぐらい厳然とした音を立て、フィンレイはスタジオのドアを閉めた。

3

　ジェフリーは皮肉を込めて言った。「タタールというのは国籍ですか、それとも性格ですか？」

「両方です」案内役のフィンレイが答えた。彼はその後しばらく黙って歩いていたが、ついに怒りを爆発させた。「もう、うんざりですよ！　このドラマの第一回リハーサルが始まってからずっと、オルガ・ルシンスカはラジオ局をめちゃくちゃにしてるんです。彼女と一緒に仕事をするのも、これが最初で最後です！」

三人は廊下の角を曲がった。「彼女を起用した理由は？」リードが尋ねた。「トーキーが専門の女優じゃないでしょう？」

「フォン＝ベスケの意向でした」フィンレイは沈んだ声で経緯を話しはじめた。「彼女はある意味、フォン＝ベスケの秘蔵っ子なのです。ラジオドラマという新しい分野でやっていくには、この世界をよく知るスターが必要でした。そのため、普通の俳優の相場を大きく上回る莫大な契約金を積んで、ルシンスカと契約しました。癇癪(かんしゃく)持ちという点もそうですが、契約金の高さが他のキャストの怒りを買い、ミスター・ニッカーソンはもうルシンスカを起用するものかと、固く心に決めたのです」

「ＢＢＣが我慢できないのは彼女の気性のほうですか？」ジェフリーは疑わしげな目で尋ねた。

「慣例を乱すものは何だって耐えられませんよ」フィンレイが何の感情も交えぬ声で返した。これ以上話したくないのが声の様子でわかったので、会話はここで終わった。ジェフリーは肩をすくめた。マイクロフォンの向こう側には、舞台裏の人生模様と同じように複雑な内部抗争が渦巻いている。彼がこんな陳腐な見解で気まずい沈黙を埋めようとしたそのとき、静寂が思いも寄らない形で破られた。廊下の突き当たりのほうから、罠にかかった動物のうなり声にも似た、低音のしわがれた女性の声が聞こえてきたのだ。

「あたしのことが嫌いなんでしょ――あなたたち、みんな！　最初にここに来たときから、ずっとあたしのことを嫌がっていたくせに！　なぜだかわかる？　みんなルシンスカをねたんでいるのよ。あなたたちをこんな風に馬鹿にできるルシンスカがね！」罵詈雑言の間、人を食ったようなリズムで指を鳴らす耳障りな音が聞こえる。続いて口先だけでご機嫌を取ろうとする臆病な男の声がした。くせの強い発音から、声の主がすぐにわかった。

「なあ――落ち着いてくれ、オルガ、愛しい人（リーブリング）」

「みんなあなたのせいよ――脳まで贅肉まみれなのかしら！」煙の中からのぞく炎のように、ハスキーな声で、毒の効いた言葉が吐き出された。「あなた、いったい何のためにあたしをここに連れてきたの？　出来損ないのゴミ溜めじゃない！　馬鹿が揃って騒いでてさ！　このあたしに、箒（ほうき）やバケツやモップと一緒に芝居しろって言うの？　まったく！　この恩知らずが！」

　廊下を歩いてきた三人は半開きのドアまで来た。ジェフリーが〈第一リハーサル室〉という文字を読んだところで、フィンレイが青い顔でドアを押し開けた。見学客は脇に避けて彼を中に入れたが、彼らの目は別のほうに釘付けになっていた。

　部屋の中はタバコの煙が立ちこめ、今にも何かが起こりそうな予感でピリピリしていた。写真で見たことがあるので、誰がオルガ・ルシンスカなのかはすぐわかった。彼女はジェフリーたちのほうを向き、拳を固く握りしめ、怒りで華奢な体を固くしていた。黒髪がひと房、怒りで青ざめた顔にはらりと落ち、スラブ系特有のくすんだ頬骨に差した紅が、グロテスクなほどに際立っていた。予期せぬ邪魔が入れば彼女の機嫌は当然悪くなる。辛辣な言葉を吐いた口元は開いたまま、瞳は少し楕円形になり、顔から顔へと視線を向けるたびにぎらりと光った。ルシンスカのあまりに押し出しの強い精力的な個性のせいで、リハーサル室のほぼ全員の影がすっかりかすんでいた。突然その場を埋め尽くした圧倒的な沈黙を破ったのも、ルシンスカその人だった。握りしめた手をゆるめ、ゆっくりと腰に持っていくと、唇を固く引き結んだ。

「あらぁ」ルシンスカは語尾を伸ばして言った。「ついにスタジオディレクター様のお出ましね」

フィンレイは無愛想に答えた。「はい。この騒ぎは何ごとです?」彼はタバコの煙に目をしばたたかせた。「ミスター・フォン＝ベスケ」

下腹の出た、ハンプティ・ダンプティのような小柄な男が歩み出た。体型は太り過ぎの域にまで達し、垂れ下がった腹やたっぷりと肉のついた太ももは、発育が止まったフォルスタッフ（シェイクスピアの作品に登場する巨漢）のようだ。彼はでっぷりとした体に似合わぬほど小さくて髪の毛がほとんどない頭を、子どものおもちゃのように前後に振った。その外見から、カール・フォン＝ベスケはいたずら好きの妖精のような人物と決めてかかっていたジェフリーだったが、視線を上げ、男の顔を見たとき驚いた。若かりし頃はたっぷりとついていた脂肪が抜け落ち、今では皮膚が何層にも重なって垂れ下がり、目と口の周りには無数のしわが寄っている。ルーシュ（レースやリボンでたっぷりとひだを取った装飾品）の中央にサファイアをあしらったかのように、緑色がかった青い瞳がまっすぐ前を見据えている。計り知れないほどの知恵と経験を備え、情けや憐れみのかけらもない眼差しが……。ジェフリーがいつしか彼を凝視しているのに気づくのとほぼ同時に、フォン＝ベスケも、ジェフリーの視線に気づいた。不意に浮かんだ激しい疑念で青い瞳が光ったあと、厚くて肉づきのよいまぶたが覆った。フォン＝ベスケは温和な顔をしてスタジオディレクターのほうを向いた。「何でもないよ、ミスター・フィンレイ。すべて順調だよ。ルシンスカは――ドラマの前で気が昂ぶっているんだ。いつものことだ――これから素晴らしい演技を見せてくれるさ！　楽しみにしてなさい」立ったまま自分をにらんでいるルシンスカへと向き直ると、フォン＝ベスケは太い両手を広げた。「違うかね、オルガ、最愛の君？」

オルガ・ルシンスカはフォン＝ベスケを見ようともしなかった。燃えるような眼差しはフィンレイの顔を貫くほどの勢いだった。「効果音の器具をスタジオから片付けてと言ったわよね」彼女は念を押すように言った。胸元で腕を組み、決着をつけようという姿勢を取った。「片付けなかったら、あたし、役を降ります」

フィンレイは苛立たしげに指を鳴らした。「頼みますから冷静になってください、ミス・ルシンスカ」彼は声を荒らげる。「音響機器の置き場所がないのはご存じでしょうに！　置き場が他に見つからなかったら、ここに置くしかないじゃないですか！」

ルシンスカは肩をすくめた。小ぶりな足の片方でリズミカルに床を踏み鳴らしている。「それは、あなたたちが考えることじゃないの！　言い争うのはもうたくさん！」と言って、フィンレイにわざと背を向けた。

重苦しくて空しい沈黙が流れた。フィンレイは怒りと屈辱で顔を真っ赤にしながら、拳を握ったり閉じたりした。ジェフリーはリードを盗み見た。主席警部の赤ら顔はフィンレイと変わらぬほど紅潮していたが、刈り込んだ白髪交じりの口髭は、いつもどおりにピンと立っていた。そこに部屋の隅から割りこんでくる者がいた。ドイツの悪魔、メフィストフェレスが髭を剃りおとしたような、長身で浅黒い肌をした男が立ち上がり、薄くて表情豊かな唇を歪ませた。

「申し訳ない」男は誰に言うでもなく話しだした。「この部屋の臭いがたまらない。ちょっとスタジオに行ってくる」と言って、男はリハーサル室を横切ると、ドアのそばにいたジェフリーとリードに退出を詫びるような言葉をつぶやき、廊下へと出ていった。

ルシンスカは猫のようにくるりと身を翻し、大きな身振りで両手を前に突き出した。「ほら、ご覧なさい！」彼女は大声で言った。「一事が万事、この調子よ！　こんなことを我慢しなきゃいけないのよ！　なぜって？　あたしには文句を言うだけの勇気があるけど、他の役者はずっと隅っこでこそこそと——怖いからよ！」

「違うわ」器量はよくないが、ふくよかで温厚そうな中年女性が騒ぎに加わった。彼女はラウンジの椅子に腰かけてカラフルな毛糸で何かを編んでおり、器用な指先を動かしたまま、編んでいるものから目を離さずに話を続けた。「私たちは文句など一度も言ってません。面倒を起こしているのはいつもあなたじゃないの」と言って、女は白髪交じりの頭をぐいと上げた。「みんな私の味方よ」

〝みんな〟とは、二十代になったばかりの若い娘がひとりと、亜麻色の髪をした青年と、彼の友人らしき赤い巻き毛の若い男のことだ。突然騒動に巻き込まれ、三人とも困った顔をしている。ルシンスカのへビのような目と視線を合わせないようにして、赤毛の若者が何かつぶやいた。残りの男女は口論の誘いを気にも留めずに台本に集中していた。ルシンスカは少し息を弾ませながら立っていた。胸元の小さな谷間が息をするたびに広がったり狭まったりしていた。するとフィンレイが肩をいからせ、冷たい水に潜るかのように長く息をついた。彼は冷淡で痛切な口調で言った。「私たちはずっと、あなたに我慢してきたんです、ミス・ルシンスカ」フィンレイは冷ややかで敵意ある眼差しを彼女に向けた。「だけどそれももう限界だ！　今がとても大事な場だというのをちょっとはわきまえてください——開局記念の夜なんですよ！　あなたのわがままを抜きにしたって、私たちはたくさんの問題に悩まされ、番組の進行が妨げられています」彼の声は大きくなり、熱を帯びてきた。「あなたは名女優であり、他のキャストをけん引する力をお持ちだと聞いています。それなのにあなたときたら、ことあるごとに場をかき乱し、スタッフ全員を不快の極みに追い込むことに血道を上げておられる

――」
「よく言った！」リードが聞こえよがしにつぶやいた。フォン＝ベスケは、わざとらしく寝たふりをして異を唱えた。ルシンスカは驚いて口を開き、目を見開いたまま、その場に立ち尽くしていた。頬が一旦紅潮したかと思うと、血が引いて前より青白い顔になった。「いったい――どういうつもり？」と、聞き取りにくい声でつぶやいた。

フィンレイのやつれた顔は青ざめていたが、メガネの奥の瞳で、かすかに赤い火花が散っていた。「そろそろ和解しませんか」彼はきっぱりと言った。「あなたがたくさんの問題を起こしたせいで、スタジオはこれまでないほどの不便を強いられたのです。私たちはこうした不満に目をつぶってきたのであって、決して気づかなかったわけじゃありませんよ――」

「もういいわ！」ルシンスカは不快感で顔を歪ませた。細めた目、突き出た頬骨、邪悪にねじ曲がった口元は、おぞましきメデューサの仮面のようだった。喉の奥で何かが詰まったのか、ひどくきしんだ声になった。「何たる侮辱でしょう！　ミスター・ニッカーソンと会わせなさい――もう、許しません――」言葉が不意に途切れ、彼女は喉に手をやった。ほっそりとした体が震えだし、酩酊したかのように大きく揺らいだ。フォン＝ベスケとフィンレイが慌てて駆け寄ったが、ルシンスカは山猫のように身をよじらせた。「あたしに触らないで！」息は荒く、部屋の外に飛んで出ていきそうなほどの剣幕だった。ルシンスカがもがきながらドアから外へ出るとき、歯の根が合わないほど震えているのにジェフリーは気づいた。

あのように慌ただしく、しかも劇的な立ち去り方をしたあとのリハーサル室は、きついベルトを取ったような開放感に包まれた。中年の女優は手にしていた編み物を置いて立ち上がった。青年と若手女優は視線を上げ、亜麻色の髪の青年は何度も繰り返し読んだ台本を椅子に投げ出した。フィンレイはかすかに手を震わせながらメガネを取り、ハンカチで拭いてから掛け直した。「さて」彼は言った。「おふた方、出演者を紹介させてください――ここに残った出演者を」

　フィンレイは出演者を手招きした。「スコットランドヤードのリード主席警部です」彼は俳優たちに言った。「こちらがミスター・ブラックバーン。ミスター・ニッカーソンが招待したお客様です」と言って、フィンレイはあたりを見回した。「ミスター・フォン＝ベスケ、あなたにはもう紹介済みでしたね――正式にではありませんが」

　ずんぐりした体のプロデューサーはふっくらとした手を挙げた。厚ぼったいまぶたの裏にある瞳は氷粒のように冷ややかで辛辣だった。あまりに勢い良くうなずくせいで、顔のたるみが揺れている。「ミス・ルシンスカが無礼を働き、申し訳ありません」フォン＝ベスケはつぶやくように言った。「あの――くそばばあ（トイフェルスヴァイブ）」それは言い過ぎでは、と、ジェフリーが身振りで示すと、フォン＝ベスケは手を差し出した。「お会いできて光栄です。今夜はドラマの収録をご覧いただけますか――そうですよね？　実に名誉なことだ」彼は機械仕掛けの鳥のように甲高い声で、口当たりはいいが、誠意がまったくないお世辞をつぶやいた。

「ありがとうございます」ジェフリーは真面目な顔で礼を言った。フォン＝ベスケがふっくらとした手を放すと、庶民的な容姿の女優が白髪交じりの髪に手をやりながら一歩前に出た。「ミス・マーサ・ロックウェルです」フィンレイが紹介した。

　美人ではないが愛嬌のある顔に、茶目っ気のある笑みが広がった。「警察の前で、あたしの本性をよくもばらしたわね」彼女はルシンスカの口調を真似て言った。大きな口と低い鼻に合った、抑揚の効いた豊かな声だった。そして愛想よくジェフリーとリードに会釈をした。「可哀想なマーサ・ロックウェルを胡散臭いなんて思わないでね。私は誠実な職業婦人ですから。運がなくて美貌に恵まれなかったもんだから、真面目に生きるしかないのよ！」

　陽気で愛想がよく、飾り気のまったくないロックウェルのおかげで、先ほどまで残っていた緊張感が消え、場が和やかになった。リハーサル室に入ってきてからフィンレイが初めてにっこりと笑った。

「ありがとう、マーサ」彼は嬉しそうに言うと、後ろを向いてジェフリーたちに語りかけた。「私たちは皆、ミス・ロックウェルの大ファンです。彼女とはカーボンマイクロフォン（ラジオ放送の初期に使われていた双方向性マイクロフォン）の頃からの付き合いですが、マーサの演技力にかなう者はいまだにいません」

　ロックウェルは腰かけて編み物を手にした。「せりふの納得力にかけては、数分前にお引き取りいただいた方には到底かなわないわ」彼女はこともなげに言った。「私、あの女優がキャストに加わってからずっと、やるせない思いで形ばかりのお世辞を言ってきたんです」そして、満足げに軽く頭を振った。「あの老いぼれだって、ただのおべっかと思って聞いてたはずだわ」

「そして今度新しく仲間入りした」フィンレイが言った。「ミス・メアリ・マーロウです」

　ふたりの青年の間に立っていた娘が一歩前に出ると、ジェフリーとリードの挨拶に答え、頭を低く下げて一礼した。ニッカーソンから彼女の噂を聞いていたジェフリーは、気づかれないようにしてメアリを観察した。演技の経験がありそうだ。そう感じたのは、彼女の少し整いすぎた顔立ちからではなく、決然とした口元としっかりした顎のラインからだった。若い女性が誰の助けも借りず、演劇の世界で身を立てていくしかなかったからだろう、ジェフリーはそう思った。その一方で、何とも形容できない奇妙なものも感じ取った。

「さて、こちらの青年たちは」フィンレイが言う。「私の右にいるのがミスター・ヴァンス・ガーネット」亜麻色の髪の青年が、はにかんだ顔で会釈した。「左側が、ミスター・ロバート・ハモンドです」巻き毛のミスター・ハモンドは、そばかすだらけの顔をくしゃくしゃにして愛嬌のある笑みを見せた。ハモンドはためらいがちに主席警部のほうに目をやると、ポケットから一冊の薄っぺらいノートを取り出した。「あの……サインを頂戴してもよろしいでしょうか？」彼は丁寧にそう尋ねると、微笑ましいほど無邪気に言い添えた。「有名人（セレブリティ）の名前を集めているんです」

　リードは面食らった顔をしてうなずくと、差し出されたノートを受け取った。青年は慌てて万年筆の在処を探している。自分をないがしろにするとはあんまりだ——と、苦々しく思いつつ、ジェフリーはマーサ・ロックウェルのほうを向いた。「ところで今夜はどんな役を演じられるのですか？」

「家政婦です」ロックウェルは答えた。「ウィージャ盤（心霊術で使う占い用の盤）や水晶玉をこよなく愛する、悪役のひとりです。経典の言葉を使って悲運を予言して回る役回りなんですけど、実を言いますとね、最初から変な役柄だという思いが消せないんです」

「確か脚本はキャスリーン・ノウルズの作品でしたよね？」

「そうです——彼女は女優より脚本家のほうがずっと向いてますよ！」ロックウェルが話す間、編み針がずっとリズミカルな音を立てている。「本当によくできているんです、この台本。いつしか大事な書類を手にすることになった女性の役をルシンスカが演じます。詐欺師のグループが書類の行方を追っています。彼女は人里離れた田舎屋敷を借りるのですが、詐欺師らは女を脅して追い払おうとします。ある晩、嵐がやって来ました。怖くなった女は三人の友人を呼び寄せます。嵐は洪水を起こし、屋敷は水に囲まれてしまうのです」

いた。「その友人とは？」

悪事となれば徹底的に調べ上げるのが義務と心得る主席警部は、ロックウェルの語りに耳を傾けていた。「その友人とは？」

「ゴードン・フィニス——ルシンスカと言い争って出ていった、浅黒い肌の青年です——彼が演じます」ロックウェルは話を続けた。「あの子たちは——」と言って、彼女は顔を上げて青年たちのほうを向いた。「あとふたりの友人役です。ミス・マーロウはルシンスカの付添人を務めるフランス人の役です。五人は夕食の席につき、食事のさなかに停電が起こります。ドアの鍵を閉めたルシンスカは外で足音が聞こえたと言い、マーロウをドアまで行かせて、外の様子を聞いてこいと命じます。すると」ロックウェルは気味悪いほど嬉しそうな顔をした。「つんざくような悲鳴が起こり、灯りがつくと、ルシンスカがテーブルに突っ伏して死んでいるのです。彼女は毒を盛られたとわかります」

「毒を盛られた！」ジェフリーは不意に大声を上げた。

「そりゃあそうでしょう」ロックウェルは目を上に向けて驚いた顔を作った。「マーロウが仕掛けた罠ですから、毒に決まってます。でも、マーロウはそのときずっとドアの外の様子を聞いていたので、彼女が殺したとは誰も思いません」

　ヴァンス・ガーネットがそれとなく言った。「ネタを割らないでくださいよ、マーサ。どうして結末までしゃべるんです？　お客さんが推理をする楽しみがなくなるじゃないですか」

「つまらないことを言うわね」ミス・ロックウェルはきっぱりと言った。「それはあなたが若造って証拠よ、坊や！」手にした編み棒がシャトル（織機の部品。縦糸の間に横糸を通すために使う）のように規則正しく往復している。

「犯罪推理なんて、呆れるほど古くさいわ。今はね、殺人犯の正体を明かすことより、その正体を前もって知っていて……犯人であることを証明する知恵比べを見るほうが、ずっとわくわくするじゃない。殺人犯がわかったら客観的な目を持ち、犯人が行方をくらまし、足取りを消し、いろんな手を使って警察をやり込める様子が見物できるわけ。これぞ現代犯罪の醍醐味というもの！」一刻も油断がならないといった様子で視線を上げたとき、ロックウェルの深くくぼんだ瞳はきらめいていた。「手探りで探し回って犯人を見つけることほど楽しいことはないわ！　探偵小説の一番のお楽しみを手に入れるため、私はいつも結末から読むことにしているの」

ジェフリーはベテラン女優の違った一面に興味を抱き、「あなたのご意見には、非常に興味をそそる東洋的な思想のようなものがある」とつぶやいた。「これまでになかった思想がミステリーには絶対に必要だという点は、僕もまったく同じ意見です。だけどあなたと同じことを考えた人物はすでにいます。オースティン・フリーマン（一八六二～一九四三。英国の推理作家。倒叙ミステリーの祖といわれる）が数年前に唱えた理論です」

その場の沈黙を破ったのはフォン＝ベスケだった。彼はリハーサル室の片側に立ち、例の鋭い目で一部始終を見ていた。短く咳払いをすると、フォン＝ベスケはこれ見よがしに腕時計に目をやり、「犯罪の初心者が興味を持つこと間違いなしだ」と、馬鹿にするように言った。「それでも我々はドラマ制作のためここにいることに変わりはない」フォン＝ベスケはもう一度腕時計を見た。「ドラマは五分後に放送する」彼はそう言って俳優たちに視線を投げると、彼らは一斉に動きはじめた。「ゲストのおふたりはきっと大目に見てくれるだろう」フォン＝ベスケはベテラン女優のロックウェルをじっと見据えた。「ドラマが終わったら、ミス・ロックウェル、あなたの興味深い御説を是非うかがいたいものですな。だが、今はドラマに専念していただきたい！」彼が威厳たっぷりに指を鳴らすと、スタッフはおとなしくリハーサル室から出ていった。

一瞬の間があった。どういうわけか、ジェフリーは突然背筋が寒くなった。主席警部が彼のほうを見て言った。「どうした？　誰かが死ぬ予感でもしたか？」

ジェフリーは静かに「僕が――いや、不幸な誰かが、ね」と言うと、背を向けてリハーサル室をあとにした。

第三章　筋書きどおりには進まなかった殺人の謎

「ぜんぜん違ったものになったのです、か」代用ウミガメは考え深げに繰り返しました。
ルイス・キャロル『不思議の国のアリス』

1

影差す湖の静かな水面に重い小石をひとつひとつ投げ込むように、十時半のチャイムが鳴り響いた。光量を抑えた調整室の照明が窓からうっすらと差し込む以外は真っ暗な、トークショー専用の小スタジオ。リード主席警部、ジョージ・ニッカーソンとともにジェフリー・ブラックバーンが立っている場所からガラス窓越しに、隣のドラマ制作スタジオの様子が何ひとつ遮るものなく見通せた。彼らの頭上にある壁掛け式の小型スピーカーから、アクセントに気を配った声が聞こえてきた。

「十時半になりました。BBC3（スリー）開局記念番組のお時間です。カール・フォン＝ベスケの演出によるラジオドラマ『暗闇にご用心』を、BBCの新しい別館スタジオからお届けします。このドラマの舞台は……」

大勢の聴取者が椅子に腰かけ、音だけで視覚を伴わない娯楽を届ける最先端の機械に耳を傾けている。

その娯楽を視覚と聴覚の両方で楽しめるという幸運に恵まれたジェフリーは、聴覚より視覚を働かせていた。彼の関心は頭上のスピーカーから軽やかに流れてくるせりふではなく、厚板ガラスのパネルの向こう側にあった。主席警部は大輪の赤い花のように唇を開き、口髭がガラスに触れそうなほど近づくと、何ひとつ見逃さぬよう目をこらしている。彼の様子に気づいたジェフリーは人間の変幻自在ぶりにあらためて驚嘆した。引き結んだ口、角張った顎、犯人追跡ベテランにして多くの犯罪者が震え上がる刑事。人々の記憶に残る実績を山ほど上げた白髪交じりのベテラン、ウィリアム・リード主席警部が、サーカス見物に来た子どものように胸をときめかせている。

番組担当アナウンサーのスチュアートはドラマの舞台設定について読み上げると、音を立てずにスタジオの隅へと下がった。木管楽器と弦楽器が音量を上下させて不気味な和音を奏でる間、天井から下がったマイクロフォンがテーブルの真上まで移動する。テーブルの中央にはルシンスカが、彼女を取り巻くようにして、メアリ・マーロウ、フィニス、ガーネット、ハモンドが座っている。マーサ・ロックウェルは、片側に用意された〝登場の場〟で待機している。そこからさらに離れ、壁の角度で少し見えなくなっている場所で、哀れなほど憂鬱な物腰のマーティンが効果音用のテーブルの周りをうろついていた。そして、黒魔術の館にいる小柄な高僧よろしく一同を仕切っているのが、カール・フォン＝ベスケである――手には台本を持ち、つるつるの頭にヘッドホンを乗せている。

フォン＝ベスケが丸々とした手を振ると音楽がやみ、オルガ・ルシンスカがごくりと何かを飲み下す音が聞こえた。テーブルに置いた片手が激しく震えていた。数秒の間を置き、フォン＝ベスケが彼女を指さす。ルシンスカが顔を上げ……。

そして……。

「ハンナ、そこにいるの、ハンナ？　ああ、そうだったわ、カクテルを持ってきてくれない？」女優のハスキーな声を合図に、間髪を入れず『暗闇にご用心』の幕が上がり、俳優たちの傍らで、ジョージ・ニッカーソンがほっと息をついた。

「よかった、無事に放送が始まった」彼は声に出して言った。

ジェフリーは彼に視線を投げた。「まさか、うまく行かないと思っていたんですか？」

「最悪の事態を考えていたんですよ」ニッカーソンは肩をすくめた。「こんな悪条件では、サヴォイ・ヒル（BBC創設期にスタジオがあった場所）時代なら放送できなかったと思いませんか？」視線を窓の外に向けたまま、ニッカーソンは昔を思い出すような声で言った。「当時はコイル式の移動マイクロフォンを使っていました——ゴム紐で吊し、ホイールつきの大きくて扱いにくいスタンドで支えて——」

「シーッ！」リードが強い調子で注意した。

ジェフリーは顔をしかめてニッカーソンを見ると、「ベテラン警官のお楽しみに水を差さないであげてください」とつぶやいた。三人はふたたびドラマに集中した。

そして数分が過ぎた。

最初は見下すような態度を取っていたジェフリーも、ラジオドラマという娯楽への関心が増すのを感じた。ガラスのパネルと、その内側で繰り広げられている魅惑的な舞踏会に釘付けになっていた。機械仕掛けの記録天使のように据え付けられたマイクロフォンを前に、俳優たちは与えられたせりふを語ると、習い性で自然に体が動いてしまう。せりふを完璧に覚え、余裕を持って演じている舞台劇のリハーサルを見ているようだった。フォン＝ベスケは隅に退き、目を閉じて、芝居が順調に進んでいるのを、じっと聞いていた。一部の登場人物がいつしかマイクロフォンが音を拾う範囲から離れ、声が普段より小さく聞こえると、プロデューサーが動きだし、ぞんざいに警告するような手振りで俳優を元の位置に戻した。

ドラマの虚構世界は驚くほど真に迫っていた。現場を実際に見ていなければ、苦もなくなめらかに聞こえてくるせりふが、俳優と音響機械が入り交じった小さな部屋から放送されているとは思えない。ジェフリーは試しに目を閉じてみた。するとスタジオの壁は見えなくなり、ジェフリーは人里離れた荒れ地に建つ、雨に濡れた屋敷の中にいた。カーテンが下り、ろうそくの火が揺らめく薄暗い食事室で、演技者の声に彩られた心の動きに加わった。中でもルシンスカの存在感は抜きん出ていた。大袈裟な演技はせず、抑えた声で演技をしても、大いに動揺している様子が伝わってきた。他の俳優もルシンスカの演技に触発されて頑張っている。ジェフリーはいつしか、フォン＝ベスケの名演出に心の中でひざまずきたいと思っていた。惹き付けられ、先が気になってしょうがなくなるドラマの作りを見ていると、あの小太りのチュートン人（ゲルマン人、特にドイツ人のこと）が業界を知り尽くしていることがすぐにわかった。

テッド・マーティンは持ち場で機械のようにせっせと働いている。ドラマに奥行きを与え、背景を作るたくさんの効果音をマーティンがひとりで出しているとは、にわかには信じがたかった。屋敷に降る陰鬱な雨音の響き、むせぶような笛の音で表現する不気味な風の音、吹き付ける風を受け、きしむ窓の音、水漏れを起こした天井から落ちる水滴——こうした効果音が、驚くほどの技能と正確さでタイミングを合わせて作り出されていった。そしてドラマは最初の山場を迎えた。

ルシンスカはハスキーな声を暗くし、詐欺師から受けた仕打ちを客人たちに詳しく話している。抑えた声、恐怖で震えるような語り口だ。「十二時までに、この屋敷から出ていけと言い渡されています。だけどこんな嵐の中、犬のように元気よく飛び出していけるわけがないわ！」

付添人役のメアリ・マーロウが静かに言った。「何を馬鹿なことをおっしゃいますか、奥様。助かりたいなら逃げるしかありません。あの人たちは手段を選びませんよ」

「手段を選ばない？」ゴードン・フィニスはよく通る声を抑え、落ち着き払って言った。「連中はあなたを脅迫しているのですか、ミス・ホームズ？」

「ええ！」ささやくような声だった。

「どんな風に？」

「午前零時までにこの屋敷から出ていかなければ、死ぬことになるぞ、と」

フィニスは信じられないといった声を出した。「だけどそんなこと本気でお考えですか？　ここはイングランドですよ、ミス・ホームズ――警察に守られた法治国家です！　そんな危害を与えることは許されない――」（テッド・マーティンがベンチの上にある何かに向けて指を動かすと、ベルのような形をした時計が十二時を告げた）「ほら、午前零時だが、あなたは無事だ」

ルシンスカは張り詰めた声で言った。「時間になれば、この恐怖をはっきりと現実のものと実感するだけです――」

（ルシンスカのせりふが始まると、フォン＝ベスケはスタジオのドアをすり抜けて出ていった。彼の手が照明スイッチに伸び、カチリと音がしたかと思うと、スタジオは闇に包まれた。調整室の窓に照り返す青白い点状の光を除き、スタジオは真っ暗な闇の世界となった）

「誰が灯りを消したの？」ルシンスカが役になりきったまま、恐怖と苛立ちを声に乗せながら言った。

「彼らは、灯りを消してやると言っていました……。襲うのは、そのあとだと！」

「くだらない！」椅子を引く音がしてフィニスが立ち上がった。「僕が見てきましょう……」調整室から照り返す灯りで、見学中の三人からは人影のようなものが後ろに下がるのが見えた。闇の中で姿が認められるのはその男だけで、イライラしたルシンスカが急に声を荒らげると、動きを止めた。

「動かないで」

沈黙が流れる。ルシンスカがぞっとするような声でささやいた。「ねえ、聞こえないの？　足音が……階段を上ってくるのが……だんだん……近づいてくるわ……！」

「だから逃げましょうと申しましたのに、ミス・ホームズ！」

「ルイーズ！　ルイーズ――どこにいるの？」

「はい（ウィ）、マダム。おそばにおります、奥様のすぐそばに！」

「ルイーズ――戸口に行ってちょうだい。音を立てずに――音を立てずに行って、耳をすませて――」

「なぜです（ブーコワ）、マダム？」

「行きなさいと言ったでしょう！　すぐに……戸口まで……！」

マーロウが部屋を横切る音が聞こえた。思考を阻害する沈黙と闇。目と耳が苦痛に近いほど緊張していた。いつ終わるのかと気が重くなる時間が十秒ほど続いた。突然、苦痛で息を詰まらせ、もだえ苦しむ声が何の前触れもなく沈黙を破ったかと思うと、洗濯物の袋を落としたような鈍い落下音がした。ふたたび真っ暗で大きな口を開けたあの沈黙が、他のあらゆる音を飲み込んだ。隣の小スタジオにいた三人は石像のように立ち尽くしていた。粘り気のある濡れたものがジェフリーの目に入った。やっとの思いで手を顔に当てると、額は汗まみれだった。一方、ジョージ・ニッカーソンは、世界の裏側から来たかのように、先ほどまで俳優たちを気遣っていた表情がすっかり消え失せ、今やたっぷりとした含み笑いを浮かべていた。

「演出ですよ」ニッカーソンは言った。「スタジオの照明を切り、さらに場面の臨場感を高めようとする、フォン＝ベスケの名演出です。聴取者が、ルシンスカが死ぬ間際のしゃがれた声に驚いて後ろを振り返らなかったら、私の面目は丸つぶれだ」

まさかこんな風にして、緊迫したドラマが一転して陳腐な展開になるとは思えなかったため、一同は虚構と現実の間でしばらく当惑したが、やがて心の霧の中を手探りで進みながら、気を取り直そうとした。そのため、直後に異質な音が連続して聞こえても、混乱のさなかにあった彼らには考えが到底及ばなかった。だが、実際に発せられた音であり、心をかき乱す静寂の中にあった三人が聞き取れるだけの衝撃があった。半開きになった小スタジオのドアから、ダイナモの響きに続いて自動車のエンジンがうなる鈍い音が遠くで聞こえた。そして三度目となる沈黙があたりを包むと、そのまま続いた。

いつ終わるとも知れぬ沈黙を破ったのはニッカーソンだった。演出に満足して高揚した声ではなく、先ほどルシンスカが語気を荒くしたときと同じ、険のある怒りの声だった。そして青ざめて当惑した顔をリードとジェフリーに向けた。「何があったんです？」彼は尋ねた。「どうして誰も演技を続けないんだ？」

彼の疑問は解決した。何も見えないも同然では何の手も下せないと、ドラマ制作スタジオの照明がついたのだ。ソーセージのような指を震わせながらスイッチに掛けているフォン＝ベスケの姿が見えた。ガラス窓の向こう、スタジオにいる人々はメデューサの目に射貫かれ、石に変えられた哀れな人々のように、身も凍る恐怖で立ちすくんでいた。どの顔も血の気が引き、視線はフロアの中央に向けられている。「大変だ！」ニッカーソンが錆びついたポンプのように耳障りな声を上げた。「見ろ！」

言われるまでもなかった。ジェフリーとリードはすでにガラス窓にしがみついていた。身をよじらせ、震えながら、カーペットの上に女が倒れている。衣装がはだけ、片足が体の下からのぞいている。女は仰向けになり、両腕を投げ出して固く拳を握っていた。苦しむ顔を情け容赦なくライトが照らす。闇の虚構の世界に心奪われていた一同も、床の上で苦しみもだえる姿を見ているルシンスカが憂鬱な表情を見せていることにまで気が回るようになった。ルシンスカは数フィート下がったところで大理石の柱のように硬直したまま、真っ青な顔をして棒立ちになっていた。ジェフリーは喉元にこみ上げてくるものを飲み込んだ。「どうしたんだ——？」うまく言葉にならなかった。

「誰だ——？」ジェフリーの隣で、ジョージ・ニッカーソンが吐きそうな声を上げた。

「メアリだ——メアリ・マーロウだ！」

その声と同時に、オルガ・ルシンスカが立った姿勢のまま大きく揺らぎ、片手を突き出して何もない空間をつかむような身振りをしたかと思うと、壊れた人形のようにがっくりと手を下ろし、音もなくスタジオの床に倒れた。

2

ふたりの倒れ方は、動きをつかさどる目に見えない糸がほどけたようだった。ドラマ制作スタジオにいた人々は映画の早回しシーンよろしく、猛スピードで活気を取り戻した。苦しむマーロウに駆け寄った人たちの中央にフォン＝ベスケがおり、他の人々は、ひざまずき、うつろな眼差しで彼女を見ている彼を遠巻きにしていた。マーロウの胸元に手をやったフォン＝ベスケがよろよろと立ち上がった。顔からは血の気が引いていた。「医者を呼べ」しわがれた声が聞こえた。「医者を呼べ、すぐにだ！」

フォン＝ベスケの不吉な予感をはらんだ声は小スタジオにも聞こえ、リードとジェフリー、ニッカーソンは廊下に飛び出した。ドラマ制作スタジオのドアの前には、チャールズ・フィンレイと調整室にいたセーター姿の男がいた。フィンレイは猛烈な勢いでドアの取っ手を引っ張っており、三人が駆け寄ると、血の気が失せ緊迫した顔をニッカーソンに向けた。

「開きません。内側から鍵を掛けたに違いない！」

ニッカーソンは強引と言っていいほどの勢いでフィンレイを押しのけ、鍵穴から中をのぞき込んだ。「錠前に鍵が差し込まれていない」と告げる息が上がっている。「向こうがよく見える。ちょっと待て！」彼が一歩退くとドアノブが音を立てた。「向こう側も困っている。鍵が掛かっているのがわからないんだ」

「どうしましょうか――？」フィンレイが言うと、ニッカーソンが振り返った。

「事務室にいる守衛からマスターキーを借りてこい。第一スタジオの客の中に医者がいないか調べさせろ、いたらここに連れてくるんだ！」フィンレイが急いで立ち去ると、ニッカーソンはもう一度ドアのほうを向いた。小さなパイロットライトが点灯している。彼は自分の腕をへし折らんばかりの勢いでおののいていた。「どうしてマイクロフォンを切らないんだ？」今にも泣きだしそうだ。「放送事故が国中に筒抜けじゃないか！」

セーター姿の若者が首を横に振り、興奮しながら答えた。「大丈夫です。照明がついて事態が明らかになってすぐ、スタジオ放送は切りました。その後の音声は一切流れていません！」

「気の利くスタッフがいてくれてよかった」ニッカーソンは振り絞るように言うと、身を乗り出して鍵穴からもう一度スタジオをのぞいた。「いったい誰がドアを閉めたんだ。それより鍵はどこにある？」

「放送中はこのドアに鍵を掛ける決まりなのでは？」リードが大声で言った。

ニッカーソンは不安げに首を振った。「私が知る限り、鍵を閉めたのは今回が初めてです。第一スタジオの賑わいに恐れをなしたフォン＝ベスケが閉めたのでしょう——ドラマの放送中にうっかり入ってこられたらたまらない、と」

そこに鍵を持ってフィンレイが戻ってきたので、ニッカーソンの関心はそちらに向いた。「どうぞ。医者はチャストンが手配しています。もうすぐ来てくれるはずです」

フィンレイの手から鍵束をひったくるようにして受け取ったニッカーソンは、震える指で一本抜き出した。鍵穴に差し込むと、ドアは手前に開いた。驚きのあまり、彼は入口に立ち尽くした。スタジオ全体がわめきだしたかと思うほどのわななくような音の氾濫の中、洪水の日の排水溝に浮かぶ藁のように、質問や釈明、否定の声が、渦を巻き、ねじれながら、彼の頭の中を駆け巡ったのだ。彼は数秒間呆然とし、途方に暮れてその声を聞いていたが、やがて片手を挙げた。

「静粛に！」ニッカーソンが怒鳴った。「全員――静粛に！」騒然としたスタジオが一瞬で静かになった。彼は心底まで疲れ切った目でスタジオ中を見回すと、振り返って歯切れよく指示を出した。「フィンレイ――スタジオCに行って今の状況について放送するんだ。出演者が体調不良を起こし――ドラマは後日再放送しますと。お詫びは定型文を使え。今回の事件には一切触れるんじゃない。マーティン、君はあのマイクロフォンを切り、椅子とテーブルをスタジオから出してくれ。君」彼は調整室から来た青年のほうを向いた。「ミス・ルシンスカをリハーサル室に運び、夜勤の看護婦に世話をさせろ。ミス・ロックウェル、あなたも彼女に付き添ってください！」ニッカーソンは声を張り上げた。「ミスター・スチュアートはどこにいる？」

「ここです！」スタジオの隅にいたアナウンサーが進み出た。

「スタジオCに行って、早朝の番組で流すレコードをすべて用意してくれ。すぐにスタッフに渡して、番組を明るい内容にするんだ。重苦しい曲は流すな。軽快なオーケストラやフォックストロット（社交ダンス用の軽快な曲）、ポピュラーを選べ。聴取者がこの事件で得た悪い後味を払拭しなきゃいけないからな」

スチュアートはすぐさま反応した。「わかりました！」

「ちょっと待て！」ニッカーソンは火花を散らす電気のようにピリピリしていた。「フィンレイにはスタジオAに行って、連中がここに来ないよう食い止めておけと伝えろ。ちょっとした事故がありまして――そういえば、みんなわかるはずだ！　電話交換手の女性たちにも同じように伝えろ。局内の電話は数分でパンクする。あと、忌々しい記者たちはクロロフォルムを嗅がせてでも追い払え！」スチュアートはうなずき、駆け出していった。

ニッカーソンはドアを蹴って閉めると、ハンカチを取り出して血の気の失せた顔をぬぐった。視線を床の上の死体に落とし、小さなしぐさで不快感を示した。「ミスター・ハモンド、ミスター・ガーネット――ミス・マーロウの遺体をチェスターフィールド・ソファ（革張りのソファにボタン留めを施したもののこと）に寝かせてくれないか？　すまない」そして、フォン＝ベスケが立っているほうを向いた。だらりと垂れ下がった頬は濡れた灰のような色をしていた。「どうしてあのドアを閉めることになったのですか？」

フォン＝ベスケは呆けたうつろな顔で、てきぱき指示をしているニッカーソンを見ていた。「僕はてっきり君が鍵を閉めたのかと――開けたのも君だしね」フォン＝ベスケはとつとつと語った。「鍵は君が持っていたし――」

我慢の限界に達したニッカーソンはとげのある言い方をした。「確かに鍵を開けたのは私だ、マスターキーを使ってね！」と、目の前にいる人々が動揺するほどの勢いで言ってのけた。「番組の間、あのドアはずっと鍵が閉まってたのか？」

フォン＝ベスケの指が口元に行った。「それは言えない。僕は――僕は開けようとしたんだよ。君が外から鍵を閉めたんだと思ったからね」この謎を鈍い頭で考えているような物言いだった。「ドラマが始まったときにはドアは開いていた。それは誓って断言できる。ここにいる誰ひとりとして鍵を閉めてはいない」

「そうですか、私たちが入ろうとしたときは鍵が掛かってましたがね」ニッカーソンが咎めるように言った。「ドアというものは、勝手に鍵が掛かるもんじゃありませんから」そして、他の面々のほうを向いた。「君たち、誰か、このドアの鍵を閉めたかい？」

数名が弱々しく首を左右に振った。色を失った唇が震える声で、違うとつぶやいている。

「それじゃおかしいじゃないか」苛立ったニッカーソンの口調はぞんざいになった。「このドアの鍵を閉めた者がいるはずだ。最後に入ったのは誰だ？」

沈黙が流れた。それぞれの顔色をうかがう一同は、背後の壁と見まごうほどうつろな目をしていた。足をぎこちなく動かし、手をもじもじさせている。そこで突然テッド・マーティンが大声を上げたので、全員の視線が彼に集まった。マーティンは壁に掛かった電話を指さした。電話機のマウスピースの下にある琥珀色のライトが猛烈な勢いで点滅している。

「いったい誰だ？」ニッカーソンが噛みつくように言った。「電話に出なさい！」

マーティンがつまずきながら人々の前を通って受話器を取った。一瞬間を置いてから、振り返った。

「ミスター・ニューランドからお電話です。至急話したいことがあるそうです」マーティンは受話器を差し出したが、ニッカーソンは手を振って断った。

「あいつと話すことなんかない」とつぶやいたが、躊躇しながら電話機の前に進んだ。「電話は私の事務所で取る。そのほうが話しやすい。君たちはここで待っていてくれ」彼は走りだしそうな勢いでスタジオをあとにした。

ニッカーソンに頼まれた遺体運びの途中で邪魔が入ったふたりの青年俳優は、気の進まない役目を務めた。青年たちは、先ほどまでメアリ・マーロウだった死体をスタジオの向こう側までそっと運ぶと、気をつけながら壁に押しつけてあるチェスターフィールドに横たえた。ふたりがきちんと寝かせようと遺体を動かしているうちに、支えを失って片手が滑り落ち、だらりと床に垂れた。薄目を開けて遺体運びを見ていたフォン＝ベスケは、ドイツ語訛りを隠すことなく大声を出した。

「何だそれは？　手に何を持ってる？」

一同が顔を上げた。視線がお互いの間をさまよった。固く握りしめた遺体の指の隙間からのぞく何かが、スタジオを照らす光を受けてきらめいたのだ。ゴードン・フィニスはあたりを軽く見回してから膝をつき、力を入れないよう注意しながら、握りしめた遺体の手を開きはじめた。死後硬直が始まっているので、そう簡単なことではなかった。扱いにくい指を一本一本引っ張りながら手を開くと、金属でできた小さなものが、カーペットを敷いた床の上に音もなく落ちた。

「鍵だ！」ハモンドが声を上げた。どこの鍵なのかを言い添えたのがテッド・マーティンだった。ゆったりとしたしゃべり口が驚きを伝えていた。「このスタジオの鍵です！」何とも形容しがたい、うっすらとした予感がジェフリーの肌を刺激した。彼はドアのそばから鋭い声を上げた。「本当ですか？」

フィニスは鍵を手に立ち上がった。「すぐに証明できますよ」彼は無愛想に答えた。そしてドアまで行くと、鍵を錠に差し込んで回した。鍵はぴったり合い、彼が鍵を回すと、錠の留め金が前後に動いた。「このスタジオの鍵です」フィニスはあらためて言った。

疑わしげな鋭い眼差しをドアに向けていたフォン＝ベスケは、聞いているほうの気が滅入るほど、ゆっくりと話しだした。「では、マーロウが自分でドアに鍵を閉めたのだね――自分をここに閉じ込めたのか」口調が断定的だったため、彼の疑問には誰も答えなかった。フォン＝ベスケは考え深げに顔のたるんだ肌を撫でた。「きっとそうだ。確か、あの子が最後にスタジオ入りしたはずだ」禿げ上がった頭が上下に動いた。「そうに違いない」と、極めて強い口調で繰り返した。「自分をここに閉じ込めたんだよ」

フォン＝ベスケのほうを向いたゴードン・フィニスの細面の顔に影が差した。「いったいどうして、そんなことをしようと考えたのでしょう?」

フォン＝ベスケは肉づきのいい肩をすくめ、両手のひらをアーチ形のようにして上に向けた。若手俳優のガーネットは、チェスターフィールド・ソファに横たわった死体から目をそらすと、少し声を震わせながら、思ったことを正直に言った。「ミス・マーロウが自分で鍵を閉めたのなら、誰にも知られず容易にできたはずです。それにあの鍵は、閉めたら必ずドアの内側に下げておくことになっています。何より彼女はいつの間にか来て、挨拶もせずに帰るから、鍵を掛けたことなんか滅多にありません」

ゴードン・フィニスは困り顔で繰り返した。「では、いったいどうして――」

反論するのをためらいつつ、一同は手をもじもじさせている。眼差しには力がこもっていない。主席警部は困り顔で口髭を触っている。

ジェレミーはひっきりなしに指先でリズミカルに音を立てている。我慢するふりをするのは、もう限界だった。灰色の目を細め、額にしわを寄せ、やきもきしている。時間が経つにつれ、沈黙が重苦しくなってきた。壁の断熱材が部屋中の動くものすべてを吸い取ってしまうような、居心地の悪さがあった。ニッカーソンが戻ってきたのが、せめてもの救いだった。彼の表情は先ほどより穏やかになったが、身のこなしはまだぎこちなく、安定感に欠けていた。スタジオに入るなりニッカーソンは話しだした。

「ニューランドには真実を伝えねばならなかった」彼は静かに言った。「彼はスピーカー越しにすべて聴いていた。というわけで、彼は自分で車を運転し、ロイストン・タワーズから急遽、ここに来ることになった。朝一番には到着するだろう」

ニッカーソンは手を背後で組み、スタジオの中を歩きだした。「番組をもう一度放送する」彼は不機嫌そうな顔で宣言した。「世間は大変な騒ぎになっている。ロンドン市民の半分が抗議の電話を掛けてきたに違いない。サー・タリスがお帰りになったあとで、本当によかった。この事件については記者たちに嗅ぎつけられないよう手は打ったが、何しろあいつらはハゲタカみたいにうろついては医師の発表を待っているから――」彼はここでひと息つくと、苛立たしげにあたりを見回した。「ところで医者はどこにいる？」

その声を待っていたかのように、廊下から声がした。ニッカーソンのかすれた声とは対極を成す、豊かで張りのある声だった。

「ここにいるとも！　私だ、通したまえ。ドクター・タウンゼントだ！」

3

戦前（第一次大戦前）世代の人々なら、ドクター・アーサー・タウンゼントを「年の割にはお若い」と言うだろう。何しろタウンゼントは、真鍮の取っ手がついた四本柱のベッドが幅を利かせ、医師が炭酸アンモニウム、セドリッツ散（すべて下剤として用いられた薬品）の臭いを漂わせていた頃に活躍した人物なのだから、その時代の雰囲気もそのままにドラマ制作スタジオに姿を見せれば、同世代の人々がお若いと思うのも無理はない。恰幅のいい赤ら顔、白髪交じりの見事なもみあげを蓄えたタウンゼントの背筋が伸びているのは自信の現れではなく、山高帽の中に聴診器を入れ、バランスを取って歩く習慣によるものかもしれない。

ドクターはいつもどおり、誰の案内もなく自分でスタジオまでやって来ると、横柄な態度で一同に向かってうなずいたが、ニッカーソンの説明には上の空だった。そして大袈裟に咳払いをして言った。「心臓発作の可能性が高いですな。このお嬢さんは、今まで心臓が辛そうな様子はありましたかな？息切れとか、血圧に問題があるとか」

ジョージ・ニッカーソンは首を左右に振った。「わかりません」声に疲れがにじんでいた。「この若いご婦人の経歴について、何も知らないも同然なのです。今回が彼女の初出演ですから」

「ううむ」唇を引き結び、両手を後ろで組んで、タウンゼントはチェスターフィールドに近づいて遺体を見下ろし、険しい顔をして頭を振った。「痙攣（けいれん）の発作かね？　顔に軽微なチアノーゼが見られる。ふうむ、かなりの不摂生とお見受けする。タバコを吹かし、カクテルをあおって！」ドクターはどこかぎこちない足取りで遺体の脇にかがみ込んだ。「だが、すぐに死因を究明してみせよう」

スタジオにいた人々は何ひとつ尋ねるでもなく、タウンゼントの診察を見守っていた。ジェフリーと主席警部は先ほどからドアの傍らに立ったままだ。ゴードン・フィニスは吊り下げたマイクロフォンの下、ハモンドやガーネットと三人で集まって、そわそわとしている。ニッカーソンはスタジオの中を歩き回っている。フォン＝ベスケは効果音の機材を乗せたテーブルのそばにいるマーティンのほうへと移動していた。全員が、ドクターの指のあらゆる動きを目で追っていた。

壁に掛かった電子式時計の針がゆっくりと時を刻む。催眠術に掛かったような静けさがスタジオを支配していた。ジェフリーは、四方の壁が迫ってくるように見える理由を考えていた。彼らの頭上でマイクロフォンがゆっくりと揺れている……前へ……後ろへ……また前へ。その動きに全員が気を取られていると、タウンゼントが咳払いをした。チェスターフィールドに手を置き、体重を掛けるようにして立ち上がってからスタジオの中央まで進み、指先を上品にはたいた。

「いかがですか？」ジョージ・ニッカーソンのが裏返った声で尋ねる。

タウンゼントは頬をふくらませた。「実にありふれた心臓麻痺ですな」と、死因を宣告した。このひとことで沈黙は破られた。ふくらませすぎた風船のように、緊張感をみなぎらせ、限界まで達していた沈黙が突然はじけた。衝撃で言葉を失っていた唇から、驚きの声や言いかけていた言葉、疑問の声が飛び出し、今まで動きを止めていた室内が活気づき、震えんばかりの騒ぎとなった。どよめきが収まると、ニッカーソンが力のない声で言った。

「心臓麻痺？　間違いありませんか？」

タウンゼントは頭を後ろに引き、顎を突き出して言った。「私は、医師免許を持つ開業医なのですぞ――」

ニッカーソンは詫びるようなしぐさをした。「診断に疑問を持ったわけではありません。しかし、あまりに突然で、意外な出来事でしたから――」

「突然死の最大の原因は心臓麻痺だ」タウンゼントは唇を歪めて言った。

ニッカーソンは薄くなった髪に手をやった。「おっしゃるとおりですが」彼は口の中でぶつぶつ言った。医師から返事がなくても気にしていないようだった。そしてゆっくりと振り返って遺体を見つめた。「心疾患で、こんな風に痙攣を起こすなんてことはよくあるんだろうか」

「そのとおり！」医師はきっぱりと言い放った。「心不全を起こした不運な患者は息ができなくなり、呼吸をしようと全身を痙攣させる。息ができずに苦しんで、ベッドから落ちた患者を私は何人も見ている」

ジェフリーの胸に、故人を哀れに思う気持ちが不意にこみ上げてきた。彼は神妙な顔で尋ねた。「ドクター、こういう発作はどうやって起こるのでしょう。心臓麻痺は通常、何らかの身体的緊張が原因で発症すると理解していますが――」

「原因には精神的緊張もある」タウンゼントの落ち着いた声がこだました。学者気取りの重々しい口ぶりだった。「循環器に疾病を持つ者なら、興奮や不安、感情の昂ぶりなど、強い精神的刺激によって倒れてもおかしくはない」彼はニッカーソンのほうに向き直った。「あなたは先ほど、この哀れな娘さんが番組の山場で倒れたとおっしゃいましたね？　それは十分あり得ることです。スタジオの照明が落ちると感受性が高まり、役になりきろうと精神が緊張するうち、ドラマが次第に山場を迎える。おそらく先天的な問題を抱えており、さらにこうした条件は皆、当然のように弱った心臓に負担を掛ける」タウンゼントはふたたびニッカーソンに向かった。「この娘さんがそんな疾患を受け継いだかについて、わからないとおっしゃるのかね？」

「この若いご婦人については何も知らないも同然なのです」ニッカーソンは先ほどと同じことを繰り返した。

遺体をずっと見つめていたゴードン・フィニスが少し前に出た。「ドクター……？」言いよどんでいるような口ぶりだった。

「何かね？」

フィニスは落ち着きなく両手を動かしてポケットに入れた。「ドクター、僕には病理学の心得が少しあります――戦時中、軍の衛生部隊におりました」だが、彼の声は落ち着いていた。「そのとき、心疾患で死亡した遺体は通常、死後しばらく弛緩した状態が続くと教わりました」そこでひと息つき、口ごもりながら話を続けた。「しかし――その――今回、死後硬直がすぐに始まったのです」

ドクター・タウンゼントのがっしりした顔に血が上り、濃い紅色に染まった。太い眉の下から鋭い目でフィニスを値踏みするように見る姿に、ジェフリーは、映画『白い蘭』で、反抗する娘のヘンリエッタを父親のバレットが言葉汚くなじるシーンを思い出していた。ドクターは銅鑼(どら)のような声を張り上げた。「では、君、硬直は死後の所見では極めて珍しく、信頼できない特徴だと英国陸軍の衛生部隊で習ったのかね？　では、死後硬直は血糖値や死亡直前の激しい運動、それに患者が亡くなった部屋の温度など、死因と直接関係のない雑多な条件でも生じるとは教わらなかったのか？」ものすごい剣幕で振り返り、横柄な態度で目を閉じると、ドクターは噛みつくように問いかけた。「君はそう教わらなかったのかと訊いてるんだ？」

間の悪い質問をしてしまったとフィニスは真っ赤になり、口ごもりながらも反論した。「もちろん教わりました！　でも、僕は、ただ――」

「君はそこまでして己(おのれ)の無知をさらしたいのかね」ドクター・タウンゼントは言い放った。見下げたようなしぐさで青年を追い払うと、今度はディレクターに話しかけた。「死因は循環器の機能低下に相違ありません、ミスター――ミスター？」

「ニッカーソンです」

「間違いありません、ミスター・ニッカーソン。死因を裏付ける明白な兆候が複数あり、何ら疑問の余地はありません。私の口から、今ここで根拠を述べるまでもない。本件について、死亡診断書に署名すると言っても差し支えありません」ドクターは冷ややかな声で言った。「逆に、そちらに異議があると言うなら……？」ドクター・タウンゼントは挑むように太い眉をつり上げ、相手の様子をうかがった。

「そんなことはありません、ドクター」ニッカーソンは今度も声に不安の色をありありとにじませながら答えた。「先生が納得されたのなら、何ら疑う理由などありません」

ドクター・タウンゼントはもったいぶって会釈をした。「お好きにどうぞ。遺体の撤去作業はこちらで手配します。死因審問の必要はないでしょう。もちろん警察に通報し、遺族に連絡を取っても構いません。ただし、新聞があれこれ不愉快な記事を書き立てるのは避けられまい」ここで彼はもう一度唇を歪めた。「こんな事件が騒ぎになるようなご時世ではないようですがな！」

はるか昔に培った知識をもとに、説得力のある見立てを述べ、ドクター・アーサー・タウンゼントは第二スタジオから静かに立ち去った。彼がいなくなると、トロイの戦士五十人分に相当するとの雄弁ぶりで知られるステントールにも劣らぬほど、人の心に訴える沈黙がスタジオに残った。

4

オックスフォード・サーカスの信号が点滅すると、ジェフリー・ブラックバーンはクラッチとギアをあやつり、ブレーキを踏んだ。ベントレーはスピードを落として止まり、低いエンジン音はたちまちやんだ。居心地よさそうに座っていた主席警部は手の甲で口を押さえ、大きなあくびを飲み込んだ。

「なあ」リードは眠そうな声で言った。「君が厄介事を引き寄せる才覚は、さながらノミにたかられる猿のようだな。ＢＢＣでも前代未聞の一大事――それを一等席で目撃したのだから」

「そうでしょうか」ジェフリーは心ここにあらずといった様子でつぶやいた。彼の目は痛ましいほどに充血し、焦点が定まらず、憂いをはらんでいた。相棒の気性を知り尽くしているリードも、相槌が貰えないつぶやきを続けるしかなかった。

「それにしてもニッカーソンには辛い一日だった。新社屋のお披露目の夜じゅう、ずっとだ。それなのに式典を滞りなく終わらせるとは、私も舌を巻くほどの才覚の持ち主だ」彼の半分眠った頭を巡らせているうちに、違うほうにも考えが及んだ。「あのロシアのご婦人が倒れたのも無理はない――照明がついてからの光景は忌まわしいとしか言いようがなかった。あの青年も――名前は何だったか、そうだ、ニューランドだった――動揺しただろう。ニッカーソンだって、夜が明けてから手を回さねばならないことがある」リードはうなった。「希望のない夜明けといったところか――」すると彼はいきなり目をらんらんとさせ、自分の席から相棒の腕をつかんで怒鳴りつけた。

「頼むからもっと急いでくれ！　オックスフォード・サーカスの渋滞に巻き込まれてるぞ！」

「えっ――何？」ジェフリーはびっくりして目を覚ました。

「すまない」リードは言った。ジェフリーが勢い良くクラッチをつなげたので、主席警部はシートに叩きつけられた。馬力のあるシングルシーターは驚いたウナギかと思うほど、行き交う車を敏捷にすり抜けていく。鼻先の長いロールスの脇を追い抜いたときには、フェンダー同士が接触し、リードを冷や冷やさせた。

「警部」ジェフリーは何か考え込んでいるようだった。「覚えてらっしゃいますか、スタジオであの女優が倒れたとき、何か聞こえませんでしたか？」

大柄の警部はジェフリーをじっと見た。「どうしてそんなことを――」と言いかけてひと息つくと

「そうだ」と、記憶をたどるようにゆっくりと語りだした。「確かに思い出した。遠くで自動車がエンジンを始動し、去っていく音が聞こえた」

ジェフリーは苛立ったとも言える勢いで首を左右に振った。「それはわかってるんです！　それ以外に何か聞こえませんでしたか？」リードは不思議そうな顔でジェフリーを見やった。「今度は何が気に障ったのかね。他には何も聞こえなかったぞ。何しろ事件のせいで、物音に気を取られる余裕などなかったからな」

ジェフリーがハンドルを切ると、ベントレーはニュー・ボンド・ストリートに入った。「別の音がしたんです」彼は小声で言った。「昨夜から、ずっと気になっていました。でも、音の正体がやっとわかりました！　スタジオ近くのどこかで、ドアが閉まる、くぐもった音がしたんです！」

第四章　ジグソーパズル

何も難しいことはない、丹念に探せば謎は必ず解ける

ロバート・ヘリック（十七世紀英国の詩人）

1

雲雀（ひばり）が早起きなのは、鳥類の脳に限界があるからだろうか。これはジェフリー・ブラックバーンのかねてからの疑問である。「寝る時間が見つからないなら探すだけ無駄だ」これはフランソワ・ド・ラ・ロシュフコー（一六一三～八〇。十七世紀フランスのモラリスト文学者。『箴言集』で知られる）が、自分が朝九時までに起きられないのを何ら恥じることなく述べた言い訳だが、ジェフリーなら、この名文句を自分に都合良く解釈して使うだろう。一方、親から厳しく躾けられたウィリアム・リード主席警部は、相棒ジェフリーの怠惰な生活をやむなく受け入れることにしていた。脅しても、拝み倒しても、あざ笑っても、ジェフリーが起きるべき時間に起きてくれないので、リードは起こすのを諦め、今ではひとりで朝食の席に着く毎日に甘んじるまでに至っていた。だから翌朝七時を数分回った頃、眠い目をこすりながらシャワー室に向かう途中、リードが居間で目撃した光景にどれほど驚いたかは想像に難くない。パジャマの上に白と黒のチ

ェック模様のドレッシングガウンを羽織ったジェフリーが、櫛を通していない頭の後ろで両手を組み、口元にはいつものタバコをくわえ、マントルピースの前に寝そべっていたのだ。

主席警部は立ち尽くしたまま息を呑み、頭がちゃんと起きていないから幻を見たのかと思って片目を拳でこすったが、やはりジェフリーはそこにいた。

「ジェフリー！　こんな時間に君はいったい何をしてるんだ？」

ジェフリーがくわえたタバコが小刻みに揺れた。だが、一向にマントルピースの前から動こうとはしなかった。「おはようございます」彼は愛想よく挨拶した。「眠れませんでした」

リードは信じがたいといった顔でまじまじと相棒を眺めた。「眠れませんでした、って――いったい、どうしたんだ？」

「眠れなかったんです」ジェフリーはまったく動じずに繰り返した。「こういう格言を聞いたことがありませんか？　『罪なき眠り、眠りとは気苦労のもつれた糸をときほぐすことであり、その日の生活に別れを告げる行為であり、労働で疲れた体を癒やす浴槽であり、傷ついた心に塗る軟膏のようなもの。偉大なる自然の主菜よ』（『マクベス』第二幕・第三場）」ジェフリーは顔をリードのほうに向けて言った。「おお、偉大なるコーダの領主よ（マクベスのこと）、汝は何たるうそつきなのだろう！」

主席警部は部屋を横切ってジェフリーのそばに行った。「君、ちゃんと目は覚めているかね。まだ朝の七時だぞ」

ジェフリーは別に驚きもしなかった。「そうなんです」彼はつぶやいた。「午前五時から、ここに座っています」

リードは眉をひそめた。「何があった？」彼は問いただした。「消化不良か？」

「それだ！」ジェフリーは起き上がると、血走った目を主席警部に向けた。「そうです——消化不良なんです！　頭の消化不良だ」彼の声に活気が戻った。「頭の中でいろんなことが泡立ったり、かき乱されたり、吐き戻されたりで、ベッドからはじき出されたのかもしれません」ジェフリーはすっくと立ち上がるとタバコをもみ消し、リードのほうに向き直った。

「警部！　僕は昨晩亡くなったあの女優の死に納得がいかないんです！」

「でかしたぞ！」リードは目を丸くして相棒のやつれた顔を見た。「どこが気になっているんだ？」

「つじつまが合わないところが山ほどあるじゃないですか！」ジェフリーは手をせわしげに動かしながら言った。「それに僕としては、彼らがごまかしている理由がどうしても理解できません。僕の繊細な嗅覚が胡散臭さを嗅ぎつけただけですが、どこから臭ってくるのか言い当てたら、僕を絞首刑にしてください」

主席警部はジェフリーのドレッシングガウンのひもを引っ張り、「それで？」と尋ねた。「私は何をすればいいんだ？」

ジェフリーは諭すように言って聞かせた。「あなたならマイルス・コンロイに遺体の検視を頼めるじゃないですか」

リードは馬鹿にしたような、それでいて驚いたような顔でジェフリーを見やった。「君——気でも触れたのかね？」

「ええ、そのとおり」ジェフリーも頑として譲らなかった。「メアリ・マーロウが心臓麻痺で死んだのではないと、自信を持って言えるほどおかしくなっています」

「では、あの医師の診断は——？」

ジェフリーは手短に説明した。「警部、あなたもそうですが、医師は絶対に信頼できるという思い込みが過ぎるんです！　医師団はジェイムズ・メイブリック（切り裂きジャックの被疑者と言われた人物のひとり。妻に殺害された）の死因を慢性消化不良と診断しました。医者たちは毒殺者フレデリック・セドンに殺されたエリザ・バロウは肝臓の鬱血で死んだと抗議し、微量の砒素を少しずつ盛られて衰弱死したピエール・ラングリエには、急性胃炎の診断を下した！」と、早口でまくし立てたジェフリーはペースを少し落とした。「こうした遺体は検視の結果、毒殺という事実が何ら疑いもなく提示されたのです」

「毒殺！」リードは表情を石のように硬くした。「君――何を根拠に……？」彼は言いよどむと、黒い眉の下からジェフリーをにらんだ。ジェフリーはお手上げと言いたげに肩をすくめた。

「僕だって確信は持っていませんよ、警部。ただ納得がいかないということだけは確かです。だからコンロイに遺体を診てもらいたいんです」と言うと、ジェフリーは腕組みするリードの腕をつかんだ。

「お願いします、警部！　その代わり、もしスコットランドヤード犯罪捜査課の主席監察医が心臓麻痺と診断すれば、この件については今後一切口にしませんから！」

　主席警部はマントルピースに歩み寄ると、大きな手を火にかざした。彼は振り向かずに話しはじめた。「だが、自分が何をするつもりか、君はちっともわかっちゃおらん。いいかね、これはＢＢＣに関わる問題なんだ。君が疑うとおり――もし人が殺されたのなら、その動機を巡ってロンドンが真っぷたつになるほどの大騒ぎになるぞ！　逆に死因のどこにも問題がなければ、私は犯罪捜査課きっての大間抜け呼ばわりされる」

　しかし、ジェフリーは悲しげな声で言った。「わかってます、警部。でも、やはり……」

振り返ったリードは、穏やかな表情をしていた。「根拠を述べてみなさい。君が夕食を食べ過ぎて消化不良を起こしたからといって、私がこの問題を捜査課に持ち帰ると思ったら大間違いだ。どこでおかしいと感じたのかね?」リードは椅子を持ってきて座った。

ジェフリーはマントルピースの上に置いたシガレットケースからタバコを一本取り出し、火をつけた。「わかりました。未解決部分を整理し、死因など解決の難しいものはあとで考えることにします」と言って、彼はタバコの煙を羽根のように長く吐き出した。

「まず気になるのは、マーロウがスタジオで倒れた直後に我々が聞いた、あの音にまつわる一件です。あなたもきっとそうでしょうが、僕はほぼ無意識に耳にしました、そのあと、はたしてどんな音質だったかと真剣に考えはじめて、ことの重大さにようやく気づいたというわけです。昨晩スタジオから車で帰る途中、僕の耳は二種類の音を聞きました——静かにドアを閉める音、そして自動車を動かすときの音です。だが、実は第三の音が聞こえていた。普段意識することのない、どこでも耳にする、ありふれた音が。今朝早く、部屋の中を歩いていて、僕は第三の音を聞いたのを思い出しました」ジェフリーは話すのを一旦やめると、リードのほうに視線を落とした。「警部——カーペットを敷いた床を歩くときに出る、かすかな足音です」

リードはジェフリーをじっと見ていた。「なあ、君」彼はぼんやりと言った。「もう少し理にかなった事実が欲しいね。廊下を歩いていたのは出入りを許された者だけだ。実際には、マーロウが倒れたあと、ふたりの人物が歩いていたのはわかっている。覚えているかね? 我々が小スタジオから大急ぎで出たとき、鍵の掛かったドアのそばで、あのスタジオディレクターと青年がタバコを吸っていた。君が聞いたのは、あの連中の足音じゃないのかね」

ジェフリーの顔から得意げな表情が消えた。

そして、起きたままのぼさぼさ頭を左右に振った。「ああ、なぜ、頭にあることを言葉で表現できないんだろう。僕が聞いたのはですね、動揺しきった人間がおろおろ歩いているときに出す音ではありません。音を出さないよう、注意を払って進む足音でした――」

「事実だけを言いなさい」リードが愛想のない声で話を遮った。「先を続けたまえ」

軽い寒気を覚えたジェフリーはドレッシングガウンの胸元をかき合わせた。「ずばり言うと」彼は静かな声で言った。「殺す相手を間違えたという、看過できない問題があります」

主席警部は動転した。「間違えた……?」

「殺す相手を、です」ジェフリーはきっぱりとした口調で繰り返した。「可能性を頼りに事件を追えば、あのときスタジオにいた中で、トラブルを起こしそうなのはオルガ・ルシンスカぐらいしかいないと思いませんか。彼女が演じた役柄のことじゃありませんよ」そして、何か考えごとをしているように続けた。「では、別の角度から見た仮説を提示します。オルガは他のキャストとは不仲であり、あの毒舌ゆえ、敵はひとりでは済まないでしょう。ならばなぜ、メアリ・マーロウという悪意なき無名の人物が狙われたのでしょう?」

リードは椅子に寄りかかって足を組んだ。「マーロウが心臓に問題を抱え、ルシンスカは健康だったからとしか答えられない。ありもしない余計なことを考えるんじゃない。あのスタジオにいた全員が取り乱したのは、マーロウの病気に心を痛めていたからではないだろうか。それなら理にかなっている」

「事件が解決するまで理屈は通じませんよ」ジェフリーは答えた。「昨晩の殺人が仕組まれたものなら、ルシンスカを直接狙うと考えるのが筋というものでしょう。今回、なぜメアリ・マーロウが殺されたのでしょう。相手を間違えたから？」ジェフリーは不意に言葉を切った。「それなら、犯人は――」

「アメリカ人に言わせれば『とんだ間抜け野郎』じゃないか」リードが吹きだした。「どうしてそんなことを思いついたのかね。少しの論拠もなく、屁理屈をこねて歪んだ理屈をひねり出そうとしているぞ。良識のある答えができないのは、君の言う問題点とやらがひとつもないからだ」

ジェフリーは、わざと音を立てて椅子に座った。そして身を乗り出した。「ならば、この質問にお答えください、我らが巨軀のオイディプス王よ」彼の口調は厳しかった。「メアリ・マーロウはなぜ、自分から鍵を掛け、スタジオに閉じ籠もったのでしょうか？」

主席警部は反論しようと口を開いたが、すぐに閉じた。彼は目を細めてジェフリーをにらみつけた。

「君は何が言いたいんだ？」

「ごまかさないでください！」ジェフリーはきっぱりと返した。「答はもう出ているんでしょう？」それでもリードが黙ったままでいると、ジェフリーは話を続けた。「あなたの口からいつ答が出てきてもおかしくないはずだ。マーロウはあのスタジオの鍵を自分で閉めたあと、鍵を手に持っていたのは、どう考えても、スタジオ内の誰かを外に出さないため……そして、外部の人間を入れないためだ！」

リードは居心地悪そうに体の位置を変えた。「おい、待て、ジェフ――」

「お望みなら、六十の仮説を挙げても構いませんよ、主席警部！　スタジオにいた人たちは皆、鍵が掛かっていたのを知らなかったという事実から目をそむけてはいけません」

「それは周知の事実だ。しかし、誰かがうそをついていないとも限らん――」

「そうか！」ジェフリーが突然声を上げた。「おっしゃるとおりです！　スタジオにいたひとり、いや、複数の人物が、ドアに鍵が掛かっていたのを知っていたとも考えられる。ならばどうしてそう証言しないんです？　どうしてうそをつこうと思ったのでしょう？　今すぐ答を出そうとすると頭が混乱します。事件そのものに別の、いや、悪意のある光を当て、際立たせてはいませんか？」

「何たる明察！」主席警部は両手を勢い良く掲げた。「連中がうそをつくとは夢にも思わなかった。奴らは全員、鍵が掛かっていたのを知っていて、知らんぷりを決めこんでいたんだ」

ジェフリーはにやりとした。「警部、また騙されましたね。うそをついているかもしれないとおっしゃったのは警部のほうじゃないですか。では、スタジオにいた人々は、ドアに鍵が掛かっていたのに気づかなかったとしましょう。そこから……僕の最初の議論に戻ります。いいですか、しばらく口を挟まないでくださいよ、これから論理の前提について話しますので」

リードは椅子に深くもたれ、タバコをくわえると、マントルピースの上で交差させているフェンシングの剣（フォイル）をじっと見つめた。

「マーロウがあのスタジオに鍵を掛け、人の出入りを断ち切ったとは到底思えません。中に誰がいるのか丸見えですから。さて――これはあくまでも仮説ですが――マーロウがスタジオに一緒にいる相手に命を狙われるのを恐れていたなら、彼女が自衛のため鍵を掛けるのは、どう考えてもおかしいので、この仮説も、もちろん却下です。次、マーロウは襲撃者を逃がさないために鍵を閉めたのでしょうか？　これも違います。いいですか、スタジオにいた人々は全員顔見知りで、照明がついたときには全員揃っていた。誰かがいなければすぐにわかるし、その人物が怪しいということになります。そんなことはなかった。この可能性も捨てていいでしょう」

ジェフリーは一旦黙った。リードは何も言わずにうなずいた。

「一方」ジェフリーが推理を再開した。「外部の人間——面識のない人物——が、スタジオに入ってこないようドアに鍵を掛けたのなら、この仮説はにわかに信憑性を増すのです。スタジオのオープニングイベントに招かれた大勢の客の中に、マーロウを亡きものとしようと考える人物がいたとしましょう。劇中の暗転のシーンこそ、この人物が彼女を狙う格好の機会じゃないでしょうか。我々の仮説上の殺人者がスタジオをこっそり出入りできる可能性は十分ありますが、犯行を目撃されるリスクも当然あります」

「マーロウはこのことを案じていたのでしょう。だからスタジオのドアの鍵を閉めました。これでどうなったかはご存じのとおり」ジェフリーは片手を挙げ、指先を打ち鳴らした。「マーロウが鍵を閉めたのは、命の危険を感じたからです。彼女はこの世にいない。なぜなら彼女は襲われ、殺されたからです！　傲慢なドクター・タウンゼントの診断が笑止千万だったのも、そのためです！」

「くだらない推理もいい加減にしたまえ！」主席警部は鼻息ともうなり声ともつかぬ、侮蔑的な音を喉から発した。「ものの見方がことごとく偏っているじゃないか。君の仮説には一番大事なことが抜け落ちている。あの娘さんがドアに鍵を閉めたのは、外にいる誰かが入ってきて襲われないためと君は言ったね？　確かに彼女が襲われたあとの姿は見た。では、もし殺されたのなら、犯人はいったいどうやって中に入ったのかね？　ドアはずっと鍵が掛かったままだったのに」

「ええ——わかってますよ！」ジェフリーはやおら立ち上がると、乱れた髪に苛立たしげに手をやった。「だから、何かおかしいって言っているんじゃないですか。まったくつじつまが合わない——理にかなった殺害方法じゃないんだ。これじゃ――ピースが半分しかないジグソーパズルを完成させろと言われているようなものだ！」彼はリードのほうに向き直った。「なぜかわかりますか、警部？　僕たちは事件の半分しか目撃していないからです。偏った推理になるのはそのせいです！」

主席警部は首を横に振って立ち上がった。彼は思いやりのこもった声で言った。「それは違う。どうして偏った推理になるのか教えてやろう。二足す二が四であるという当たり前の計算で、君は答が十三にならないかと考えているからだ。彼女の死因は心臓麻痺だ――君はそこから理解不能な謎を引き出したいだけなんだよ！　うまくいくはずがないだろう」

主席警部はジェフリーのそばまで行くと、片手を彼の肩に置いた。「君が些細なことを大袈裟に言っていると、ズボンの後ろボタンを賭けてもいいぞ、ジェフ。さあ、気つけ薬でも飲んだらベーコン・エッグでも腹に流し込め。いいか、忘れるんだ――」

と、リードの説教が興に乗ったところで、電話のベルが断ち切るように鳴り響いた。彼は振り返り「誰だ、こんな朝早くに？」と言った。

だが、ジェフリーはすでに電話に出ていた。受話器の向こうにいる見知らぬ相手に当惑しながら返事をする細面（ほそおもて）の顔に、驚きと喜びが入り交じった表情が現れているのをリードは見て取った。しばらくして受話器を置いたジェフリーはリードのほうを向いた。先ほどまでの苛立った様子や心配げな態度は消え失せていた。彼はハミングで歌を口ずさみながら主席警部のそばまで来ると、からかうように目配せした。

「さっさと歯を磨いたほうがいいですよ、勇敢なケルベロス（冥府に住むといわれる三つの頭を持った犬）殿」と言って、ジェフリーは含み笑いをした。「朝食が終わったらお客様がいらっしゃいます」彼は話しながらドレッシングガウンのベルトをほどいた。「先ほどの電話は、ミスター・アンドリュー・ニューランドからでした。ニッカーソンのところに行く前に、ここに立ち寄りたいのだそうです」そして彼は、妙な表情を浮かべながら首をかしげているリードの顔をまじまじと見た。「ミス・マーロウが心臓麻痺で急死するはずがないと思っているのは、ミスター・ニューランドも同じですよ！」

2

アンドリュー・ニューランドは九時ぴったりに到着した。ニッカーソンから聞いていたとおりの人物像だったので、ジェフリーはほんの少しもの足りない思いを感じた。どう表現していいかわからなかったが、ニューランドには、どこか浮き世離れしたものを期待していたのだ。この肩幅の広い若き紳士には富豪の相続人として甘やかされて育ったという気配が少しもなく、それどころか冷水浴をたしなみ、朝早くから乗馬を愉しみ、スカッシュコートでみっちり汗を流すスポーツマン然とした雰囲気をまとって部屋に入ってきたのだ。沈着冷静なところと、逞しさや無神経さがきわどいバランスで同居しているといった印象である。一度決めたとなれば執拗にこだわり、考えを曲げなそうなところもうかがわれた。

ニューランドは両脚を広げて立ち、目の前の人物にひとりずつ視線を投げた。主席警部が歩み出て、つぶやくようにして自己紹介をすると、タバコを勧めた。ニューランドは首を横に振った。彼は椅子の背に身を乗り出してドライビンググローブを外しはじめた。

「このような形でいきなりお目にかかる無礼をお許しください」深みのある、男らしい声だ。「実を申しますと、今朝悲しい知らせを受け、すっかり気が動転しております。今日の朝方、ジョージと――ミスター・ニッカーソンと話しました。ことの顚末を話してくれました」ニューランドの声が一瞬揺らいだが、すぐに落ち着きを取り戻した。「ミス・マーロウが他界した件です」リードは律儀にうなずいた。「痛ましい出来事で、さぞ驚かれたかとお察しします、ミスター・ニューランド」主席警部は意識して穏やかな口調で言った。「ただ、率直に申し上げて、我々はどんなお役に立てるのでしょうか?」

「真相を究明していただきたいのです!」

主席警部は眉をつり上げた。「真相?」

ニューランドの黒い瞳の奥で何かがきらめいた。彼はゆっくりと椅子の前まで歩き、腰を下ろした。そして言いにくそうに口を開いた。「ミスター・リード、あなたは、良からぬことを企む不逞の輩が起こす騒動によく巻き込まれる方だと聞いております。そんな連中と礼儀正しく接するよう訓練を積まれたのでしょう――私に礼を尽くしてくださったように。でも、わかるのです――」

「恐縮です、ミスター・ニューランド」リードが話しかけても、ニューランドはきっぱりと手を振って制した。

「あなたがどうお考えか、重々承知しています」彼は気にせず話を続けた。「しかし、それとこれとは話が別です――まったく違います」深みのある声が不自然に抑制したように聞こえた。「昨晩、あのスタジオで何があったかは知りません。私はメアリに同行するはずでした――一緒にいればよかった――でも、おばのことがあったもので。ですから、昨夜の出来事については何も語れないのです。ただ、これだけは間違いない、彼女の死因は心臓麻痺じゃない！　メアリの心臓は私並みに丈夫です」話しながら、ニューランドは広い胸を拳で叩いた。

　誰も、何もしゃべらなかった。ニューランドの黒い瞳が遠慮会釈なく見つめる中、リードはパイプを手に取り、指の中で一回転させてから言った。「ミス・マーロウの遺体を引き取ったあと、すぐ医師に検視させました。彼は有能な医者で、心臓の虚弱が原因で亡くなったとみて間違いないと言っています」

「だが、私は断じて違うと言いたい！」ニューランドは顎を歪めた。彼が立ち上がると、レスラーのように鍛え上げた逞しい体は、ジェフリーたちよりずっと大きかった。「いいですか、心臓は勝手に止まるものではありません。心機能が弱い人には、血圧、めまい、息切れなど、さまざまな症状が出るものです。ええ、わかっていますとも」リードが話しだした。「ジョージ・ニッカーソンのところを辞してから、ハーレイ・ストリート（ロンドンで医師が多く住む地域）の友人と話しました。このような心不全の症状について、いろいろ聞きました。まったく納得がいかないことだけははっきりしましたな」

　ジェフリーは自分の椅子に座って、何も言わずに考え込んでいた。ニューランドは両手をポケットに突っ込み、先ほどから立ったままだ。リードは物思いにふけりながらパイプにタバコを詰めてから火をつけ、マッチを灰皿に放り投げた。

「お座りください、ミスター・ニューランド」

　ニューランドはようやく大きな体を椅子に沈めると、不機嫌そうに首を横に振り、「まったく物笑いの種だ」と文句を言った。眼差しに活気が戻った。「それにしても、警察に信じてもらえなかったらどうすればいいんです？　私は全財産を賭けてもいい、メアリ——ミス・マーロウは断じて心臓の虚弱で死んではいません！」

ジェフリーが座ったまま口を開いた。「ミス・マーロウとの交際中、そのような症状は見受けられなかったのですか？」

ニューランドは勢い良くジェフリーのほうを向いた。「断じてありませんでした！　むしろ逆です。体を動かすのが何より好きでした。テニスをしても疲れたなんてひとことも言わなかった。私をへとへとにさせるほどスタミナがあった。泳ぎも、乗馬も、ハイキングも得意でした」彼はあり得ないと言いたげなしぐさをした。「心臓麻痺だなんて信じられません。彼女の心臓が弱ければ、こんな激しい運動に耐えられるはずがない」

「ううむ」リードは何とも言いがたい様子でパイプを吸った。「心臓の虚弱は遺伝性であり、あなたにうそをついていた可能性はないのでしょうか？　彼女の家族とは面識がありますか？」

ニューランドは首を横に振った。「家族のことは誰にも話さない人でした。「両親は亡くなったと聞いています」彼は落ち着きを取り戻していた。「この世に頼れる人など誰もいないという彼女に、私は惹かれたのです」声が大きくなっていった。「あの娘は、たとえ死んでも、何の疑問も持たれないような境遇です。何しろ騒ぎを起こすような身内が誰ひとりいませんから」

「彼女はどうやって生計を立てていたのですか？」ジェフリーが尋ねた。

「定職には就かず――雑文を書いて暮らしていました」ニューランドは感極まった声で話しだした。「女性向け新聞の契約記者として映画やラジオ業界の人間に取材し、幾許かの収入を得ていました。足りない分は、他の仕事で稼いでいました。どんな仕事かはまったく知りません。彼女の手を見るに、床を磨いていたのだろうかとしか言えません。昨晩のドラマに彼女を出してもらうよう、ニッカーソンに頼み込んだのはそのためです。生きていくためにはどんな手を使っても金が必要だったんですよ」ニューランドは大きな手をぎゅっと握り、ゆっくりとまた開いた。

「それは妙な話だ」ジェフリーは人を食ったような調子で言った。タバコをぽいと捨てると、新しいのを取るために立ち上がった。

ニューランドは顔を上げた。「妙な話？　どこが妙な話なんです？」

ジェフリーはすぐには答えなかった。椅子に座ってタバコに火をつけると、マッチの炎越しに来客者の顔を見ようとした。「あなただってわかっているはずだ、ミスター・ニューランド」ジェフリーは穏やかな声で言った。「僕もあなたと同じく、ミス・マーロウの死についての説明がまったく腑に落ちません。少なくとも、いくつか妙に思えるところがあります。ひとつ例を挙げましょう。昨夜、ミスター・ニッカーソンがミス・マーロウの死を警察に通報すると、警官がひとり、彼女の自宅に向かいました。ミス・マーロウの住まいはベイズウォーターにあるフラットです。彼女の家族か友人に辛い知らせを伝えるのが、その警官に与えられた任務でした。彼女がひとり暮らしだと知ったときの警官の驚きようを考えてもみてください。フラットの大家である女性によると、ミス・マーロウには親しい友人もいなければ、知人もほとんどいなかったそうです。彼女はフラットを数週間留守にしたかと思うと、何の予告もなく戻ってきて、留守にした理由も言わなかったそうです。それに——」ジェフリーは言いよどんだ。「彼女の暮らし向きはかなりよかったらしく、借りていたフラットは、決して立派ではありませんが、それなりの調度が揃っていました。それでもあなたは、彼女が貧しかったという印象を持ったと僕たちに言うのですね」

ジェフリーを見るニューランドの黒い瞳が次第に険しくなっていった。ジェフリーが話を終える頃、ニューランドの顔は上気して真っ赤に染まっていた。そして両手を握りしめ、椅子から立ち上がった。

「いいか——よく聞け」口調が厳しいものに変わった。「何を言わせたいのか知らないが——」

「そんなつもりはありません」ジェフリーはきっぱりと言うと、ニューランドをやんわりと押し戻し、もう一度椅子に座らせた。「ミス・マーロウの性格が謎めいていたのなら、育ちはもっと謎だとあなたに言いたかったわけじゃありません」と言って、ジェフリーは燃えさかるマッチを長い指で弄んだ。「彼女の経歴をもっと掘り下げれば、彼女が亡くなった謎を解く何かがわかるはずです。ミスター・ニューランド、あなたは誰よりもミス・マーロウのことをご存じだ。僕たちはあなたのお知恵を拝借したいんです。何か思い当たる節はありますか?」

怒りで真っ赤になっていたニューランドの顔から血の気が引き、ばつの悪そうな表情へと変わった。椅子に座ると、彼は組み合わせた自分の指をじっと見ていた。「すみません」と、つぶやくような声で言った。「あんなこと、言わなければよかった……」彼は恥ずかしげな消え入りそうな声でつぶやいた。

主席警部が歯切れよく言った。「もうこれぐらいにしておきましょう。我々はあなたの協力を求めています。あの娘さんについて、どんなことをご存じですかな?」

ニューランドは顔を上げた。「私から言うことは何もありません」とだけ言った。「メアリを気に入ってはいましたが、そう頻繁に会ってはいませんでした。あなたがおっしゃるとおり、彼女は数週間姿をくらますことが何度かありました。どこにいたんだと問いただすと、新聞の仕事で留守にしていたとか、つじつまの合わない弁明をします。それがうそなのはもちろんわかっていました。無理に釈明を求めると烈火のごとく怒りだすのです。まったく感情の起伏の激しい女でした」彼は暗く沈んだ声で付け加えた。

「ミス・マーロウはあなたに身の上話をしたことがありますか？」

ニューランドは首を横に振った。「一度もありません。話すのはいつも共通の話題でしたし――その日自分たちに起こった出来事とか。会話が立ち入ったことに向かうと、彼女はすぐに話題を変えました。いつもかたくなに口を閉ざすので、どうしたらいいか困っていたんです」そして、視線を下に向けた。「でも、そんなことはどうでもよかった――あまり気にしてはいませんでした」

「彼女のフラットに入ったことはありますか？」

「まさか。絶対に入れてもらえませんでした。車で彼女を自宅まで送ることがたまにありました。旧市街の一角です。フラットの中には一度も入ったことがありません。なぜだろうかと、よく考えたものでした」ここで、これ以上言うべきか悩んでいるような声になった。「いや――これでは彼女にやましいところがあると勘ぐっているみたいじゃないか」

リードが尋ねた。「ミス・マーロウとは、どこで知り合ったのですか？」

「チェルシーの界隈で開かれた、文人の集いです。胡散臭い連中ばかりいました――無精髭のだらしない男たちのたまり場だったという記憶があります。その中に、美貌自慢の女性が数名いました」ニューランドは声を振り絞った。「中でもメアリはひときわ目立っていました。ベイズウォーター・ロードを通って帰るつもりだと言ったら、女主人から、メアリを送ってくれないかと頼まれました。その夜、私たちはとことん語り合い――彼女のことが好きになりました」

「それがいつでした？」

「四か月ぐらい前です」

「その夜を機に、ミス・マーロウとは頻繁に逢瀬を重ねたわけですか」

「彼女が会いたいと連絡があるときだけですが」身を切るような、哀れを誘う声だった。「ミス・マーロウは不思議な人で——私とはずっと、ある程度の距離を置いて付き合っていました」と言って、ニューランドはうなずくように首を振った。「過去に何かあったのは察していました——人には絶対に言えない何かが。ええ、考えれば考えるほど、そう思えます」

ジェフリーが確認の意味を込めて尋ねた。「彼女が何かを——誰かを怖がっているように見えましたか?」

ニューランドは黒い眉をひそめた。「見えなかったとは言い切れません」真意をうまく伝えるため、言葉選びに苦心しているようだった。「期待に添えないような曖昧な言い方になってしまい、申し訳ないのですが——その——よくわからないんです。話せば話すほど、私たちの関係が不自然だったのを実感するようで」

「でも間違いありませんよね」ジェフリーはひるまず話を続けた。「断続的とはいえ、四か月近く交際し、その間彼女の私生活や友人について気づくことが何もなかったのは」

「交友関係はそれほど盛んではありませんでした」ニューランドは小声で言った。「私と会っていて知り合った、共通の友人がほとんどです。彼女は自分から友人を作ろうとはしませんでした。ひどく恥ずかしがり屋で臆病な娘でしたから。人と会うのを極端に怖がっていました。ふたりで公の場に出ることもなかったですね。私の車で、よく長距離のドライブに出ました。彼女がドライブ好きだったので。ロンドン塔には何度か昇りました。映画を観たり、静かなカフェでお茶を飲んだり」

「ふたりでどんな話をしていたのですか?」

「それほど多くは話しませんでした」ニューランドは正直に答えた。「ただ座っていただけでしたね」

リードが立ち上がった。「亡くなった今と同様、存命中もミス・マーロウに翻弄されていたというわけですな」彼は冷たく言い放った。

ニューランドが椅子から立った。「心外だ――まさか私をお疑いですか？　あなたの目には、すべて公正な結果に見えるのですか？」

主席警部は口髭を引っ張りながら考え込んでいた。そして手を後ろに組んでうなずいた。「わかりました」彼はもったいぶった口調で言った。「それでお気が済むのなら、主任監察医に検視を行わせましょう」

ニューランドはリードに歩み寄り、その手を握りしめた。「恐縮です」彼は感極まった声で言った。「私はただ、真実が知りたいだけなのです。彼女にしてやれるのはこんなことぐらいですから」

「マックにすぐ電話をしなければ」とジェフリーが持ちかけ、リードはうなずいた。「そろそろ本庁に出勤した頃だろう――今、何時だ？」

ニューランドはコートの袖を引っ張ったが、腕時計をしてこなかったことに気づき、腹立たしげな声を上げた。「すっかり忘れていた」彼は誰に言うともなくつぶやいた。「三日前に時計を壊したので宝飾店に預けたんじゃないか。予備の時計も切らしていた」ジェフリーが代わりに時間を告げた。

「監察医をすぐに手配させます」リードが確約した。

ニューランドはドライビンググローブを着けた。「ウィンチェスター・ホテルに数日滞在しています。何かわかりましたら連絡いただけますか？」

リードは朗々とした声で言った。「よろしいですか、このことは他言無用に願います。この計画が発覚すると、私は警視総監からお目玉を食らうことになってしまう。そもそもこんなことをしているのも職務に反するのに」

「わかりました」アンドリュー・ニューランドはリードに向かってうなずくと、後ろを向いて部屋から出ていった。ニューランドが去り、ドアが閉まったところで……

「いかにも女たらしといった人物のお出ましだな」ジェフリーは自分の椅子を押し戻し、うなるように言った。「あの謎めいた娘が最も親しくしていた友人……彼女の手がかりを知る上で一番の重要人物というわけか。しかもあの男、カフェで彼女を眺めて時間を無駄にしていたとは！」

3

ラジオ局のスタジオで死者が出たとなれば、朝刊紙が黙っているわけがない。どの新聞も一面で報じた。扇情的な紙面作りで知られる三流紙は「メアリ・マーロウ嬢、まさに暗闇でご用心」と、はなはだ下品な見出しで煽る始末。だが本文には、ジェフリーの見知ったこと以上の情報は載っていなかった。記事を丹念に読み進めたジェフリーは、束ねた新聞を足蹴にし、部屋の隅へと追いやった。

落ち着きを失ってじっとしていられず、ジェフリーはフラットの中をうろうろと歩き回り、タバコに火をつけては二、三回吸っただけで投げ捨て、わざわざ飲み物を作っても、味わいもせずに放ったらかしだ。窓辺に行っては何を見るでもなく外を見やった。このうろたえぶりは、本人が一番わかっている。明らかに情緒不安定だ。冷徹で鋭い機械そのものだと言われる理性派の頭脳は当惑して震え、別のことを考えてバランスを取らないと、ギアをニュートラルに入れたまま、アクセルをいっぱいに踏んだ車の高出力エンジンのように脈打つのだ。今まで一度も自分を裏切ったことのない、得も言えぬ直感がささやく——気づかぬうちに、暗く手ごわい迷路の入口へと導かれたのだと。一見難なく進めそうなだけに、かえって厄介な迷路へと。

「まったく」ジェフリーは部屋の中を気もそぞろに歩きながら怒りを口にした。「僕はなぜ、悲劇の女神メルポメネーと喜劇の女神タレイアのふざけたおしゃべりを自力で止められなかったのだろう？目の前で起こっていたというのに！」

彼は苛立たしげに椅子に身を投げ出すと、本を手に取り、ページを適当に繰った。やがて本を投げ出し、両手を頭の後ろに組む、お気に入りのポーズで目を閉じた。マントルピースの上で、置き時計が正午を告げた。ジェフリーは体を起こした。

「とにかくやってみよう」彼はつぶやいた。「暇つぶしぐらいにはなるはずだから」そして立ち上がり、電話のそばまで行くと、電話局の本局に掛け、メアリ・マーロウのフラットの住所を訊いた。三十分後、彼はベントレーのハンドルを繰り、テラスハウスが整然と建ち並ぶベイズウォーターを走っていた。

秩序なく建ち並ぶデパートの窓ガラスがきらめき、昼時の買い物客でさざめく、活気に満ちた大通りを脇道へと入り、青々と茂る並木道を走り、緻密に作り込んだ庭を通り過ぎる。このあたりの地理に不案内なジェフリーは、車をテラスに入れると、エンジンを停止させて飛び降りた。舗道で遊んでいた子どもたちにバイアム・プレイスの場所を尋ねたところ、テラスを横切って百ヤードほど進んだところにあるとわかった。車で行くか、歩くか悩んだ結果、心地よい日差し、隣接する庭園から春の薫りを乗せて吹いてくるそよ風に誘われ、歩いていくことにした。彼はあれこれと考えながら、のんびりと歩いた。別段決まった計画はなく、メアリ・マーロウの自宅を検分に来たのは、こんな面倒な事件では確証を得るというより、どんなに些細なことでもいいから、とにかく動いて自分を満足させたかったからだった。角を曲がればすぐバイアム・プレイスというところで、ある光景を目にしたジェフリーは、痩軀に緊張をみなぎらせ、出し抜けに足を止めた。

バイアム・プレイスはごく短い通りで、その先はそびえ立つ灰色の石煉瓦の建物に遮られていた。その道半ばに、鮮やかな赤のスポーツカーが停まっていた。車内の女性は、襟に毛皮をあしらったドライビングコートをまとっている。頭の片側に乗った、不釣り合いなほど小さな帽子、肩まで伸びた黒髪。明らかに落ち着きを失っており、何度も振り返っては後ろを確認している。女はそんな不安げな動作を繰り返したが、そのつり上がった目、頰骨の高い顔立ちにジェフリーは見覚えがあった。

オルガ・ルシンスカだ。

ジェフリーが気づくのとほぼ同時に、オルガは前かがみになって身を隠した。間もなく向かいの家のドアが開き、キャメルのオーバーコートに身を包み、襟を耳のあたりで立てた、黒髪の痩せた男が姿を見せた。ジェフリーは苦々しく口元を歪めた。謎の人物登場、というわけか。だが、あのすらりとした体つき、青ざめた顔、ぎらぎらした黒い瞳を最後に見たときの記憶が蘇った。オーバーコートの青年はスティーニー・ロッダだった。

昨夜散々な目に遭って意気消沈したのか、ロッダはかなり調子が悪そうに見えた。緑がかった顔色のせいで、目の周りのくまがさらに際立っていた。ポケットから例の拳銃型シガレットケースを取り出し、機敏な動作で口にくわえたが、指が震えてマッチを三本取り落とし、ようやくタバコに火をつけた。ジェフリーはその一部始終を眺めていた。彼ほど観察眼に恵まれていなくても、スティーニー・ロッダが落ち着きを失って取り乱しているのが手に取るようにわかった。

ルシンスカが急を要するようなことをささやいたようだ。ジェフリーのいる場所から、ロッダが苛立たしげに首を横に振るのが見えた。ロッダはタバコを投げ捨てて車に飛び乗ると、セルモーターを乱暴に作動させた。エンジンが始動する音がしたとき、ジェフリーは眉をひそめた。聞き覚えのあるエンジン音――昨日の夜、痛みで息を詰まらせながらメアリが倒れたあと、沈黙を破るように響いた、あの音だ。そんな偶然があるわけがないとジェフリーが葛藤している間にエンジンは加速し、ロッダはハンドルを大胆に切った。車は驚いたフウキンチョウ（鮮やかな羽の色で知られる小鳥）よろしく、猛スピードで狭い通りを飛び出してテラスに飛び込んだので、交通違反をあざ笑うかのように警報器が派手に鳴り響いた。

ジェフリーは何か考えながら、立ち去るふたりを灰色の瞳で見つめていた。「そうか」彼はぽつりと言った。「おかげで、好奇心旺盛な僕の頭に三つ、なかなか興味深い疑問が浮かんだぞ。洒落者のロッダとミス・マーロウはどんな関係にあったのか。ルシンスカとロッダはいつからの知り合いなのか。そして、マーロウのフラットでロッダに何があったのか」ジェフリーは肩をすくめた。「僕は材料も揃わぬうちに見当違いのことをしようとしていないか？　いずれにせよ、動かずに間違いを回避するより、行動して間違うほうがましであることを肝に銘ぜよという、ビーチャー（ヘンリー・ビーチャー。アメリカ会衆派の説教者）の退屈な助言に従うとしよう！」ジェフリーは両手をポケットに突っ込んだ。「友よ、いざ行かん！」

ジェフリーはフラットに沿って足早に進んだ。フラットは通りから下がったところにあり、張り出し窓のある、狭くて簡素だがきちんとした建物で、空き家となった菓子店とシャッターの下りた赤煉瓦の建物の間に押し込まれるようにして建っていた。その有様は、たちの悪い成り上がり者に追い立てられ、やつれて活気を失った中年の独身女性にも似ている。建物をざっと見渡し、状況をざっと把握したジェフリーはうなずいた。メアリ・マーロウが人目を忍んで住めるところを探していたのなら、こんなわびしい場末のフラットほど理想にかなう場所はない。門を押し開け、タイルが剝がれた通路を進むと三歩で玄関口にたどり着いた。押しボタンを指で押し、しばらく待った。

一分は経ったかと思った頃、中から足音が聞こえた。ドアが内側に開き、色のあせたドレッシングガウン姿の老いた女性が姿を見せた。慌てて被ったとおぼしきネットから乱れ髪がはみ出している。顔は褐色でしわが目立ち、その羊皮紙然とした顔が、ブーツのボタンにも似た黒く丸い瞳でジェフリーをじろじろと見ていた。老女は甲高い震え声で言った。「何か用かい？」

ジェフリーはできるだけ愛想のいい笑みを浮かべた。「ごきげんよう、マダム。このお宅は部屋を賃貸ししてますよね？」ジェフリーはきらきらした目で尋ねた。「家主さんにお会いしたいのですが」

老女は目を覆っていた前髪をかき上げ、人形劇『パンチとジュディ』のパンチそっくりの長い顎を突き出した。「このフラットで大変なことがあってね」と言って、彼女は鼻をすすった。「あの可哀想な娘さんはまだ死んでないよ、あんたたちがなんと言おうとね！」

「そうなんですか？」ジェフリーが尋ねた。

老女は悲しみを受け入れるようにしてうなずいた。「あたしゃゆうべ、あの娘さんとまさにここで話をしたんだよ――放送局に行く間際にね。そしたら警官が来て言うじゃないのさ、彼女は心臓の病で亡くなりましたって」そして、かぎ爪のような手を伸ばしてジェフリーの腕に触れた。「ああいう若い連中は、あたしらみたいな老いぼれに我慢がならないんだよ。来月七十五になるんだけどね、それで――」

「お若く見えますよ!」ジェフリーは心から驚いたように言うと、ごく自然にドアを抜けて中に入った。「あの方が亡くなったと友人から聞きました。痛ましい話です! とても控えめで、まさか心臓発作でお悩みとは思えない娘さんだと聞き及んでおります」

「控えめで、品もよかった!」老女は白髪頭でうなずいた。「天涯孤独な子だったけど、それを何ひとつ恥じることもなく」彼女はのぞき込むようにしてジェフリーを見た。「あの子に部屋を貸して三か月になるけど、毎日きっかり同じ時間に顔を合わせてたよ」

ジェフリーはうなずいた。「このフラットに問い合わせがあったとおっしゃいましたね?」

「あんたが今朝でふたり目さ。もうひとりは五分ほど前に帰ったよ。自動車に乗った気障な若者がね」老女は顔にしわを寄せてジェフリーを見やった。「あんたの知り合いかい?」

「確かに、先ほど車とすれ違いました」ジェフリーは認めた。「それで——その男はフラットの中を見たんですか?」

「さあね。鍵を返すとき、何かあったら連絡するとは言ってたけど」老女はドアの脇に寄った。「だからあんたに見てもらってもまったく構わないんだよ。入りな」

ジェフリーは言われたとおりにした。老女はドアを閉めた。外の明るい日差しがうそのように薄暗いホールに足を踏み入れ、ジェフリーは目をしばたたかせた。目が暗さに慣れてくると、地下へと下りる階段が見えてきた。ジェフリーがじっと見ているのに気づいた老女が、うなずいて言った。「いいフラットだろう?」ささやき声で歌うような口調だった。「一軒丸ごと手に入れたいと思うようになるさ、ミス・マーロウみたいにね。ここには地下室があるから——週末はあたしに会わなくて済むしね」彼女はガウンのポケットをまさぐり、鍵を取り出した。「ゆうべ、警察がくれたんだ——あの娘のバッグから見つかったって言ってね」老女は鍵をジェフリーの手に押しつけた。「ひとりで部屋を見に行って構わないよ、お兄さん。あたしゃ地下の煮炊き場で夕食の支度があるから」老女は軽く会釈をすると、階段の降り口まで歩いていった。「帰るときはひと声かけとくれね。すぐ行くから」ジェフリーを横目で見やって、老女は背を向けて地下室へとゆっくり降りていった。

ジェフリーは彼女の白髪頭が見えなくなるまで待った。それから階段の対面にあるドアに歩み寄ると、錠前に鍵を差し込んでドアを開け、中に入った。そこで目にした光景に呆然とし、彼は入口に立ったまま、前に進めなかった。数秒間動けなかったが、振り返って部屋の外に出てドアを閉めた。ここにひとりで来た自分の運の巡り合わせに心の中で感謝した。

居間とおぼしき部屋はひどく荒らされていた。家具は元あった場所から動かされ、椅子はひっくり返り、チェスターフィールド・ソファのクッションは切り裂かれて中身が飛び出ていた。オーク造りの書棚は横倒しになり、転がり落ちた本は床に山積みにされていた。机にしまってあった紙類はカーペットじゅうに散らばり、乱暴に投げ捨てられた勢いで、綴じてあった書類に無残な折り目がついてしまっていた。壁に掛けた額縁の絵も傾き、そのうちひとつはガラスが割れ、飛び散った破片がきらめいている。

「何てざまだ」ジェフリーは冷静な声で驚きを口にした。

彼は惨状の中を慎重な足取りで進み、次の部屋へと向かった。そこは寝室で、本来なら趣味のいい家具、女性らしいタフタとシルク生地のふんわりとした寝具が揃っていたはずだった。ところが今や、竜巻に襲われた部屋といった様相を呈していた。ピンク色のクッションは切り裂かれ、羽毛が散乱している。寝具は剝がされ、うずたかく乱雑な山を成し、長枕はベッドのマットレスから引き離され、中綿が抜かれていた。小ぶりの衣装ダンスは表面がニス仕上げなのだが、こじ開けた鍵の周りに、溝のようなひっかき傷ができている。引き出しは開いたまま、中身が脇からこぼれ落ちている。キッチンやバスルームもやはりひどく荒らされているのだろうか。ジェフリーはそのままフラットを進んだ。湯沸かしストーブ（木片を燃料とし、温水を出すシステム）の灰が床一面にばらまかれ、家庭用の石けんや洗剤、スポンジがたっぷりと水を含んで一か所に押し寄せてあった。

ジェフリーは驚きのあまり、長い息を吐いた。知らず知らずのうちに指はポケットのタバコへと伸び、火をつけたジェフリーは荒らされたままの居間に戻って、ひっくり返った椅子に腰を下ろした。ぐるりを見回し、この部屋のかつての姿を頭に浮かべようとしたが、それは無理な相談というものだ。フラット全体がことごとく荒らされており、ジェフリーは山ほどの疑問に頭の中をかき乱されていた。

誰がこんなことをした？　このフラットには、跡形もないほど徹底的に荒らしてまで探すだけの秘密が隠されていたというのか？　部屋を荒らした張本人は目当ての品を見つけたのだろうか？　それよりも、いつ、これほど大胆に部屋を荒らしたというのだ。先ほど路上で見かけたロッダとルシンスカの顔がジェフリーの脳裏を横切ったが、彼は頭を振って打ち消した。あの女主人が階下で待っている間に、ロッダが部屋をここまで徹底的に荒らせるわけがない。狂気の沙汰とも言えるほど念の入った捜索をするには相当な時間を要するし、それなりに騒がしかったはずだ。フラットに何かあると怪しんだロッダが自分の目で確認しに来たところ、すでに別の人物に先回りされていて、部屋はこのとおり荒らされていたのだろうか。であれば、ロッダの機嫌が悪かったのも、疑問を抱くルシンスカに厳しい態度で接していたのもわかる。部屋が荒らされているのが知られる前に逃げようとしたのなら、あの慌てようにも納得がいく。ならばなぜ、ルシンスカが一緒だったのだろうか。この部屋にどんな秘密が隠されていたのか。だが、謎解きという視点で考えた場合、メアリ・マーロウの死とどんな関係があるというのだろうか。

ジェフリーはぼんやりとタバコを吹かしていると、荒れ模様の空に光る稲妻のように、さまざまな推理が浮かんできた。

かの女家主はフラットが荒らされたことにまったく気づいていないようだった。となると、彼女に気づかれぬよう、ことを起こさなければならなかった。そういえば、家主が警官を連れて本庁に戻り、部屋を貸していたメアリについて陳述したと、リードが話していた。謎の侵入者は家主の留守を狙ってフラットの捜索に来たのだろうか。しかし鍵の持ち主は家主ただひとり。部屋に押し入った人物は自分用の鍵を持っていたことになる……時折数ギニーの収入を得るだけの娘の部屋にしては、快適で調度が揃ったフラットの鍵を。ジェフリーは英明な頭を横に振って否定した。どう考えてもおかしい。

彼の切れる頭は既知の事実であふれかえった。昨夜十一時少し過ぎに警官が検証した際、この部屋には何ら問題はなかった。反面、家主が本庁から戻ってから部屋が荒らされたのなら、騒ぎがあったことにいまだ気づかないはずがない。

そうなると、犯行時間は十一時から午前零時の間にまで絞り込める……スタジオでマーロウが死んだ直後だ。そうなると……。

ジェフリーは勢い良く立ち上がった。

そうなると、このフラットに来て何かを探した人物は、メアリ・マーロウが死んだのを知っていた――新聞紙上で明らかになる前に知っていた人物なのだ。しかもこのことを知っているのは、あの娘が倒れたときにスタジオにいた連中しかいない。彼らとは別の人脈が動いているのだろうか。もしそうなら、メアリ・マーロウは殺され……スタジオにいた誰かが、彼女の死を招いた張本人なのか？

それなら彼女はどうやって殺されたのか。闇にまぎれて襲われたというのか？

ジェフリーはかかとでタバコを踏んで火を消した。ここが明らかにならなければ、推理を組み立て直すとしても無駄なことだ。主任監察医による遺体の検視報告が来るのを待っていれば、時間稼ぎにもなり、心も落ち着くだろう。

ジェフリーは床に積み上げられた本の山に近づくと、片方の足のつま先で用心深くひっくり返した。ある本の題名が目に留まり、彼はそのまま引き寄せられた。ジェフリーの表情に緊張が走った。片膝をついて本の山のそばに身をかがめると、一冊一冊、丁寧に見ていった。危険で名状しがたい何かを垣間見たときに感じる、押し寄せる興奮のような妙な感覚がふたたび彼を襲った。しわが寄った絨毯の上に積み上げられた本は、種類こそ少ないが、毒物学関連のものばかりだったのだ。毒物学を網羅したアレキサンダー・ウィンター・ブライスの大著『毒物――その効果と検出』（邦題は宮下昇訳『グリーン家殺人事件』より）の他、ヨゼフ・マシュカの『医療裁判必携』、ロバート・クリスチャンの毒物学に関する論文と一緒に、ウィリアム・ダグラス・ヘミングスの『法医学徒毒物学のしおり』があった。ジェフリーはしゃがみ込み、製本した医学や外科学の論文集を押し分け、フランチェスコ・セルミの『毒性化学研究』と、現代毒性学の父、マシュー・オルフィラの小冊子を手に取った。『毒性学概論』である。薪の山に閉じ込められたテリアのように本の山を掘り起こすうち、一八三五年出版の『毒性学一般概論』という希少な書物も見つかった。フレドリック・ヘンリー・セドン、ウィリアム・パーマー、エドワード・プリチャードなど、この書物の山の中には、有名な毒殺事件の裁判記録の他、アンドレ・ソーサンがブランヴィリエ侯爵夫人の生涯や裁判記録について残したものもある。部屋中に散乱した本のページには、毒殺にまつわる恐ろしい手口のさまざまな側面が記してあった。女神メーディア、魔女キルケー、青白き冥府の女神ヘカテが媚薬と毒薬を混ぜたという神話の曙の時代、陰鬱で魅惑的なベニスの商人、チェーザレとルクレチアが神をも一切恐れず、意外な手段で人々を死に陥れた、かくも忌まわしきボルジア家の逸話といった、毒殺の歴史。胃がねじれるかと思うほどの痛みを感じながらも、鼻の穴をふくらませ、ジェフリーは嫌悪感よりも好奇心に駆られて読み進めた。毒を浸したシャツを男たちに送って悶死させた事件をはじめ、手から次第に体を衰弱させていく、毒を含んだ手袋、毒を塗った指輪、毒入りの葡萄酒など、数々の毒殺の手口が載ったページに目を走らせていった。そうこうするうちに、十九世紀に夫を砒素で毒殺したミセス・フローレンス・メイブリックやパリのマダム・ルベラディのページに行き着いた。

吐き気と寒気を軽く覚えたジェフリーは、最後の本を投げ出してから背筋を伸ばした。ドクニンジン、ベラドンナ、トリカブトといった毒物に手を出す人間への嫌悪感が麻痺してくる。

やはり毒殺だったのか！

この事件ではなぜ、毒というキーワードが邪悪な交響曲を支配し、不吉で冷酷極まりなく、それでいて普遍的なモチーフのように、謎めいた伏線を張り巡らしているのだろうか。ぼんやりとではあるが、耳の後ろで繰り返し、繰り返し、暗示するようなささやき声がずっと聞こえているような不快感に我慢できなくなり、体の位置を変えたとたん――ジェフリーは不意に驚きの声を漏らした。カーペットにあった何かが刺さったのだ。

冷や水をかけられたような、思いも寄らない衝撃だった。ジェフリーは絨毯を蹴り、弾みをつけて立ち上がると、絨毯の下に指を差し込んで探った。指先がそれをとらえ、続いて目で見て確認した。

細長い針のような形をしており、家を荒らす途中で絨毯の下に入り込んだのだろう。ジェフリーはそっと絨毯から外すと、目の高さまで持ち上げてじっと観察した。それが何なのかわかるまでしばらくかかった。

ハットピンだった。持ち手の飾りはむしり取られていた。

4

ジェフリー・ブラックバーンは哀れを誘う声で言った。「僕にはユーモアのセンスがないのかもしれませんが、警部、どうしてこんな下品なおふざけをするのか、到底理解できません。ハットピンで臀部を刺すなんて、ちっとも面白い話じゃありませんよ！」

リード主席警部は体を揺すって笑っている。「いやあ、傑作だ！」相棒の失態がおかしくてしょうがないようだ。「座り込んで床という床を探しまくったあげく——尻が行き着いたのがハットピンの上とはな！　その場に居合わせたらさぞ見物(みもの)だったろう！」

「まったく、見物(みもの)だなんて」ジェフリーは冷ややかに返すと、部屋を横切ってチェスターフィールド・ソファにおそるおそる腰かけた。「あなたの人生に一条の光をもたらしたようですし、そろそろ本題に入りましょう」

ひどく荒らされたベイズウォーターのフラットで、ジェフリーがハットピンを見つけてから、八時間が経過していた。謎めいた出来事に日中を費やし、雲をつかむような漠然とした思いにイライラしたまま、ちょうど夕食に間に合う時分に帰宅したのだった。食事を終えると、ジェフリーは今朝方の冒険譚を主席警部に話し、例のハットピンの一件を最後に告げた。リードはハットピンにことのほか関心を示した。

「鍋の下で爆ぜる荊の音のごとし（旧約聖書『コヘレトの言葉』第七章六）」ジェフリーが苦い顔で聖書をそらんじると、リードはまたしても大笑いした。「警部、もういい加減にしてください！」主席警部のわざとらしい含み笑いが収まったところで、ジェフリーは続きを話しだした。「この新たな展開に、あなたはどんな手を打つおつもりですか？」

リードは椅子に身を沈め、小ぶりのテーブルに置いた箱から葉巻を一本取り出すと、作法どおりに端を切った。彼は視線を上げ、うなるように言った。「私がスティーニー・ロッダも、あのロシア女優も逮捕せず、圧力も掛けなかったら、どうぞ好きなように罵倒するがいい」

「本当ですか？」ジェフリーは目を輝かせた。「逮捕するならどんな罪で？　あなた方の道楽で一般人を逮捕し、牢獄に放り込むはずがありませんよね」

「罪状はすぐに決まる」リードは険しい顔でつぶやいた。「是非聞かせてください」ジェフリーが身を乗り出す。「家宅侵入罪？」ジェフリーは首を横に振った。「スティーニーは極めて合法的にフラットに入っているし、彼の百合みたいに白くてたおやかな指で、部屋をあんな風に荒らせるわけがない。交通違反のキップをちらつかせて捕まえるのは可能でしょうが、僕は断固として証言を拒否しますから。それに、肝心の罪状では絶対に逮捕できませんよ——殺人への関与の罪では——だってまだ、殺人とは断定されてはいないし——」

「君が今朝見たのは、紛れもない真実なのだな」リードが口を挟んだ。

「僕には絶大な自信があります」ジェフリーは主席警部に断言した。「メアリ・マーロウは殺されたに違いない！　だけど僕はただの一市民です。あなたは警察の人間じゃないですか、ミスター・リード！　十二人の勇敢で頑固な英国人陪審員を説き伏せるのがあなたの仕事だ。しかも陪審は、スコットランドヤードが疑問点をしらみつぶしにした、確かで水も漏らさぬ証拠を求めています。でも」ジェフリーは意地悪く付け加えた。「その証拠が挙げられないわけですよね！　犯人が警察より知恵が回るということなんですよ」

主席警部は床に敷いたトルコ絨毯を足でつついた。「あくまでも」彼はジェフリーをはぐらかすように言った。「殺人に該当する事件であれば、な」

ジェフリーは椅子から飛び上がった。「知らぬ存ぜぬを決めこむおつもりですか」彼は強い調子で言った。「そんな簡単な事件だったら、なぜフラットをあんなに徹底的に調べ尽くしたのでしょう？ロッダがあの場所に行った理由は？　それにニューランドはなぜ、彼女の死因が心臓麻痺ではないと、あれほど自信を持って言えるのでしょう？」

ジェフリーの相棒はけだるそうに葉巻を吹かし、「コンロイが来るまで余計なことを言いたくないのだよ」と返した。

「いつ、いらっしゃるのです？」

リードは目だけを動かして時計を見た。「あと数分で来るよ。九時に着くと言っていたから。あと五分だ」

「何かわかったとおっしゃってましたか？」

主席警部の声が辛辣になった。「彼のことは君もよく知っているだろう。あの男が本気になれば、どんなに口が堅い人物だって、余興の客引きかと思うほど饒舌にしてしまえるのだからね。現時点で言えるのは、彼が遺体を引き取り、三人がかりで十二時間検視したということだけだ。見つけるべきものがあるなら必ず見つけ出すのが、マイルス・コンロイなのだよ」と、リードは手にした葉巻をチェスターフィールド・ソファに向けた。「だから頼む、歯医者でだだをこねる子どもみたいな真似はよしてくれ」

「随分な言い方じゃないですか！」

そのあとジェフリーは足音も立てずに居間を歩き回った。リードは肩をすくめ、夕刊紙を手にとって椅子に座ると、紙面に目を走らせた。ジェフリーはその後ろで、まだイライラと動いている。テーブルのそばまで行って書物を並べ直したり、カバーの綿埃を払ったり、リードの肩越しに新聞を盗み読みしたり。ジェフリーの視線に気がつくや、リードはすぐさまページをめくって不快感を表明する。そうするとジェフリーはあてもなく書き物机のほうまで移動し、書類をまさぐり、鉛筆で歯をかちかちと叩きながら立っている。そして窓辺まで行くと、誰もいない通りを見下ろした。部屋の中は静まりかえっている。列車の汽笛や、蒸気機関車が分岐線に入る音が遠くで聞こえる。ジェフリーは振り返って腕時計に視線を走らせ、マントルピースの上にある置き時計との差を確かめてから、椅子に腰かけている主席警部に声を掛けた。

「この時計、時間は合ってますか？」

「ビッグベンさながらの正確さだよ」リードは落ち着き払って答え、読んでいた新聞がカサカサと音を立てた。「今夜、君の下着の中ではアリがはい回っているのかね！」

ジェフリーは返事をしなかった。チェスターフィールド・ソファに戻って乱暴に腰を下ろすと、肩を丸め、指先でソファを叩いて苛立たしげにリズムを刻む。その目は、ガス灯のコイルがシューシューと音を立て、取り巻く炎が緑から金色へと変わるのをじっと見つめていた。主席警部は新聞に鼻を埋めるようにして読みふけっていた。そのせいか、ドアを激しく叩く音がしたとき、無意識のうちにジェフリーを見てしまった。リードは新聞を脇に放ると、「どうぞ」と声を掛けた。ソファから立ち上がったジェフリーは、障害物を目の前にしたサラブレットよろしく期待で身を震わせていた。

ドアが開き、マイルス・コンロイが入ってきた。

マイルス・アロイシウス・コンロイは犯罪捜査課の主席監察医で、仲間内では「マック」と呼ばれている。性格は几帳面で細かく、エドワード七世風に髭を整えた小柄な男だ。毛髪が薄くなって広さが際立った額、輝く黒い瞳、人を小馬鹿にした笑みを浮かべた口元が、放埒で俗物極まりない使徒のような印象を与える。彼はアパートの主ふたりに会釈をすると、気取った足取りで部屋の中へと進み、リードが勧めた椅子に腰を下ろした。ジェフリーがタバコを勧めたが手を振って断り、パイプとタバコ入れを取り出した。彼らにひとりずつ視線を向けると、コンロイのなめらかな額にしわが寄った。

「ふん、これはたいそうな歓迎ぶりだな」コンロイは素っ気なく言った。「君たちは相談があるんじゃないのか？　得意のおもてなしとやらはどうなってるんだ？　私は飲み物ひとつ貰えんのかね？」

「わかった――わかった！」主席警部は仕事柄手慣れた様子で、すでにサイドボードで何やらやっていた。戻ってくると、彼はコンロイの手にグラスを握らせた。「これで気が済んだか。そのご立派な髭に飲ませてやれ」

「私だって嫌味は言いたくないんだよ」コンロイはたしなめると、ひと口飲んで渋い顔をした。「随分と衝撃的な味の酒だな、リード」

「そんなことより」主席警部は声を張り上げた。「おい、マック！　本題に入ろうじゃないか。何がわかった?」

コンロイは先細の指で持ったグラスを左右に揺らした。「何も見つからなかった」彼は取り澄ました顔で言った。

椅子に座ろうとしていたリードは彼をにらみつけた。「どういうことだ——何も見つからなかったとは?」

「鼓膜にタコでもできたかね?」コンロイは嬉しそうな顔で訊いた。「あとでよく調べてやろう。あの娘の検視を十二時間かけて行ったが、何も見つからなかった。君たちが疑っている心臓の一件以外、何ひとつね」彼はグラスを持ち上げ、光にかざして中身をじっくり眺めた。

「オウム病(オウムが媒介する病原体で起こる熱病)でない限り、彼女は心臓発作で死んだとしか考えられない」

「そうか」ジェフリーが声を上げたが、強い緊張を切り抜けたあとのようにぐったりしていた。

リードが言った。「まあ、とにかく一歩進んだな」

「どっちの方向に?」コンロイが穏やかな声で尋ねた。彼は飲み終わったグラスをテーブルに置いた。

「遺体検案が終わっても、何もわからないことに変わりはない。むしろ終わってから、気になっている不審な点があるのだ。あの若い女性が循環器の機能低下が原因で倒れたのなら、私はヒポクラテスの祖母というわけか(ヒポクラテスの祖母パイナレテは助産師だったという説がある)。違うと言うなら、彼女はなぜ死んだ?」

「わからんのか?」リードが声を荒らげる。

コンロイは首を横に振った。「そのとおりさ! 今まで一度も体験したことのない、とても珍しい症例だ。医者として好奇心をかき立てられる興味深い事例だが——地獄のただ中に足を踏み入れたような戸惑いも感じている。ドクター・タウンゼントが一番無難な死因を挙げたのも無理はない」

「一番無難な死因？」ジェフリーが訊き返した。彼はチェスターフィールド・ソファについた肘ごと身を乗り出した。「一番無難な死因を挙げたって、どういうことですか？」

「その医者は自分の不勉強を表沙汰にしたくなかったのだよ。死因がわからなかったから、循環器の機能低下と診断した。それについて、彼を責めるべきではないけれども」コンロイは咄嗟に付け加えた。「並みの一般診療医なら、この手の症状で死んだ場合は重篤な循環器障害にしか見えない。タウンゼントは、同じ状況に立たされた医者が十人いたら、九人が答える所見を述べただけだ。だが、どうやら私は――十人の中のひとりになったようだ」ドクター・コンロイは椅子の背に寄りかかり、両手の指先を合わせて得意満面な様子である。「ご存じのとおり、私は実に有能な医師だからね！」

「お前なんか、髭の生えた風船じゃないか！」主席警部がすげなく切り返した。「さて、ご機嫌のところを申し訳ないが、詳しく話してくれないか。さっき死因は心臓麻痺ではないと言ったくせに、今度はどんな症例も考えられると言うのか。子どもじみたお遊戯はもうやめにして、本論に入ろうじゃないか」

「望むところだ！」マイルス・コンロイは背筋を伸ばすと、パイプを口から離した。「諸君、これが真相だ。硬直、痙攣、握りしめた両手、軽微なチアノーゼなど、例の遺体の死後の状況はすべて、循環器が何の前触れもなく急性の障害を起こしたときの症状に該当する。わかりやすく言えば心不全だ。一方、存命中の心疾患の症状について、詳しく述べる必要はない。現状で注目すべきなのは、こうした症状が患者の体に残す、打ち消しがたい痕跡だ」

ここでコンロイはひと息つくと、視線をリードから、話の先を聞きたくてうずうずしているジェフリーへと向けた。「さて、存命中に循環器が虚弱状態になった場合、頸部静脈の怒張が顕著に見られる兆候として挙げられるが、患者が直立している間に頸部の拍動と下肢の浮腫が顕著になり――呼吸停止を起こす」

「それは、つまり――？」と切り出したリードをコンロイが制して言った。

「息がしにくくなるんだ」彼は説明した。「知ってのとおり、私は患者の生死を確認していない。だが君たちは知っている。だから、こうした兆候があったかどうか、君たちのほうがよくわかっているということなんだ」

ジェフリーは頭を横に振った。「素人の目にも明らかな兆候がなかったと言っているのだから、僕が主席警部に代わって説明するべきです」彼は静かな声で言った。「僕たちがあの女優を見たのはほんの数分です。しかし、彼女の最も近しい友人で、かなりの時間を一緒に過ごした人物は、ミス・マーロウがどんな形であれ、心臓が弱そうな症状があったことを否定しているのです」

リードは同意するようにうなずいた。「この件はすでに話したはずだ、マック」

「確かに聞いている」コンロイが言った。「次に、スタジオにいた若者が指摘したという、硬直について調べた。元衛生兵が医療の専門家に指図するようなことではないが、話を聞く限り、彼の言い分は正しい。心臓に問題があって死亡した遺体は、死後しばらくは硬直が起こらないのが普通で、実際に硬直が始まる時間は症例によって異なる。ただ、今回直面した症例は特に首をかしげたくなる。硬直は死亡の直後に始まったようだし、それなら心疾患ではないのは間違いないと言える！」

コンロイは黙った。リードはうなずいた。ジェフリーは何も言わなかった。

「遺体が私の研究室に運ばれ、外見を確認した時点で矛盾があると感じた。遺体は極めて健康な人物のものだった。下肢に浮腫は見られず、頸部大静脈の怒張もなかった。不審に思った私は、まず目視で、続いて拡大鏡を使って遺体をくまなく検証した」彼の口調が医者らしくなってきた。「皮膚に外傷はなかった。刺し傷も擦過傷もなかった。毛髪、頭皮、爪、足の裏、足指の間の皮膚も調べた。結果は何ひとつ変わらない――どこにも異常は認められなかった。検証にすっかり夢中になり、続いて解剖を行った。心膨張と心肥大を確認したが、心臓は頑健そのものだった。高血圧で血管がもろくなっていないか確認したが、自分の血管もこうあって欲しいと願うほど立派だった。肺や心臓弁の疾患の痕跡もなく、発作性頻脈の兆候もなく――」

「失礼――ちょっと待ってくれ」リードが口を挟んだ。「いい加減にしてくれよ、マック！　これは医学生向けの講義じゃないぞ。専門用語はジェフリーから学んでいるとしてもだ。もっとわかりやすく話してくれ！」

コンロイはパイプにマッチで火をつけた。「君はすでにわかっているはずだ。わかりやすく言うとだな、リード、我々の検視では、心臓に問題があったという診断を裏付ける証拠は一切見いだせなかったのだ」

沈黙が流れた。風がフラットの外壁をかすめ、見えない手が窓を揺らした。しばらくの間、誰も、何も話さなかった。そして――

「それで？」リードが大声を出した。「死因は何だったのだ？」

コンロイは主席警部をまじまじと見た。笑みとは断言できないほど微妙な表情が口元に浮かんだ。

「君が言いたまえ」コンロイは誘い水を向けた。

「だが、君は主席監察医じゃないか――」

「私は全能の神ではない！」コンロイは厳しい口調で言い放った。「奇跡は起こせないんだよ、リード！　私は確かに有能かもしれないが、死人に語らせるなど無理だ」

　ジェフリーは考え深げな眼差しでコンロイを見ていた。そして、まったく関係のないことを口にしはじめた。「その無理をかなえたのが聖スタニスワフです。彼は一〇五〇年頃、ポーランドはクラコフで司教を務めていました。教会の土地が国王ボレスワフ二世によって差し押さえられそうになると、ポーランド人の農夫を生き返らせ、自分に売却したと証言させたのです」

　コンロイは眉毛を上げ、皮肉をにじませた声で言った。「それはそれは！　もちろん私が生まれる少し前の出来事ですな」

「いい加減にしろ、ジェフ」リードが荒々しい声で言った。「君のもっともらしい無駄な蘊蓄を聞いている暇はないんだ。その聖なんとかは、今の議論にどんな関係があるというんだ？」

「奇跡がまかり通った時代には、こんなこともありましたよとお伝えしただけです」ジェフリーは穏やかに返した。「いいですか、もしあの哀れなお嬢さんがものを言う奇跡を授かったなら、きっと死因について証言してくれるはずです。さて、彼女はなんと言うでしょう？」

　コンロイは薄い唇を歪ませた。「ならば君の推理を聞かせてもらおうじゃないか」

「『私は毒殺されました』と言うでしょう」と、ジェフリーは返した。

5

　マントルピースの上の置き時計が毎時三十分を告げるチャイムを鳴らした。マイルス・コンロイは長い息をつき、閉じた唇がかすかに音を立てた。両頰がかっと赤く染まり、じわじわと広がって、広い額全体が真っ赤になった。かなり悠然とした態度で振り返ると、コンロイは脇にあるテーブルにパイプを置いた。そしてジェフリーのほうを向き、マシンガンの弾のように正確かつ情け容赦ない言葉を放った。

「随分と頭がよく回るようだね、自信家のブラックバーン君！　あの娘は毒殺されたと？　そうなると、毒は経口で投与されたと考えて差し支えないかね？　かなり上手につじつまを合わせたじゃないか」コンロイの口は薄く苦々しい形を描いた。「では、反論させていただこうか、小賢しい若造よ！　私は英国でも精鋭の医師三名を動員し、今朝早くから検視を行った。あの女優の殺害にどんな毒物が使われたのかを言えるのなら、そうだな——ああ、研究室に掛かった私の名札を取り去り、ご自分の名前に掛け替えるといい！　そうとも！」そしてコンロイは勢い良く主席警部のほうを向いた。「今回の経費は私のポケットマネーから出すことにしよう！」

ジェフリーは挑発には乗らなかった。どうでもいいといった顔で、タバコに火をつけた。「彼女は毒殺されました」口から煙を吐きながら、彼はあらためて自説を述べた。「たぶん、何らかの毒物学の知識を使って——」

「何らかのとは何だ！」コンロイの髭は怒りに震えた。「医学部の一年生に話をしているつもりかね？　何らかの毒物学とは——ほおおお！」彼は喉の奥から軽蔑しきった声を上げた。

「おいおい、ふたりとも！」リードが大声で制すと、片手を出してコンロイを椅子に座らせた。「何が飲みたいかね、マック」彼はサイドボードのほうへと移動し、ウイスキーをソーダで割った。「ほら——これでも飲め」

コンロイは断ろうとしたが、怒りが収まると、不機嫌そうな声を上げてグラスを受け取った。「わかった」彼は腹立たしげに言った。「それでも私が短気を起こすだけの理由は十分ある。負けを認めたくないからといって例の検視を引き受けたとしか考えられないのなら……」コンロイの声はグラスの中身を飲み干す音と一緒になった。空いているほうの手で口をぬぐうと、彼は座り直した。「さて、今度は君の番だ、ミスター・ブラックバーン」コンロイは不自然なほど愛想のいい声で尋ねた。「何が知りたい？」

「毒物検査を実施しましたか？」

「もちろんだとも！　彼女の体に傷がないことを確認し、第一回の検視で心不全説が退けられた時点で、毒殺の可能性があると考えたのは当然だろう」コンロイは手探りでテーブルの上のパイプを探した。「では、君から質問があれば答えよう」彼の瞳はどこか思慮深い輝きをたたえていた。「この件はお互い協力したほうがいいとさえ考えているんだ」

　ジェフリーは椅子に深く腰かけ、足を組んだ。「マック、摂取と同時、あるいは数分以内に死に至る毒物は存在するのでしょうか？」

「もちろん」コンロイはうなずいた。「強い無機酸を除くと、一酸化炭素、二酸化炭素の他、吸入ガス以外ではシアン化水素、青酸カリ、蓚酸、まれにストリキニーネがこの手の毒物として有名だ」

「次に、彼女の遺体に、こうした毒物中毒と似た兆候は見られましたか？」

「ああ」コンロイは認めた。「ストリキニーネ中毒に似た兆候があった。ストリキニーネは神経毒で、脊髄の石灰質の抑制力が麻痺すると言われている。まず呼吸困難になり、痙攣の発作が起こる。痙攣は重篤な全身性破傷風に似ており、四肢は不随意に伸び、両手を握りしめる。発作のさなかには背中が曲がり、板のように硬くなる。死後硬直は強く、死後しばらく続くのが普通だ。毒殺者ウィリアム・パーマーの犠牲者の中には、死後二か月も硬直が続いたという。一方、自然死による硬直は二十四時間以内で収まると言われている」

リードは太い眉毛を上げて言った。「確かに、ほぼ同じ兆候があった――」

「そうなんだ」コンロイが駄目を押すように言った。「ただ、腹腔内の臓器にアラートン・クスマン試験（一九二〇年代に在籍していたハーバード大学教授の名を冠した毒物の試験法）を実施したところ、アルカロイドは検出されなかった。再確認のため、破傷風の発症によって生成されるマチンやブルシン、イガスリーネといった物質の有無も調べた。同じ結果が出たなら、時間も短縮できたのだろうが！」

ジェフリーは眉をひそめた。「ストリキニーネは経口投与以外でも効き目がありませんか？　今回の事件では可能でしょうか？」

「無理だね」コンロイは間髪を入れずに答えた。「第一に、ミス・マーロウがスタジオで毒を盛られたと仮定した場合、摂取して死亡するまでの時間が短すぎて証拠が隠滅できない。第二に、毒物は必ず、脳、肝臓、脊髄、脾臓、十二指腸、腎臓といった臓器に必ず何らかの形跡を残し、およそ数分で体内を通過し、排出される」コンロイは一旦話すのをやめると、黒い瞳をしばたたかせた。「ただ、今回は当てはまらない。先ほど挙げた臓器から毒物は一切検出されなかったからだ！」

「砒素はどうかね？」主席警部が尋ねた。

コンロイはまた首を横に振った。「砒素は即効性のある毒物じゃない」と、彼は説明を始めた。「劇症型の症例でも、兆候が見られるまで二十分から三十分はかかるが、八分以内で毒の反応が確認されたという特殊な症例もある。だが我々には、砒素が使われなかったと断言できる証拠がある。砒素を使うと、死に至る兆候が必ず現れる。嘔吐が止まらなくなり、倒れて意識不明に陥る。ある種の痙攣が四肢に認められるほか、死に近づくにつれ、顔は青ざめ、目は落ちくぼみ、粘膜、続いて皮膚が青くなる。まれに吐き気も起こさず、倒れたりもせず、意識も失わないことがあるが、チアノーゼが顔面に間違いなく起こる」

「検視では砒素の可能性について調べましたか？」

「当然じゃないか！　マーシュ－ベルツリウス試験（砒素鏡を使った砒素の検出法）を実施し、ラインシュ法（吐瀉物を結晶化させたものから砒素を検出する方法）でも確認した。だがそこまで念を押す必要はなかった。臓器はひと目で健康そのものとわかり、私たちの苦労は何の意味もなかったと語りかけているようだった。なぜなら、砒素は体にはっきりと痕跡を残すからだ。最も顕著なのが胃腸の粘膜で、激しい炎症が起こる。多くの場合、胃の表面は青白い組織に覆われている。時折胃粘膜に微少な潰瘍が点状に発生することがある」コンロイはここでひと息つくと、おぼろげな記憶の糸をたどるような表情を目元に浮かべた。「ユニヴァーシティー・カレッジ・ロンドンの博物館で、砒素が胃に与える影響に関する極めて興味深い事例を検討したことがある。樹状の浸出が点在し、胃粘膜皺（ひ）には微少な鬱血が――」

「待て――待ってくれ！」リードが吠え立てた。「また脱線が始まったぞ、マック！　意味不明で言っていることの半分もわからないのに、聞いていると何だか気分が悪くなってくる！」

「そうさ」コンロイが辛辣とも取れる口調で言った。「そう言ってもらえるのを待っていたんだ！」

「臓器に砒素の影響がまったく見られなかったと自信を持って言えるのなら、なぜわざわざ試験を実施したのかね？」リードが問いただした。

　小柄なコンロイは椅子に座ったまま、両手両足を投げ出した。「念には念を入れるのが我々医者の仕事だからさ。もう一度言おう、砒素はことのほか面倒な毒物だ。だから砒素には放浪者という別名がついている」

ジェフリーはうなずいた。「体中を移動するからですか?」

「まさに放浪者だよ」コンロイは髭を猛然と振って断言した。「どこにでも出現する。一八八九年、ミセス・メイブリックが砒素を浸したハエ取り紙で夫を毒殺した罪に問われた、かの忌まわしいメイブリック事件を覚えているだろう? どう見ても毒殺事件だったのだが、検視の結果、胃にも、その内容物にも、脾臓からも砒素は検出されなかった。砒素は肝臓、腸、腎臓を冒していたのだ」話をしながらコンロイは手を伸ばし、リードの葉巻入れに指を入れた。

「そのため、毒殺の検視では、胃だけを確認していては必ず誤診になる。砒素は体内に迅速に吸収されるため、臓器に痕跡を残さない可能性があり、こうした検視では最終的な判断が下せないのだよ。毒物を経口で摂取すると、最初に胃で吸収されるとみて間違いない。だが、毒物はその後血中に送られて全身を循環し、先ほど述べた、肝臓や腎臓といった臓器の組織に毒素が蓄積する。当然の結果だが、胃には痕跡は残らない」

「胃を除く臓器を調べた結果、何も検出されなかったのですか?」ジェフリーが尋ねた。

「何も検出されなかった」コンロイは繰り返した。彼は葉巻の先端をポケットナイフで切ると、ナイフをポケットに収めてから火をつけた。香しい薫りが彼の頭上に立ち上った。ジェフリーは居心地悪そうに体の向きを変えた。

「砒素以外の毒物の試験は行ったのですか?」少し間を置き、ジェフリーはコンロイに食い下がった。

「昏倒を伴う成分を持つ毒物を調べた」コンロイが答えた。葉巻を口から離して吐き出した煙がきれいな輪を描いた。「アルカロイドは皆、同様の症状を示す。アコニチンは心臓麻痺を起こす。いわゆる原形質毒と呼ばれ、中枢神経系と筋肉に影響を及ぼす。呼吸困難と痙攣もよく起こる。アトロピンは即効性で、カリウムやシアン化水素はてんかんに似た症状を引き起こす。いくらでも指摘できるが、単なる時間の無駄だ。私は医者としての、また、スコットランドヤード監察医部門の威信を賭けてもいい――あの女性の体には毒物の痕跡が一切なく、また、毒物を投与する時間などなかった！」

ドクター・コンロイは話しながら、ちらりとふたりのほうに視線を投げた。そして小さくうなずくと、椅子の背にもたれて葉巻を味わった。主席警部は、闇の中を手探りで進むような声でゆっくりと話した。

「彼女は毒殺されてはいない。死因は心不全でもない。体には痕跡も傷もない！」リードの声が大きくなった。「なら、彼女はなぜ死んだんだ？」と言うと、彼はジェフリーのほうへと向き直った。『魔法人形』の事件に片をつけ、もう魔法とは縁が切れたと思ったのに。魔法絡みの事件がまた起こったようだぞ！」（原注1）

ジェフリーは勢い良く立ち上がった。両手を深くポケットに突っ込み、眉をひそめ、不安をはらんだ眼差しで居間を歩き回りながら「くだらない」と、ぞんざいに言った。「あの女性は科学的根拠に則（のっと）った手口で殺されたのです。それを念頭に置き、漠然とした恐怖が支配する空想の世界をさまようのはよしましょう」そしてコンロイの前で足を止めた。ジェフリーの声は半ば訴えるように聞こえた。「マック――何かご意見は？」

コンロイは頭を横に振った。「正直、何も思いつかない。先ほども言ったように、これまで遭遇した不運な案件の中でも一、二を争うほど頭を悩ませ、かつ興味をそそられた事件だ。もし殺人なら、三流ミステリー作家が愛してやまない完全犯罪殺人と言ってもいいだろう」

ジェフリーはマントルピースのほうへと移動すると、寄りかかってコンロイを見下ろした。「ひとつ質問があります、マック」

小柄なコンロイ医師は顔を上げた。「何かね?」

「僕は思うんです」ジェフリーは静かな声で話しだした。「体内から毒物が検出されなかったからといって、必ずしも毒物が使われなかったと断言できなくはありませんか?」コンロイにじっと見つめられながら、ジェフリーは質問を続けた。「もっとかみ砕いて言うと――死をもたらした原因であり、体内の臓器に残存しているというのに、厳密な化学試験でも検出されない毒物など、この世にあるのでしょうか?」

コンロイは視線を葉巻に落とすと、指で向きを変え、何をするでもなく眺めていた。答を出そうとしているようだった。葉巻に視線を向けたまま、彼は静かに話しだした。

「ああ。体内に残存してもなかなか見つからない類いの毒物はいくつかある。臓器内にある何らかの化学物質と混ざると、毒物が有害性を失う。毒物検出の専門家なら、健康な体内から普通に検出できる物質だ」

ジェフリーは動かなかった。長身痩軀の彼が立つと、テーブルランプの光が作る、黒く歪んだ影が背後の壁にしがみついているように見える。ただ、心中で何やら思うところがあったのか、コンロイに尋ねる声が震えていた。「要するに、マック、毒物の使い方をわきまえた人物なら、体に毒を盛った痕跡を残さず、人を殺めることができるかもしれないのですね」

「いや、それは――」洒落者のコンロイ医師は唇を引き結んだ。彼は芳香を味わうかのように、鼻の下で葉巻を上下に動かしていた。すると、ジェフリーがやにわにチェスターフィールド・ソファに身を沈めて言った。

「できるのか、できないのか、どちらです？　マック！　そんな毒物は存在するのですか？――殺傷能力があり、かつ痕跡を残さない毒物は」

コンロイはジェフリーと向かい合うと、ゆっくりとうなずいた。「そういう毒物はあると認めざるを得ない」彼は静かに言った。「当然ながら、我々医師なら知っているのが当たり前とは言えない。しかしながら、現代の科学者や毒物学者にとっては必須の知識だ。人体にごく普通にある組成物に転換できる、有機毒というものの存在は確認されている。化学的に特定できず、実際に障害が出ないため、存在が認められない植物性の毒もいくつか特定できる。また、揮発性毒物といって、疑いのある臓器を専門家が検査する前に、痕跡も残さず毒性が消失するものもある」

ジェフリーはうなずいた。「要は、昨夜の我々は、あの女性の死因がまったく究明できていなかったというわけですね」彼は自分の無力さを実感していた。「どちらに進んでも手詰まりのようです。正解とおぼしき推測は山ほどあっても、その推測を数学的に確かなことだけに絞り込もうとすると、結論を証明できずに壁に突き当たるのですよ！」

「ほう、君の瑞々しい知性を駆使して出た結果がそんなものかね！」コンロイは情け容赦なく、ジェフリーに言った。「この事件は数学の問題のように解明できないから、調子が狂っているというのか」コンロイが訳知り顔で頭を横に振ると、口のあたりに寄っていた、しかめっ面のしわがゆるんだ。「降参したまえ、ブラックバーン君！　どだい無理な話だ！　基本原則が最初から君に不利な状況にある。幸いなるかな、代数学と生理学は相反する立場にあるのだ！」

若きジェフリー・ブラックバーンはため息をついた。「あなたの正論がだんだんわかってきました、マック。確かに我々は神をも恐れぬ優秀な頭脳の持ち主ですが、緻密な計画が立っているとは実に言いがたい。機械の時代、最も正確さに欠ける機械とは、まさに人間であると述べたチェスタトンの言葉の意味が今になってよくわかりますよ」

コンロイ主任監察医が突然立ち上がったので、灰がわずかにコートに飛び散った。彼はその灰を払いながら「君たちはふたり揃って、我々が無駄骨を折ろうとしているという最大の事実から目をそむけてきたようだな」と、冷たく言った。そして手にした葉巻をリードに向けた。「この女性が殺されたという証拠はあるのかね?」

自分はそんなことは言っていないと、主席警部はジェフリーのほうへ手を振って「彼の推理だ」と、困ったような声を上げた。「それについては彼と議論してくれ」

「議論することなどありませんよ」ジェフリーははっきりと述べた。「精査すればしただけ、得るものはもっと少なくなる。それに、メアリ・マーロウが殺されたと納得できる確固たる事実がある――犯罪の天才と言っても過言ではない人物が考え出した、見事な計画によって殺されたのです」彼はチェスターフィールド・ソファのアームに両肘をつき、熱のこもった声で言った。「あなたはこの事件を片方からしか見ていない、マック。話を聞いてください」

そしてジェフリーは、事件の概要について理路整然と克明に説明した。話はリードとスタジオに入ったところから始め、メアリが死んだ顛末やドアに鍵が掛かっていたことについて詳しく触れ、ベイズウォーターのフラットを訪ねたこと、そこがひどく荒らされていたところまで語った。何ひとつ漏らさずに。フラットでの話ではハットピンの一件も述べた。コンロイは彼の話を遮ることもなく、時折うなずきながら聞いていた。ジェフリーの独演会が終わるか終わらないかといったところで、電話のベルがけたたましく鳴った。リードが部屋の向こうから歩いてきて電話に出ようとしたが、コンロイが立ち上がり、身振りで制した。口髭を蓄えた口元に興味津々な笑みがうっすらと浮かんだ。

「ちょっと待ってくれ！」しつこく鳴り続ける電話機のベルの音にかぶせるようにして、コンロイが言った。「この電話は私宛てだ」ジェフリーとリードがまんじりと見る中、コンロイの笑みは次第に大きくなった。「君たちのお気に召す情報がやっと届いた。自信がなかったから言うのをためらっていたんだ。実は私の一存で調査員を雇った――どうやら、いい結果が出たようだ！」

主席警部はテーブルの向こう側から身を乗り出した。「検視と関係があるのかね？」彼はすぐさま尋ねた。

「いや、違うさ」コンロイは電話のそばまで歩いていくと、振り返って言った。「死んだあとの体では他にどうにもできない。死ぬ前の体に関する情報だ」

コンロイが受話器を取るとベルの音はやんだ。部屋の中は静まりかえり、やや離れた場所にいたジェフリーとリードにも相手の話し声が断片的に聞こえた。ただ、意味のある単語としては聞き取れなかった。うなずきながら話を聞いているコンロイの顔に満足げな表情が浮かんでいる。やがて、「ああ」とか「ええ」とか、素っ気ない相槌を数回打って受話器を置いた。振り返ったコンロイは何か含みのある様子でふたりに視線を投げると、狡猾極まりないシャイロックが小柄になったような彼は、切り札を出すかのように、口髭を指先で撫でた。

「どうしたんだ？」我慢できずに主席警部が大声で尋ねた。

コンロイはリードに微笑みかけた。「偶然にしてはできすぎている報告があった」と、彼は何気ない口調でつぶやいた。「だが、司法の力は遠くにまで及ぶため、極めて信頼できる」そう言って、コンロイは小ぶりのテーブルまで歩いていくと、自分のグラスを手に取った。「今日の午後行った検視の際、助手のひとりが彼女の指に目を留めた。肌がひどく荒れ、硬くなっていた——男たちが思わず触れたくなるようにと手入れに抜かりがない、今どきの若い女性の指とは思えなかった。それどころか」コンロイは表情のない声で言った。「少なくとも数年は重労働に従事してきたような手だった。まるであの娘、刑務所で強制労働の経験があったのではないかと思うほど……」

コンロイはグラスを手にサイドボードまで行くと、ほれぼれするほど正確な手つきで飲み物を調合した。そのあとの圧倒されるほど張り詰めた沈黙を破ってはいけないと気遣うかのように、リードとジェフリーはコンロイをじっと見つめていた。マイルス・コンロイはふたりに向き直った。そしてきびきびとした声でこう言った。

「好奇心に動かされた私は、あの女性の身の上を調べた。スコットランドヤードの犯罪歴記録室は相変わらず頼りになるな、リード！　彼女の本名はイザベル・シムズといい、十二か月ほど前に出所している。放火の罪で実刑が下ったが、元々は、分析化学者のアドルフ・ガラッシュの謎に満ちた死に関わる容疑で逮捕されていた。ガラッシュが砒素で毒殺されたとき、シムズは彼の助手を務めていた！」

主席警部は居住まいを正して長いため息をついた。「そんなことがあるものか！」彼の声が鋭くなった。「何か誤解をしてるんじゃないのか、マック？」コンロイは肩をすくめ、「ちょっとした整形手術で、鼻と口元の形を変えている」と、取り澄ました声で言った。「だが、指紋という動かしがたい証拠がある。指紋によるミスはわずか六十四億分の一と聞いている。まあ、そんなことが起こらなくても、君たちがメアリ・マーロウという名で知っている女性と、イザベル・シムズの指紋は完全に一致していたんだ！」

（原注1）リードが引き合いに出したロチェスター家と呪われた人形にまつわる奇怪な出来事の経緯については、『魔法人形』に詳しい。

第五章　戦慄の凶行！

永遠に忘れ去ることなどないと、これで私は安心する。一度刻みつけられた記憶が消せるはずがないのだ。

トマス・ド・クインシー

1

十九世紀のシカゴに著名な私立探偵事務所を構え、ブルドッグのように猛然と事件の究明にあたったウィリアム・アラン・ピンカートンいわく、極刑に値する重罪を解決するのは、冴え渡る推理でもなければ、事件を再現することでも、難解な科学技術を導入した機械でもなく、堅実で徹底した基礎研究である。この研究は個人、通常は大勢の担当者が気も狂わんばかりの退屈な単純作業に携わり、各自が犯罪の様式を事細かに調べ上げ、さながら何本もの糸をより合わせてロープにするような作業を経て完成するわけだが、こうして出来上がったロープなら、殺人者の首にぴったりと沿うはずである。スコットランドヤードもご多分に漏れず、毎晩贅沢に時間を使って絵空事を考えるのではなく、何らかの対策を科学に結びつける体系によって法と秩序を維持している。

スコットランドヤードの犯罪歴記録室の有能さは驚嘆に値する。所蔵する資料が対応する分野は百科事典に匹敵し、前科者にとっては危険極まりない脅威となって、影のようにつきまとう組織である。英国国内の全警察署は犯罪歴記録室を情報源として利用できる。指紋部門は毎年約三十万に及ぶ犯罪者の指紋を特定し、二十四時間以内にあらゆる警察署へ情報を確実に提供する。五十万件を超える記録はすべて表にまとめてファイルされている。犯罪者の写真は二十万枚以上あり、常に最新の情報に更新され、死亡の情報が入り次第データは削除される。犯罪歴記録室の維持費は年間一万五千ポンド、スコットランドヤードは一ペニーたりとも惜しみはしない。

フラットでメアリ・マーロウの過去に関する衝撃的な真相をドクター・コンロイが語ってから一夜明けた朝、ジェフリー・ブラックバーンが向かったのが、この犯罪歴記録室だった。今朝ここに来るという常軌を逸した行動について、ウィリアム・リード主席警部にひとことの説明もなく、毛布にくるまっていびきを立てている主席警部をフラットに残し、正規の手続きを踏まず、いきなり現地に乗り込むことにしたのだ。考えごとをしながらお茶とトーストで朝食を終え、用心のためタバコを半ダース吸うと、ジェフリーは散歩気取りでセント・ジェームズ・パークを抜け、ホワイトホールに出た。まるで皮を剝いだ柳のようになめらかで青みを帯びた大戦戦没者記念碑が、朝の日差しを受けて白く輝いていた。彼はあたりをぶらついて時間をつぶした。時計が九時を告げると、スコットランドヤードへと入っていった。

ジェフリーは記録室で一時間近く掛け、ファイルされた情報をメモ帳に書き写した。ようやく机から離れ、立ち上がってポケットにメモ帳を忍ばせると、彼は巡回中の警官に向かって言った。「あの写真を数枚、少しの間貸してもらえないかね？　主席警部の部屋に持っていくから」

警官はうなずいた。「了解しました、ミスター・ブラックバーン」警官はにっこり微笑んだ。「あなたが悪用するはずがありません。他にご用は?」

ジェフリーはかぶりを振った。「いや、結構だ」散らかし放題の机に目を向け、少し哀れを誘う表情で言った。「申し訳ないが、あのままで失礼する」

警官は愛想よく答えた。「心配ご無用です。私たちがすぐ片付けますから」

まだまだ世間は捨てたものじゃないと思いながら、ジェフリーは写真を手に取り、警官に軽く会釈をしてからリードの部屋へと向かった。

ノックをし、返事を待たぬままドアを押し開いて中に入った。主席警部は窓辺に立ち、貨物が船に積み込まれる様子を眺めていた。部屋に入ってきたジェフリーの気配に振り返った彼は、不意を突かれて苦々しげな目をしていた。どう見ても上機嫌とはほど遠い。

「こんな朝早く、いったい何の用かね?」リードはうなるような声で尋ねた。

「『与えられた任務に愛着があれば、早起きし、喜びをもって臨める』(シェイクスピア『アントニーとクレオパトラ』第四幕・第四場より)」ジェフリーは潑剌(はつらつ)とした様子で答えた。そして部屋の中まで進むと、椅子を引いてリードの机のほうに向けた。「今朝のあなたの目に、世の中がくすんで茶色く見えるのではありませんか、警部?」リードは何やらぶつぶつ言うと、ジェフリーは諭すように彼の前で指を振った。「お困りなのは、問題が突然降って湧いたからですよ」そしてポケットからメモ帳を取り出すと、机の上に叩きつけた。「あらかじめお伝えしておきましょう。これはシドニー・ストリートの周囲一平方マイル圏内で起こった過去最大の事件です。これから三か月、ラジオのことが頭から吹き飛ぶこと請け合いです」

窓辺にいたリードは、駆り立てられた雄牛のごとく猛然と振り返り、「君こそラジオの世界に、そのおせっかいな鼻面を突っ込むのを金輪際やめるべきだな！」と怒鳴った。「ＢＢＣを完全に崩壊させるまで、とことんやりつくすつもりかね。おかげでとんだ騒ぎに巻き込まれてしまったじゃないか！」

「へえ、僕は大歓迎ですがね」ジェフリーはやんわりと切り返した。「だけど、悪いのは僕じゃありませんよ。最初に僕を引っ張り込んだのは警部ではないですか。あの晩、好奇心で胸をふくらませていたのも警部でしたよね？　警部が開局記念式典に招かれるよう、あれこれ手を回していたのは、何よりご自分が一番ご存じでしょうに！　そのおめでたい頭で殺人事件に首を突っ込んだのを、僕のせいだとおっしゃるのですか！」ジェフリーは咎めるように首を横に振った。「警部、情けないとは思いませんか？」

　リードは鼻息を荒くしてうなった。「我々は膨大な時間を費やし、本件が殺人事件であると断定した、マックら監察医の力も借りてな！」

　ジェフリーは椅子を後ろに傾けた。

「そのとおり！」彼は大声で言った。「それがこの事件の大きな特徴なんです。警部、僕は警察が世紀の大犯罪に向き合おうとしていると確信しました。トマス・ド・クインシーの『芸術の一分野として見た殺人』の一節を借りてたとえるなら、暗い夜道で財布を巡り、阿呆がふたり、殺すか殺されるかの争いを繰り広げているのとはわけが違うのです。おそらく準備に数か月を要して周到に練った犯罪であり、絶妙のタイミングのもと、鮮やかに仕留めたのでしょう」ジェフリーの夢見心地の眼差しはリードを離れ、その後ろにある大きな額縁に入った先代主席警部の写真に見入っていた。「いいですか」彼は思い出にふけりながら語った。「僕がもし良識も誠実さも持ち合わせず、『己を知りうる者は賢者なり』というチョーサーの言葉に敬服しないような人物なら、きっとこの手の犯罪を企んで成功させたはずです！」

「何を馬鹿なことを！」リードが吐き捨てるように言った。そして自分の机まで歩いていくと、回転椅子に腰を落ち着け、目の前にあった書類を落ち着きなくめくった。

「いいかね、私は日がな一日、君の戯言に付き合ってはいられんのだよ。用件を言いなさい。犯罪歴記録室で何がわかったのかね？」

「これのことですか？」ジェフリーは椅子を引くと、メモ帳をつついて言った。「メアリ・マーロウ、またの名をイザベル・シムズという女性についてたっぷり記した情報です。注目必至の重要書類でもあります。取りまとめるのに一時間かかりましたよ」

リードは怒鳴った。「だから今朝、あんなに早く出かけたのか」そしてメモ帳に視線を投げた。「それで、事件の進展につながる情報は見つかったのかね」

「『汗水を流し、決して驕ることなく、ね』（『イザヤ書』第四九章四節をもじったもの）」ジェフリーは反論した。「ただ、事件の進展とやらはご期待には添えなかったようです。調べ物はしたけれども、一歩後退しただけでした」

彼は瞳を輝かせ、当惑したリードの顔を見上げた。「でも、事件を総括するなら、悪くはないタイトルでしょう――『後退する犯罪』！」

主席警部の人差し指は、ゆっくりと規則正しいリズムで机を叩いている。

「私は待っているんだよ」彼は冷たく言い放った。「君の話が本論に入るのを」

ジェフリーはタバコに火をつけた。マッチの燃えさしを机に放り投げ、メモ帳を手に取ると、彼はページをぱらぱらとめくった。

「では、始めましょう。一九三三年五月初旬、ベルリンのキノフィルム映画社は教育短編映画の制作のため、ロンドンにスタッフを派遣しました。四年制大学やカレッジの講義で用いる無声映画です。そのうち数本は毒物学に関するものだったため、アドルフ・ガラッシュという化学者をロンドン行きに同行させました。ガラッシュはおもに映画の技術監修を担当しました。制作スタッフはロンドンの西、シェパーズ・ブッシュにスタジオを借りました。ロンドン滞在中のガラッシュの助手として、若い女性をひとり雇いました。その女性は、名をイザベル・シムズといいます。ミス・シムズは化学を学んだ経験以外は、ごく平凡な経歴の持ち主でした。制作はその後三か月ほど滞りなく進みました。数本の映画を撮影し、カット、編集を経てスタジオに保管していました。八月の暑い晩、誰もいないスタジオから火の手が上がりました。映画スタジオという性格上、可燃性の高い薬品を置いた部屋で、炎はあっという間に広がったのです。消防団が到着したときのスタジオは、我が国の日刊紙が『荒れ狂う火の海』と活写するような状態でした。消防団は全力を尽くしましたが、火に油を注ぐようなもの。三時間も経たないうちにスタジオは全焼しました。当時、出火場所は誰も特定できないようでした」ジェフリーはメモ帳にちらりと目を走らせてから話を続けた。「しかし、悲しい出来事があったからといって、映画の制作そのものを取りやめるわけにはいきません。スタジオには火災保険が掛けられており、ネガを含め、一部の映画は焼失しましたが、甚大な損失には及びませんでした。そんなわけで、このときの火災は各紙のコラムを半分埋める程度の事件として、すぐさま人の記憶から消え去るものと思われました。ただ、火事の事件より大々的に新聞の一面を飾る、ある深刻な事態が発覚したのです」

ここでジェフリーはひと呼吸つき、タバコを吹かした。「火事のあった翌朝、煙がいまだ立ち上る現場を検証中の警官が、肝をつぶすようなものを発見しました。化学薬品室に男の遺体があったのです。もちろん絶命していましたが、熱を中和させる薬品に浸っていたことから黒焦げにはならず、その不幸な遺体の身元はすぐに判明しました。アドルフ・ガラッシュでした。化学薬品室は鋼鉄で防災措置が施されていたため、壁面はもちろん炎で溶け、散々な様相を呈してはいても、部屋そのものは残っていました。捜査にあたった警官は、化学薬品室のドアの鍵が外れていたのを確認しています。運に見放されたガラッシュは、ふとしたことから化学薬品室に閉じ込められてしまったのです。しかし、熱と煙には勝てず、脱出して安全なところに逃げる前に倒れてしまったのだろうと推測されました。非常に残念な事故でしたが、あえて言うなら、ごく平凡な火災です。制作スタッフは解散しました。一部は祖国であるドイツに帰国しました。ロンドンに残ったスタッフもいました。一か月が経ち、人々が火事のことを忘れかけた頃、意外な形で事件を思い出すことになったのです」

ジェフリーは椅子を後ろに倒し、主席警部の後ろにある窓の外に視線をやった。

「一か月後、いわゆる大勢の新聞読者層を沸かせるような事件が起こりました。内務大臣がシェパーズ・ブッシュのスタジオ火災は事故ではないという内容の書簡を受け取ったというのです。火事は放火によるものだった、殺人を隠蔽するため、意図的に火を放ったのだと！　記者によると、アドルフ・ガラッシュは出火の前に殺されていた――毒殺された死体は化学薬品室に持ち込んで鍵を閉め、遺体を手っ取り早く消すために大火を起こした！」

リードは顔を上げた。「何ということだ！　だが、そんな書簡を受け取ったという通知は確かになかった」

ジェフリーはぞっとするような笑みを浮かべた。「いや、通知はあったのです。捜査は速やかに開始されました」

「だが、誰が手紙を書いたんだ？」

「そんなこと、あなたが動けば簡単にわかるはずです、警部！　新聞では今のところ、手紙の件には腹が立つほど曖昧にしか触れていません。手紙の写しを手に入れてください。手紙を書いた人物は事件の鍵を握ると言って間違いない、そうでなければ、この事件は他のつまらない揉め事をまとめた書類の山と一緒に、書庫で眠ることになってしまいます」

主席警部は眉をひそめた。「そう言われると覚えがある。我々が英国を離れていた頃じゃなかったか——？」

「一九三三年九月」ジェフリーが話を遮った。「僕たちがオーストラリアへの船旅に出た時期です。（原注2）ウィーヴァー・パターソンがあなたの代理を務めていました。当時、新聞で事件の顛末を読んだ記憶があります」

リードはうなずいた。「そうだった！　続けたまえ、ジェフ」

「繰り返しになりますが、捜査は事件発覚とほぼ同時に始まりました。警視総監は真相が明らかになったシェパーズ・ブッシュのスタジオ火災の捜査を再開すると同時に、亡くなった化学者の遺体の検証も指示しました。一週間も経たぬ間に、衝撃的な事実が英国全土を揺るがしました！　スタジオの火災は周到な準備を経た上での放火であると立証されただけではなく、ガラッシュの遺体を検証したところ、明らかに砒素の形跡が確認されたのです。一・〇グレイン（約〇・〇六グラム）相当の砒素が内臓から検出されました」

ジェフリーは一旦黙ってから話を再開した。

「あいにく僕には詳細まで調べる時間がありませんでしたが、三週間に及んだ捜査の結果、イザベル・シムズが放火と殺人の罪で逮捕されました。放火罪については決定的な証拠があったのですが、殺人については――状況証拠しか浮上しませんでした。顛末を簡単に述べると、まず、シムズとガラッシュは値の張る化学薬品の紛失を巡って口論になりました。ガラッシュはシムズが盗んだと主張し、二十四時間以内に返却しなければ出るところに出ようと迫ったのです。口論は火災の前の朝にありました。その後、スタッフが午後のお茶の時間に休憩を取ったとき、お茶が苦いとガラッシュが文句を言ったそうですが、お茶そのものが濃かったので、大事にはならずに済みました。ガラッシュが席を外していたため、シムズは実験室までお茶を運んだあと、棚の上に置きました。実験室と化学薬品室への出入りが認められていたのは、シムズとガラッシュだけでした。火災の発生は午後四時でした。ガラッシュの姿がまたしても消え、翌朝になって、スタジオの焼け跡から遺体で発見されました。逮捕後のシムズの陳述によると、スタジオの出火はあくまでも不注意によるものだと語ったそうです。映し損じたフィルムと可燃性物質を処分しようとしたところ、出火して手がつけられなくなった――とか。恐ろしさのあまり助けが呼べなかったと供述したため、火災の責任は彼女にあると考えられます。殺人罪については無罪を主張しました。シムズいわく、薬品の紛失に関するいざこざは誤解によるもので、ガラッシュはその後実験室で例の薬品を見つけたそうです。別の薬品に隠れて見えない場所にあったということです。とはいえ、火がすべての痕跡を焼き払ったあとなので、シムズの供述に確証はありません」

ジェフリーは灰皿をこちらに寄せてくれと身振りでリードに示した。リードはそのとおりにした。ジェフリーはタバコをもみ消してから話の続きを始めた。

「イザベル・シムズの裁判は国中の注目を集めました。世論は男女で真っぷたつに分かれ、概して男性は、犯した罪以上に不当に裁かれていると、シムズ擁護に回りました。対する女性陣は、悪魔のような女とみなしたのです。第六感が働いたのでしょうか、女性たちはシムズを厳しく糾弾しました。

妙な話だ」ジェフリーは考え込んだ。「こんなとき、女たち（レズ・フェム）はどうしていつも同性の不幸ばかりを願おうとするのか――」

「話を脇道にそらすな！」リードが業を煮やして言った。「話したいことがあるなら最後まで話せ！」

ジェフリーは何やら人を小馬鹿にしたようなことをつぶやいてから、ふたたびメモ帳に目を通した。

「裁判でシムズの弁護についたのがサー・エヴァン・ロズリンです。ロズリンにサーの称号が授与されたのは、この裁判のあとのことです。グラハム・ランバートが検察側に立ちました。過半数が状況証拠だったため、ランバートは体内から検出された砒素についての所見を重視しました。ところが裁判も三日目を迎え、あらゆる証拠がシムズに対して圧倒的に不利となったところで、サー・エヴァンは決定的な証拠を提出しました。ガラッシュはとんでもない性癖の持ち主でした――すなわち、砒素の常食者だったのです！」

「何だと！」主席警部が大声を上げた。

「ガラッシュは五十に手が届く年齢の、痩せ形で端正な顔立ちの男でした。結婚して五人の子に恵まれましたが、妻とは別居していました。愛人がいるという噂はありましたが、証拠はありません。サー・エヴァンの推測によると、ガラッシュは砒素にある種の精力効果があると信じ、日常的に摂取していたようです。法律顧問の指摘では、チロル地方の登山家はスタミナ増強のため、ごく微量の砒素を服用しているのが既知の事実であり、精力を維持するため、馬の飼料に砒素を混ぜることも珍しくはないそうです。砒素の常食者は穀物に少量混ぜて食べることから始めると、想像を絶する量を摂取しても症状が出ない状態に達すると言われています。こうしてサー・エヴァンはトランプで立てた塔のようにもろい検察の主張を、木っ端みじんに崩したというわけです。彼が提示した証拠が決定的かどうかは別としても、反論できるものではありません。この証拠がサー・エヴァンの鮮やかな陳述を支え、陪審員らの心の中で芽生えはじめていた疑問の種は刈り取られてしまいました。彼の陳述で裁判は結審しました。陪審員の討議には三時間を要しました。三時間後、判決が提出されました。イザベル・シムズは毒殺については無罪、ただし、放火については有罪とする、と」

ジェフリーは一旦黙った。主席警部はうなずいて先を促した。

「法廷は判決を聴きに来た女性たちでいっぱいでした。懲役十八か月を求刑されると、法廷内では論拠を示せと結構な騒ぎになりました。野次る女性もいれば、中にはひどく感情を激し、シムズに向かって、『卑怯な手を使った人殺しめ!』と罵声を飛ばした女性がひとりいました。この女性は当然のごとく即座につまみ出されましたが、シムズへの悪感情をあからさまに示したものでした。出所の際、シムズが名前と外見を変えて出てきたのも当然でしょう」

「出所後のシムズについて何かわかったのかね?」主席警部は尋ねた。

ジェフリーはうなずき、「知らなければよかったと後悔しています」と、正直に答えた。「去年の三月に出所したあと、シムズは裏社会にどっぷり浸かってしまったようです。生きているシムズは」彼は少し考えてから付け加えた。「死んだシムズより、悪事に心惹かれるようになったと言っても過言ではありません。はたして凶悪な殺人者なのか、毒殺の罪を犯したのか、それとも状況証拠の犠牲となり、無実の罪をかぶったのか。あの女が悪の道に進んだのは生まれついての性格がそうさせたのか、それとも手ごわい犯罪者と生活をともにするうち、悪の道に染まり、恨みを募らせていったのでしょうか。もし、そんな不幸な出来事が起こった要因が我が国の現行の刑務所制度にあるのなら――」

「その話はいい」リードはぶっきらぼうにつぶやいた。「そういうことはすべてハヴロック・エリス（一八五七～一九三九。英国の心理学者。"Taking Prisoners"という著作がある）の著作を読んで知っている。シムズの出所後についての情報はないのか？」

「具体的には何も」ジェフリーはメモ帳に視線を向けながら言った。「関与したとおぼしき案件ならたくさんあります。シムズが脅迫状を送ったとされる事件が三件。あの荒れ果てた手で起こした信用詐欺事件は数知れず。トリントン子爵のタペストリー（ゴブラン織りの壁掛け）が盗まれた事件もあります。昨年九月の出来事です。ロンドンの気温が少し暑く感じたのか、シムズはヨーロッパ大陸に飛びました。そして」ジェフリーの長話が終わりに近づいてきた。「なんと！　そのまま行方をくらましたのです！」と、彼は両手を大きく広げた。「メアリ・マーロウとして復活するために！」

主席警部は椅子を後ろに揺り動かした。「新しい顔で、かね？」と言って、彼は短い口髭を引っ張った。「どうにも納得がいかないんだよ。シムズがマーロウとなってロンドンに帰ってきたことは、思った以上に厄介な問題をはらんでいる」

「というと――？」ジェフリーが尋ねた。

「動きが派手じゃないかね？」リードが有無も言わせぬ様子で尋ねた。「この娘が犯罪記録にあるとおりなら、その不正行為に匹敵する悪女だ。ヨーロッパ大陸に姿をくらまし、数か月後に整形手術によって、別の人格としてロンドンに現れた。さらば、手ごわいあばずれのイザベル・シムズ！　ようこそ、控えめで引っ込み思案のスミレの花、ミス・メアリ・マーロウ！　人見知りで、週に数シリングの収入で、つましく暮らしている孤独な娘。実に純真で、かくも勇気ある、華奢な体の高潔な若い女性――かりそめの姿だがね！」皮肉がきちんと皮肉に聞こえるよう、リードは椅子を手前に引いた。

ジェフリーはにやりとしたあと、真顔になった。「そして彼女はアンドリュー・ニューランドとの親交を温め、上手に煙幕を張ってお上品な娘を演じた」そう言ってから、しばらく考える。「そう、そうに違いない。これでかなりつじつまが合う。雑踏で人と交わるより、ひとり旅や繁華街から外れたティールームを好むのは、たとえ外見を変えようとも、自分を知っている人物がいてもおかしくはないからだ。自分の過去を絶対に語ろうとしなかったのも、親類縁者がいない天涯孤独の身の上らしいという経歴も納得がいく。ニューランドに対して、煮え切らない態度を取っていたのもね。気高きメアリ・マーロウは、アンドリュー・ニューランドの金目当てで結婚するのだから。そんなことがあってたまるか！」ジェフリーは重苦しい表情で首を横に振った。「ニューランドがこの女にご執心なところが、どうにもやり切れないんですよ。可哀想に、ニューランドはかなりのショックを受けているでしょう」

「あのフラットもそうか！」リードが顔を真っ赤にして言った。「どうしてあんな立派なフラットに住めるのか、ようやく合点がいったぞ。他に収入源があるのは間違いない――部屋の様子から見て、かなりの金を手に入れていたのだろう。誰が、なぜ彼女に金を融通しているんだ？」と、主席警部は机の上を拳で殴った。「その理由を教えてやろう！　イザベル・シムズは今回、ある特別な目的のもと、ロンドンにいた。何らかの任務が命じられていた。もし不正行為でなければ、私は――エペソ人のアルテミスが偉大だと言おう！（新約聖書『使徒言行録』より。神殿に祀られたアルテミス像とナザレのイエスのどちらが偉大かを巡って争いが起こった）」

ジェフリーは立ち上がると両手をポケットに突っ込み、窓辺へと歩いていった。しばらく外を眺めてから振り返り、穏やかな口調で語りだした。

「実に簡単な手口なんですよ、警部。あなたは、イザベル・シムズは良心もモラルもない、酷薄で小賢しい女狐だとの先入観をもとに、かなり蓋然性の高い事件だと判断しました。さて、僕は、彼女の死も含めたあらゆる事実を考慮した上で、シムズは不当な扱いを受けた女だとの前提のもと、非の打ち所のない論理的な説明をしてみせましょう」

「何を馬鹿な！」リードは鼻で笑った。「記録をよく見てみろ！」

ジェフリーは話の腰を折られてもお構いなしに続けた。「警部」彼は静かに言った。「ひとつ質問させてください。シムズが自殺を図ったのではと、一度でも疑ったことはありますか？」

「自殺？」

「僕はそれが言いたかった」ジェフリーは自分が座っていた椅子に戻ると、腰を下ろし、机に両肘をついた。「あなたはシムズが有罪だと考えていますね。僕は無実とみなします。感受性が強く、知性のある女性がいると考えてください。彼女は殺人事件の裁判で根気が尽きはてそうになり、結果、十八か月の懲役刑が求刑されました。自分とは判断の基準や気質がまったく異なる犯罪者らと刑務所で出会いますが、いわれなき迫害ですでに辛い思いをしており、刑務所での悪しき影響に立ち向かうほど強くもありませんでした。出所すると、彼女の前に立つ扉という扉がしっかりと閉ざされていました。この女は服役によって、洋々たる前途が失われてしまったのです。悪の道に手を染めるのもしょうがないことです。ところが数か月も経つと、法を恐れる気持ちか、それとも良心のどちらかが、こんな生き方をするのはやめるべきだと忠告します。真っ当に生きようと決意するのです！ ただ、イザベル・シムズとしての汚れた過去をまず捨てなければならず、そこでヨーロッパ大陸に渡り、外見を変え、名前も変えて、メアリ・マーロウとしてロンドンで再出発をはたしたというわけです」

ジェフリーが話すのをやめてもリードは何も言わなかったが、鼻をすする音から、彼が感極まって涙ぐんでいるのがよくわかった。

「ロンドンの暮らしは決して楽ではなく、あちこちで働いても得られるのはわずかな給金で、絶望のあまり、マーロウは世界最古の職業である売春に手を染めるのです。こうして彼女は豪華な調度のフラットに住み、一時的に暮らし向きがよくなりました。そこで出会ったのがアンドリュー・ニューランドです。後ろ暗いところのない素朴な青年ですが、それほど賢くはなく、こと女性に関しては理想主義者でした。確かに善悪については確固たる理念を持った青年です。ニューランドはマーロウに惚れ込み、マーロウも彼に恋をしました。どうしよう、彼女は悩みました。後ろ暗い過去はもとより、体を売って生活している現在の暮らしがいつ発覚するか、マーロウは気が気ではありませんでした。遠からぬ先、ニューランドは真相を知るはずです。遠からぬ先、マーロウの秘密は知られてしまうでしょう。絶え間なく襲う不安が彼女の心に重くのしかかります。逃れる道はただひとつ――自ら命を絶つことです。そしてある夜、ことのほか陰鬱な一日の終わりに、マーロウは自死を決意します」

「つまり、ラジオドラマのさなかに毒をあおるつもりだったというのかね」リードは皮肉とも蔑みとも受け取れる笑みを浮かべて言った。「もう君のご託は聞き飽きたよ、ジェフ――アガサ・クリスティが雑誌を出すなら、今聞いた話を連載で書いてはくれないだろうか」

ジェフリーは嫌な顔をして、「『メロドラマのように人生を綴るのを恐れてはいけない、メロドラマこそ人生なのだ』と、モーパッサンに助言をしたのはフロベールじゃありませんでしたっけ？」とつぶやいた。「毒を使うに決まってるじゃないですか。昨夜コンロイが述べたように、即効性があり、痕跡も残さない毒の知識があるシムズのこと、彼女なら手の内はいくらでもあります。そして、ドラマが暗転した間に自死を決行しました。良心がひどく咎めたシムズは、自分が下劣な稼ぎで手に入れたフラットをめちゃくちゃにします。惨状を放置したままスタジオに向かいます。ドラマ制作スタジオに入った彼女は、毒が回るまで医者が来ないよう、時間稼ぎのためにドアに鍵を掛け、鍵は自分で持っていました。そして場面が暗転するのを待って、毒を飲んだのです」ジェフリーは曖昧な身振りで話を終えた。「さらば（ワーレ）、ミス・マーロウ！」

気まずく、気の抜けたような沈黙が流れた。主席警部は何も語らなかった。ジェフリーを見つめたまま、口元を歪めて、今にも馬鹿にしたような笑みを浮かべる寸前の顔になっていた。そのとき、ドアのそばで誰かの声がした。

「何か忘れてはいないかね、ジェフリー。谷間の小さな小屋、窓辺にいる白髪の母親を」

ジェフリーとリードは同時に振り返った。マイルス・コンロイが入口に立ち、長い指で髭を撫でていた。黒い瞳はいたずらっ子のようにきらめき、人をなめた、意地の悪い笑みを口元に浮かべている。コンロイは部屋の中へと入ってきた。

「事実は小説よりも奇なりと指摘したら、ロマンチックな推理を台無しにして恥をかかせてしまうかな」と言いながら、コンロイは声を立てずに笑った。「何しろマーブル・アーチ（ロンドンのハイドパーク北東の凱旋門）並みの大きな粗があるからね」彼は机の向かい側で立ち止まると、こう言った。

「イザベル・シムズは自殺などしていない！」

リードは立ち上がると机の上に身を乗り出した。大きな手は両方拳を握っている。「あの女が死んだ原因を見つけたのか？」

コンロイは挑むような顔で笑った。「ああ、そうさ」と、満足げな声で返した。「彼女が死んだ原因がわかったんだよ」

「何だったんだ？」

小柄な監察医は両手を後ろで組むと、視線を天井に向けた。「驚くべき見事な手口であると同時に、気が抜けるほど単純だが、すぐには信じがたい手口だ」コンロイは意地悪げにほくそ笑んだ。「君たちなら千年かかっても解けなかっただろう！」

ジェフリーが厳しく言い返した。「ふざけるのもいい加減にしろ、マック！　真相を言うんだ。あの女の死因は自然死なのか――それとも殺されたのか？」

コンロイはその視線を必死な表情のジェフリーへと向け、「殺されたに決まっているじゃないか」と、吐き捨てるように言った。「想像を絶するほど考え抜かれた手口なので、手がかりが見つからなかったら、この私でも闇の中を手探りで進む羽目になるところだったよ」

主席警部の顔が真っ赤に染まった。逞しい胸がふくらむほど大きく息を吸った。額の毛細血管が標本にされた蛾のように引きつっていた。「お前に尋ねるのはこれで最後にしよう、マック」リードは、ひとこと、ひとこと嚙みしめ、脅すように言った。「あの女はどうやって殺された？」

ピンが落ちた音が聞こえそうなほどの沈黙が続いた。ふたりの会話を聞いていたジェフリーは、世界中が動くのを止めて耳をすましているような、奇妙な感覚を覚えた。コンロイが口を開き、鳥が窓ガラスをつついたような鋭い声で言った。

「どうやって殺されたかって？　ハットピンさ。十インチのハットピンで！」

リードはしばらく声が出せなかった。「どういうことだ？」

「だから」ドクター・コンロイは毅然とした様子で答えた。「どこかの優しい誰かが、彼女の左耳からハットピンを脳に突き刺したのだ！」

2

「そんな馬鹿な！」リードが声にならない声で言った。

彼はゆっくりと椅子に腰かけて大きな体をぐったりさせたが、視線は決してコンロイから外さなかった。そしてやるせなく、長くて静かなため息をついた。ジェフリーは幽霊でも見るような目で小柄なコンロイを見つめていた。コンロイの発言で、にわかに現実味を帯びた恐怖感が押し寄せてきたせいか、話す声が震えている。

「今まで犯罪に関わってきて、これほど恐ろしい話は聞いたことがない」と言って、ジェフリーは足から突然力が抜けたように椅子に座り込んだ。

コンロイはふたりの顔を代わる代わる見ると、広い額にしわを寄せた。「何を驚いているのだ？」彼は問いただした。「この手口に怖じ気づいているのなら案ずることはない、聞くほど残酷なやり口じゃないんだ。最初に麻痺するような感覚が一瞬ある以外、苦痛はまったく感じない。ナイフや銃で傷を負うより、ずっとましだ」

コンロイはふたりに視線を投げた。ジェフリーは落ち着いた声で言った。「安心したよ、マック。それでも怖い手口には変わりはないけれども――」

「実に見事な手口と言うべきだな」コンロイは返した。「なぜなら、殺人の達人のしわざに違いないからだ。考えてもみろ。物音ひとつ出さず、傷もつけず、血も流さずに人を殺す。検視ではどんな医者もお手上げの兆候を見せる死にざま。医者として意見を言わせてもらうと、この仕事に就いて接した手口の中で、最も知恵の回った手段だ」

ジェフリーは主席警部のほうを向いた。「今回我々は非常に手ごわい敵と闘っているわけですね」彼は厳しい表情で言った。「犯人を捕まえたら、警察が手錠を掛ける前に僕と握手をさせてください、警部。新たな発見があるたび、彼への敬意が増すばかりです！」

「彼だって？」コンロイが声を上げた。彼は椅子を引いて座った。「たぶん事件の状況からそう思うのだろうが、私は女性が犯人ではないかと考えている。ハットピンと刺殺は女性が得意とする手口と考えられているからね」

リードは夢から覚めたかのように頭を少し上げると、「ハットピンを耳から刺したって？」とつぶやいた。「そうだ――ジェフ！　シムズのフラットで君が見つけたピンと関係があると思うか？」主席警部は唇を噛みしめた。「あのピンを持ち帰ろうとしなかったとは、実に惜しいことをした」

ジェフリーは肩をすくめた。「まさか事件の鍵を握る品だと思うわけがありませんよ。警部だって、この話を聞いてすぐ、犯人は男性だと思ったはずです。彼は、誰の目にも触れる前にピンを回収するべきだった。言うまでもなく、ピンが凶器として使われたという前提で、ですよ！」そしてジェフリーはコンロイに向かって言った。「そうですよね、マック？」

「しかるべき確認を取ってからなのは――言うまでもない」コンロイは答えた。リードの指は、すでに机上の電話のボタンへと伸びていた。受話器に向かって吠えるように数件の指示を出してから、もう一度座った。

「間もなく確認が取れるだろう」

「忘れてはいけないことが、もうひとつあります」ジェフリーが言った。「事件の夜、スタジオにハットピンがありました。覚えていますか？　オイルシルクを叩いて水のしたたる音を出すために」彼の視線はリードから窓辺へと動いた。「フラットに落ちていたピンと同じ品だったら、面白いことがわかりそうです」

「君なら確認できたはずだったのに――」と、主席警部が言いかけたところでジェフリーは首を横に振り、「同じ品だと確認できる唯一の特徴である、飾りがもぎ取られていました」と、凶器だと特定できない理由を説明した。「とはいえ、ここで当て推量ばかりしていてもしょうがありません。例の音響効果技師に電話をしてください――何て言いましたっけ？」

「マーティンだ」

「そう――マーティンです。あの日のドラマの音響効果でハットピンを使ったかを尋ねてください。すぐに答が出るはずです」

リードはもう一度電話を掛けた。そしてうなずいた。「電話はすぐにつながる」

「ハットピンは」ジェフリーは考えごとをしながら繰り返した。「言うまでもなく、事件にとって大きな意味があります。シェルドン判事がメモ刺しで殺され、メモ刺しの使用目的から容疑者が絞り込めたのを覚えてらっしゃいますか？（この事件の経緯は『百年祭の殺人』［論創社・刊］に詳しい）」

ふたりがうなずくと、ジェフリーは話を続けた。「僕から見れば、この二件は似ているように思えます。凶器の独自性が僕たちに有利に働くはずです。ハットピンは今では母親世代が使うものですから、そうどこにでもある品ではありません。今どきハットピンを使う女性は五百人にひとりでしょう」

リードはうなずいた。「なるほど、理にかなっている。もうひとつ重要な点があるぞ。犯人は手口が絶対に知られないとの自信があるからこそ、普通なら凶器に選ばない品を使うというリスクが冒せたのだ——」

「ハットピンを使わざるを得なかった」コンロイが話に割って入った。「他では代わりが利かないからだ！」

「どういうことだ？」

「この犯罪は、細くて硬く、長さのある金属がなければ成立しない」コンロイは繰り返した。「犯人は初歩の解剖学の知識があったはずだ。ピンを差し込む角度を見極めなければならないからな」コンロイは口を結んだ。「それに犯人は、成功したことを運命の女神に感謝するべきだろうな」

「どういうことです？」ジェフリーは眉をしかめた。

コンロイは両手で机の端を握って前のめりになった。「この手口で人を殺すのが」彼は慎重に言葉を選んだ。「かなり困難であるのは、もうわかっただろう？ ピンが頭蓋骨の壁面に当たらない経路はひとつしかない。そのうえ犯人は、息の根を止める確率が百分の一しかない犯行を見事に成功させている。遺体を詳しく検証してはいないが、耳の鼓膜を抜け、蝸牛管を貫通し、そして——」リードが不快感をあらわにしているのに気づき、コンロイは話を中断した。リードは大きな体をすくめて居心地悪そうにしている。

「やめろ、マック」リードが蚊の鳴くような声で言った。「怖くて聞いていられない！」

ジェフリーが尋ねた。「どこからそんな手口を思いついたんですか？」

コンロイは両手の親指をウエストコートの袖口に突っ込んだ。瞳を輝かせながら彼は言った。「やっと訊いてくれたね。脳がくたくたになるほど長い探索をもう一度やらせて、君をきりきり舞いさせることもできたのだが、実はね、ブラックバーン、君のおかげなんだ」

「僕ですか？」

コンロイはうなずいた。「君と――どんなに慎重に計画した陰謀であっても台無しにする、まったくの偶然のおかげさ」彼はジェフリーの顔をまじまじと見た。「忘れたのか？――君があのフラットを探索中、尻にハットピンが刺さったという話を。そう、君の話を聞いていて、あることを思い出したんだ。どこかで聞いたことがあると思ったとたん、何ともいえない胸騒ぎがして――なぜかわかるかね？　そのときはそれほど気にならなかったが、どこか引っかかって、記憶に留まっていた。ハットピンと死が結びつく事件に聞き覚えがあった。昨夜はずっとそれを考えながら眠った」

ここで彼はひと息ついた。「今朝になって目が覚めたとき、はっきりと思い出したんだ！」

「つまり」リードが尋ねた。「過去にそんな事例があったということか？」

「もちろんだとも。さほど珍しい事件ではない。第一の事件が起こったのは大戦下――一九一六年、私は英軍衛生兵のひとりとして、休暇で享楽の街パリを訪れていた。滞在中にセーヌ川左岸で殺人事件があった。アメリカ人の芸術家が、自分のモデルをしていた愛人と諍いを起こして殺してしまった。詳しいことは覚えてはいないが、痴話喧嘩の末の凶行だった。とにかくだ、愛人が自分の部屋のドアで聞き耳を立てていたのに気づくと、芸術家は鍵穴にハットピンを突き刺した。ピンは千載一遇の機会をとらえた。本人も、まさか完全犯罪を成し遂げるとは思っていなかった。翌日男がアブサン（薬草系リキュールの一種）で酔いつぶれ、うかつにも自分から白状しなかったら、死因は今も謎のままだっただろう。戦時だったため、この話題はすぐに忘れ去られた。そう、これが謎の真相だ。犯人は誰であれ、パリの事件に聞き覚えがあり、この手口を模倣したのだろう。偶然が幸いし、こいつも成功させてしまったというわけさ」

「ならば今回の犯人も、アブサンの飲み過ぎで自供するところまで模倣して欲しいものだ」リードが凄みのある声で言った。「今回の珍妙な事件の真相を究明する唯一の手段ではないだろうか。探求すればするほど新たな謎が生まれてくる事件だ！」

ジェフリーはじっとしていられない様子でつぶやいた。「そんなに簡単には解決しませんよ。パリでの殺人事件は世間を騒がせたのですよね？　ならば世界中の新聞が取り上げたでしょう。ですから、誰が知っていてもおかしくありません。容易に思いつく手口ではないでしょうが、僕が考えたように周到な計画がなされた事件なら、捜査を最初からやり直して——」

そのとき机上の電話が鳴りだし、ジェフリーの言葉は遮られた。リードの手が電話へと伸び、ボタンを押してから彼は怒鳴った。「どうした？」

「コノリーです、警部」電話機から金属音のような声が返ってきた。「ハットピンの件ですが——」

「どうだった、デニス？」

「スタジオの、例の音響効果技師と話をしたんですが、あいつ、鼻にかかった声でこんなこと言いやがるんです、ハットピンはあの晩ドラマで使用してから、ずっと見ていないって。なくした、見つからない、消え失せたって！」

リードの眉毛が下がった。「ありがとう、デニス」少し間を置いてから彼は言った。

「あとはどうしましょうか？」

「監視を続けろ」主席警部は無愛想に言った。ボタンを押して通話を切り、リードは振り返った。コンロイは滑稽なものでも見るようにリードを眺めている。

「ラジオ局内の者の犯行とか？」

「あり得ますね」ジェフリーが返した。「あんな奇妙な事件が密室で起こったのですよ。この点について、もっと興味深い仮説を思いつきました」と言って、彼はコンロイを見た。「マック、僕たちが推理したやり方で人を殺すには、どれぐらいの時間でできるのでしょう？」

コンロイは口を固く結んだ。「五秒もあればできる。まっすぐ刺すだけで済むからね。ただし何も見えない闇の中では、かなり難しいだろう」

「心臓発作のような症状が見られますか？」

「それは間違いない！　激しい痙攣を起こして全身が緊張する。心臓を除く循環器系の臓器が即座に停止するが、その心臓も少しの間動いたあと、少しずつ動きを止めていく。こんな症状を目の前にし、脳出血や目に見える外傷がなければ、たとえ医者が百人いても、誰ひとり死因を特定できないだろう」コンロイは椅子を引いて立ち上がった。「さて、そろそろ行くとしようか、リード。用があるなら、私は遺体安置所にいるので呼んでくれ」彼は陽気に手を振った。

ジェフリーも椅子から立った。「僕も失礼します。部屋にいますので、何かわかったら連絡をください、警部。ひとりになって自分と語り合いたいので」

主席警部は威圧感のある声で言った。「何のために？」部屋から出ようとしていたジェフリーが立ち止まって言った。「第五の次元に自分を送り込むのですよ」

「おい、鍵の掛かったドアを出て――しかも音を立てて鍵を閉めるという謎を究明しようとしている、こんなときに何を言っているんだ！」

3

ジェフリー・ブラックバーンはスコットランドヤードと裏のつながりがありながら、一切の責任を負わずに済むという、非常に恵まれた立場にあった。そのため用事が済めば、あとの時間は誰にも邪魔されずに自由に過ごせるのはもちろん、自分のこと以外に拘束されもしない。そうはいかないのがリード主席警部である。BBCで起こった事件が、興味深いが自分とは関係ない出来事から、極めて用意周到に計画された殺人事件へと状況が一変したため、あっという間に職務上の責任がふりかかってきた。考えなければいけないことは山ほどある。スコットランドヤードの円滑で有能な組織は主任監察医コンロイの指摘によって動きだし、リードはその指揮統制を担う。

あとの時間は命令と聞き込み捜査、会議、説明、書類へのサインといった激務に追われる。昼時少し前、アームストロング刑事がベイズウォーターのフラットからハットピンを回収して戻ってきた。調査の結果、実に奇妙な形でイザベル・シムズの命を奪った凶器であると正式に認められた。警官一名が内務省に届いた書状の写しを入手するために派遣され、シェパーズ・ブッシュのスタジオ火災事件の捜査が再開された。捜査員の三分の一がBBCのジョージ・ニッカーソンに捜査の進捗を報告する任務に就いた。そのため、リードが自分の執務室に逃げ込んだのは午後も遅くになってからのことだった。彼は回転椅子に沈み込むように座り、片手は机上の葉巻入れを求めてさまよった。そのとき、肘のそばにある電話がけたたましく鳴った。

リードは下劣極まりない言葉を吐くと、電話機に荒々しく両手を置いた。電話回線に乗って聞こえてくるのがジェフリーの声とわかるや、電話の応対がひどくぞんざいになった。「ああ、君か！ ゆっくりお昼寝はできたかね？」

「無駄話はやめてください、警部！」ジェフリーが切羽詰まっているのは声を聞けばすぐわかった。「大事な話があるんです！ よく聞いてください。僕は何か、とんでもないことを思いついたようです。まったくの勘違いかもしれませんが、試してみて損はしないでしょう。僕の代わりにやっていただきたいことがあります」

リードはつっけんどんな声で返事をした。「そんなことだろうと思った」

ジェフリーは、相手の皮肉など気にも留めずに言った。「警部――殺人があった夜にスタジオにいた全員を、今夜あの場所に集めてください！ 現場もできるだけ当時と同じ環境にしていただきたい！ 引き受けていただけますか？」

リードはにやりとした。「何かね、それは？ 事件を鮮やかに再現しようという気かね？」

「黙って僕の言うことを聞いてください！」ジェフリーは耳を貸さなかった。「僕が警部にお願いするときは必ず、確実な論拠があるのはご存じでしょう。それに今回は本当に大事な用件なのです。お願いできますか？」

「仕方あるまい」リードは渋々同意した。「やると言うまで勘弁してもらえなさそうだからな。ところでいったい何をするつもりだ？」

「ある効果音の実験をやってみたいんです」受話器の向こうで含み笑いが聞こえると、主席警部の耳に突然電話が切れる音が聞こえた。

（原注2）リードとブラックバーンはオーストラリアに滞在中、メルボルン百年祭にまつわる忌まわしい殺人事件に巻き込まれたが、このふたりがコンビを組んで以来、最も奇妙で驚くべき事件だった。彼らが事件を解決に導いた経緯については『百年祭の殺人』を参照。

第六章　見えない音の驚異的なからくり

いいかい、デイヴィ、見たことの半分は信じてはいけない、聞いたことは半分以上信じてはいけない。

チャールズ・ディケンズ『デイヴィッド・コパフィールド』

ジェフリー・ブラックバーンは、ウィグモア・ストリートにあるブロードキャスティング・ハウスの第二スタジオに集まった面々に視線を走らせた。そして、ウィリアム・リード主席警部に向かってうなずいた。リードはドアを閉め、鍵を掛けたあと、幅広い背中をドアのほうに向けた。

スタジオの壁はまるで、エドガー・アラン・ポーの小説に出てくる取調室かと思うほど、壁が内側にせり出した奇妙な作りだ。この閉塞感は、スタジオの中で黙ったまま不安げに立っている人々の心情が伝わってきているのだろう。フォン＝ベスケは丸い頭を突き出し、険しい黒い瞳から、射るような視線をあちこちに向けていた。襟から垂れ下がる脂肪の層に、小さな玉のような汗が浮かんでいる。唇を引き結んで立つ彼の両脇にいるのは、むっとした顔でふてぶてしいルシンスカと、明らかに動揺しているマーサ・ロックウェルだ。ロックウェルは別人のようだった。いたずらっぽい眼差しが悲しみと恐怖で生気を失い、茶目っ気のある表情が消え失せてしまっている。ただの地味で怯えた、小太りの女にしか見えない。

　スタジオの片隅では、黒髪をきれいになでつけたゴードン・フィニスを中心に、金髪のヴァンス・ガーネットと赤毛のボブ・ハモンドが三角形を描くようにしてたたずんでいた。元々浅黒い肌に青白い照明が当たっているからか、フィニスの顔は妙にくすんで青白く見え、そよ風に吹かれてあてもなく揺れる葉のように、両手をせわしなく動かしている。ふたりの若手俳優はどう見ても落ち着きを失っていた。彼らの視線は決然とした顔の主席警部と、緊張で顔が青白くなっているジェフリーの間をさまよっている。

　ひょうきんな顔立ちのテッド・マーティンが、W・T・ベンダ（一八七三〜一九四八。独特の表情を持つ仮面の制作者として知られる芸術家）作の仮面をかぶったような表情で、音響効果用のテーブルに向かっている。その傍らで、ジョージ・ニッカーソンがそわそわと足を引きずるようにして歩き回っている。疲れ切ってどんよりとした目、すぼめた肩から垂れ下がっている、張りのある布地の外套。アナウンサーのアントニー・スチュワートと何やら小声で話している。ジェフリーが動く気配を見せるとふたりは話をやめ、カーテンが開くときの音が聞こえると、満員の劇場が緊張で静まりかえったときと同じ空気がスタジオにたちこめた。

　ジェフリーがスタジオを横切って効果音のテーブル付近まで移動すると、全員の目が彼に釘付けになった。ジェフリーの話す声は、風がさざ波を起こすような振動となって、閉ざされた空間に静かに染みわたるだけの力があった。

「紳士淑女の皆さん」彼は抑えた調子で言った。「今夜、どうしてここに呼び出されたのか、不審に思われる方もいらっしゃるでしょう。長たらしい前置きは抜きで、正義のために力を貸してくださいと、この場でお願い申し上げます。今朝、メアリ・マーロウとされる女性の遺体検案の結果、死因は私たちが信じていた心疾患では断じてないということが明らかになりました。この女性は殺されました——実に巧妙で、信じがたいほど残酷な手口で！　左耳からハットピンで脳を刺されて死に至ったのです！」

一同が驚いてざわめくことを予想し、ジェフリーはここでひと呼吸ついた。ところが誰も反応を示さなかった。恐怖と嫌悪感のせいだろうか、胸がしめつけられたような、苦しそうに息を呑む音がどこかから聞こえてきた。オルガ・ルシンスカがゆっくりと拳を握る。タバコに火をつけようとしていたゴードン・フィニスは両手で顔を覆うように隠したまま、目だけが不快な衝撃をあらわにしていた。ヴァンス・ガーネットと若手のハモンドは、おののき、信じられないといった顔をして、荒唐無稽なおとぎ話を夢中になって聴く子どものように目を瞠（みは）っている。マーサ・ロックウェルの手は喉元に伸び、大きく息をついた。

「今は解剖学的な詳細に踏み込む時間でも、場所でもありません。かくも恐ろしき手段によって、心臓麻痺にしか見えない形で殺されたことを報告するためにお集まりいただきました。もっと別の、大事な問題が待っています。まず、殺人が起こった夜にスタジオで使われた効果音の道具に、長いハットピンがあったということ。問題のハットピンは現在も行方がわかりません。マーティンによると、あの晩のうちに他の道具と一緒に片付けたそうです。そうなると、あの時点でスタジオにいた誰かが持ち去ったはずです。ではこれから、事件発生当時の状況に立ち返ってみましょう。第二に、事件が起こるまで、当時このスタジオにいた人物は誰も知らなかったのですが、犠牲者がここのドアの鍵を閉め、鍵は放送中ずっと彼女が持っていたことを忘れないでいただきたいのです」

ジェフリーはふたたび黙った。今回も全員が黙ったままだった。物音ひとつ聞こえなかった。ジェフリーが語る悲しい顚末がひとごとに聞こえるのか、それとも我が身のことのように深刻に受け止め、恐ろしさに呆然としているのか。「では、わかっている事実を確認しましょう」ジェフリーは声のトーンを落とした。「彼女はドラマのさなか、暗転するシーンで殺されました。殺害に使われたハットピンは、このスタジオにいた人なら誰でもすぐ手の届くところにあったものと非常によく似ています。しかも放送中、スタジオのドアは内側から鍵が掛かっており、外部から侵入などできるはずがなかったのです！」

スタジオに呼ばれた面々は、やっと自分たちが置かれた立場をわかったようだった。一様に無反応だったのが、突如身振り手振りを交えて口々にわけのわからぬ主張を始め、お互いを責め合う声が炸裂し、スタジオ全体にあふれかえった。抗議するフォン＝ベスケの特徴的な喉声。ルシンスカの悪辣なののしり声。興奮して口が回らないマーティンの声は、フィニスのよく通る低い声や、ニッカーソンの歯切れのいい大声にかき消され、何を言っているのかよくわからない。ジェフリーが片手を挙げると騒ぎがやんだ。息を呑む音や途中まで言いかけた言葉が途絶え、しんと静まりかえった。防音設備が行き届いた部屋の中で、ニッカーソンが話す声は抑揚がなく、個性を失って、人がしゃべる声には聞こえなかった。ニッカーソンは年齢の割にしわの多い顔をジェフリーに向けた。

「なぜそう言えるんだ、ブラックバーン！　照明を落としている間、このスタジオから誰かが出ていったのはわかっているんだぞ！」

ジェフリーは落ち着いて答えた。「鍵の掛かったドアからですか、ミスター・ニッカーソン？」

ニッカーソンは一度挙げた手を下ろした。「だが、確かに聞こえたんだ」彼は念を押した。「君だって認めたじゃないか！　ドアが開く音と足音がした。そのあとで自動車が走り去る音もね！　なぜだ──調整室にいた連中も聞いているというのに」

「そのとおり」ジェフリーはすかさず答えた。「確かに──私たち全員が聞いています。しかし、本当に誰かが外から──すなわち廊下から入ってきたのでしょうか？　それとも、このスタジオの中から出ていったのでしょうか？」

ニッカーソンは馬鹿にしたように言った。「そんな音が防音壁越しに聞こえるかね？　随分とふざけた思いつきだな！」

「必ずしも防音壁越しに聞いたとは限りませんよ、ミスター・ニッカーソン。このスタジオのマイクロフォンは常時電源が入っています。このスタジオで起こった音はすべてマイクロフォンが拾って我々の耳に届ける──調整室の耳にも届く──スピーカーを通じて！」

同じく声のトーンを落とし、ニッカーソンが小声で言った。「どういうことだ？」

「それではご説明しましょう」ジェフリーはさらりと言ってのけると、効果音の道具が乗ったテーブルのほうを向いた。「前回、我々がここに来た夕方頃、この迷惑な陳列物について、御社のスタジオディレクターから十分説明を受けました。今でも一字一句、鮮明に思い出せます。『赤ん坊の泣き声から象の大群が走り去る音など、あらゆる効果音を作れますし、作った音をすべて一度に出すことだってできるのです』。こちらのドア模型も実際に動かしてくださいました。しかし、このテーブルには、劇中使用する予定でありながら、説明がなかった効果音が二種類ありました」ジェフリーはひと呼吸置き、手でテーブルを示した。「ミスター・マーティンご自身が教えてくださいました。まず、この小さな箱の片側にあるボタンを押すと、忍び足の音が忠実に再現できます。もうひとつは、自動車が走り去る音を出すための装置です！」ジェフリーは視線を上げた。「ミスター・マーティン？」

マーティンは待ってましたとばかりに舌なめずりした。「はい」

「こうした道具の操作は、僕よりも、あなたのほうがずっと慣れてらっしゃる。脚本に、ある人物が部屋を出てからドアを閉め、廊下を歩き、車に乗って立ち去る――というト書きがあったとしましょう。どれぐらい時間があれば、この一連の動作の効果音が作れますか？」

マーティンはごくりと喉を鳴らした。「ええと――だいたい十五秒程度です」

「ありがとうございます」ジェフリーはうなずいた。「次に、先ほどのト書きどおりに効果音が出るよう、道具を操作してください」マーティンがテーブルに手を伸ばしたところで、ジェフリーがすぐさま言った。「待ってください――スタジオの照明を落として！」

主席警部が何も言わずにドア付近のスイッチへと手を伸ばすと、スタジオは闇に包まれた。暗くなった空間に何人かがささやき合う声がする。「お静かに！」ジェフリーがぴしゃりと制した。声がやんだ。「そろそろ大丈夫ですか、マーティン？　では皆さん、耳を澄ましてよくお聴きください」

全員が口を閉ざした。何も見えない中、黒々とした何かが、効果音のテーブル付近を動き回っている。闇を切るようにして、あの忘れがたき夜に聞こえたおぞましい音が再現された。忌まわしい記憶が蘇り、ジェフリーは首元の産毛がざわざわと逆立つのを感じた。ドアが閉まる紛れもない音に続いて、人目を忍ぶよう、あまり足を上げずにそっと歩いているような音、そして最後に電動式スターターのうなりがエンジン音にかき消され、やがて少しずつ小さくなり、静寂に戻った。

「照明を！」ジェフリーが合図した。蒼白の顔、引き結んだ口、手元のおぼつかない人々の姿を灯りが照らした。「ありがとう、マーティン」と言って、ジェフリーは振り返った。「ご期待に添えましたか、ミスター・ニッカーソン?」ニッカーソンがかすれた声で答えた。「可能だということは認めるよ、ミスター・ブラックバーン。だがいずれにせよ、ただの仮説じゃないか。殺人が外部の人間の犯行でないとは立証していない」

ようやく主席警部が口を開いた。小さいけれども遠雷のように低く重々しく、威嚇するような声で言った。「あなたを納得させるために現場を再現したわけじゃありません、ミスター・ニッカーソン。納得したかったのは、むしろ我々のほうです。このドアに鍵が掛かっていたという事実からは逃れられません」

「それでは道理に合わないじゃないか!」ニッカーソンが反論した。「マスターキーを使ったとしたら? マスターキーは事務室に下げてあるし、用があれば誰でも使えるようになっている」ジェフリーは首を横に振った。「あり得ません! 第一、犯人は暗転した現場で人を殺さなければならなかった。新技術が導入されるため、制作の内容は極秘事項だと聞いています。となると、外部の人間がどうしてスタジオが真っ暗だとわかるのでしょう?」

ニッカーソンは言葉を濁した。「そういう情報は広まるものだ」

「いいえ」ジェフリーは言った。「それは考えられません。その架空の侵入者が場面の暗転をたとえ知っていたとしても、鍵の掛かったドアの中ではもっと手に負えない難関が控えています。そう、マーロウを殺そうと考えた架空の侵入者は、群衆をかき分けてスタジオのドアまでたどり着き、ドアに鍵が掛かっているのに気づくと、もう一度人の波を抜けて管理人室に行き、そこで鍵を手に入れ、今まで二度通った人混みをまたしても通り抜け、ドアに戻り、鍵を開けてスタジオに忍び込み、目的を達するわけです。ここまでの行動を三十秒以内に終わらせ、さらにまたもや人でいっぱいの通路を脱出、照明がついて間もなく殺人が発覚するから、スタジオディレクターが来る前に管理人室に鍵を戻しておかねばならない」ジェフリーはもう一度首を横に振った。「残念ながら、ミスター・ニッカーソン、まったく理にかなっていません」

ニッカーソンは顔を歪めた。「ここにいる全員を殺人罪でしょっぴくぐらいに非論理的なのは間違いありませんな」

ジェフリーはそんなニッカーソンを見やってから一歩踏み出した。スタジオ全体を見渡すと、全員の顔が確認できた。

「今回の検証について誤解が生じているようです」彼は嬉しそうに言った。「皆さんを人殺しと疑っているわけではありません。ですからどうぞ、精神的な拷問じゃないかと考えるのはやめていただきたい。まったくそんなつもりはありませんので！　ただの実験であり――不可能なものを除外する過程の一環なのです。犯行の手口とおぼしき手段を見つけ、皆さんのお力を借りて論理的に矛盾するものを排除していけば、必ず真実に突き当たるはずです。僕たちは今、それを試しているところなのです」

集まった面々の緊張が解けていくのに目を配りながら、ジェフリーは一旦、しゃべるのをやめた。「この事件の注目すべき点は、犯行が起こった場所です」彼は話を再開した。「ラジオ局のスタジオでなぜ殺人があったのか。しかも、よりによってなぜドラマの真っ最中に？」ジェフリーの顔に笑みが浮かんだ。「ラジオ局のスタジオで登場人物が殺されるという芝居は皆さん、当たり前のように見聞きし、脚本で読んでいるでしょうが、それが今、ここで起こっているのです。さて、この筋書きどおりに考えると、狙われるのは、ドラマで殺される役を演じておられる、ミス・ルシンスカだと考えるのは当然の帰結です。それなのになぜ、メアリ・マーロウが殺されたのか？　納得のいく答はひとつしか思いつきませんでした。殺害にこれほど不似合いな場所を犯人が選んだのは、この環境が何らかの形で有利に働くからです。今回の実験で得られた収穫はこれだけです。実験の目的がはたせれば、間違いなく一歩前進です！」

ジョージ・ニッカーソンの顔に赤みが戻った。「申し訳ない」彼は小声で詫びた。肩をもぞもぞさせている。スタジオ中が重い荷物を下ろしたかのように少しざわつき、落ち着きなく動いている。主席警部だけがドラゴンのように険しい表情を崩さず、件のドアのそばで、氷を無造作に削って作った像かと思うほど、ぴくりとも動かずに立っていた。

ジェフリーは咳払いをした。「僕がこれから行う犯罪の再現という視点には、こうした見解は必要不可欠です。間違った形で再現するかもしれません。本音を言えば、間違っていて欲しい。繰り返しになりますが、ラジオ放送のミステリー譚にかけては僕より皆さんのほうがずっとご存じですし、豊富なご経験から、僕の仮説の間違いを指摘していただけるでしょう。ですから、あくまでも仮説だということで、僕の話をよく聞いてくださいとお願いしたのです」

彼の言葉に一同がうなずく。ジェフリーは椅子を指し示した。「ご婦人がた、お座りになりませんか……？」ルシンスカとロックウェルが、ほぼ同時に首を横に振った。ジェフリーは肩をすくめ、テーブルに寄りかかった。

「この仮説では、犯人は三つの重大な問題を抱えていたはずだと考えます。話をわかりやすくするため、犯人は男性だと仮定します。彼は劇で暗転する時間帯を知っていたはずです。ドラマで使う効果音の道具にハットピンがあるのもわかっていました——土壇場になって、効果音の道具がこのスタジオに持ち込まれたこともね。別の言い方をすれば、スタジオが暗転する間、道具が犯人のすぐ手元にあったのです。効果音の道具を移動しなければならなかった事情だって、わかっていたのかもしれません。以上の条件を満たすのは限られた人たちであるのは言うまでもなく、すなわち、殺人が起こったとき、このスタジオに居合わせた人々なのです」

ジェフリーは、一旦話を切った。スタジオにいる面々は先ほどよりも近づいてきたようで、人目を憚るように視線を合わさなかった目に、ジェフリーからの挑戦を受けて立とうとする輝きと、何とも形容のしがたい味のある表情が宿っていた。

「さて、犯人像を推理した結果から考えると」そんな彼らにジェフリーが呼び水を向けた。「例の女性を殺そうという明らかな動機が彼にはあります。本番に先立ち、昼間に効果音をすべて使ってリハーサルが行われたと聞いています。従って、ドラマの関係者である犯人は、犯行の最後の仕上げをするチャンスがありました。ハットピンが効果音の道具に入るのも、手近なところにあることもわかっています。犯人は、心臓発作としか思えない症状で放送中に死なせるという、実に画期的な殺人計画を思いつきました。この手口なら十秒以内で相手を仕留め、残ったわずかな時間で誰かがスタジオから出て、自動車に乗って立ち去ったと錯覚させるような効果音を出せるというわけです」

ゴードン・フィニスが口元にせせら笑いを浮かべ、話に割りこんだ。「あなたの推理で、腑に落ちないことがあります。あなたが考えた犯人がこれほど謎に満ちた手口を成功させるため、ここまでの苦労をし、決して殺人と疑われないはずなのに、どうして立ち去る効果音を出す手間を増やしたのでしょうか？」

「いいご指摘です」ジェフリーが返した。「その答は、僕たちが話題にしている人物が狡猾で、先見の明がある計画を立てる天才であるという事実にあります。このように例外的な手口で人を殺せば、並みの犯罪者なら自分の痕跡は十分に消せたと思うでしょうが、何しろ僕らの犯人は常人をはるかに超えた知性の持ち主です。何かの偶然で殺人であることが証明され、捜査が始まれば、捜査側にいる僕たちは当然、スタジオに着目するだろうと考えた上で、およそあり得ない可能性にまで備えたのです。いずれにせよ、反対尋問までに、誰かが車の音がしたのを思い出すでしょう。僕たちの推理では、スタジオにいた内部の人間の犯行だとする説を警察が退けるだろうとの結論に達しました。犯人は、殺人は外部の人間によるもので、犯行後、闇にまぎれて逃げたと推理すると見越して行動していました」ジェフリーはひと呼吸ついた。「犯人が予期していなかった偶発的な出来事がなければ、僕たちは確かに彼が考えたとおりの推理をしたでしょう。犠牲者がスタジオの鍵を掛けたのです。鍵が掛かったドアから脱出を試みるというトリックが使えなくなり、彼女が取ったこんな何気ない行動が、水をも漏らさぬ完璧な殺害計画を駄目にしてしまったというわけです」

気が滅入るほど重く張り詰めた沈黙。ここまで来て、ジェフリーは彼らの態度が微妙に変わったことに気づいていた。興奮と危機をはらんだ何か。どこか人の本質に訴えるような、今までになく、それでいて、カインがアベルを大地に倒した旧約聖書の時代から慣れ親しんでいるようにも思える気配を感じた。ジェフリーの声は、判決を読み上げる裁判長にも似た冷徹さと重みがあった。

「考えに考えた効果音のトリックが何の役にも立たないとわかった犯人は、どう感じたでしょう。彼はそれでも冷静さを失いませんでした。あの時点で、犯人として疑われることはまったくありませんでした。今朝になり、殺人と判明したそのときまで、犯人は知恵を最大限に使って証拠を消していられたのです」ジェフリーは一同を見渡した。「さて皆さん、これが僕の推理です。これからは質問を受け付けます。皆さんはどうお考えですか?」

どこかで忍び笑いが漏れた。おかしくて笑っているとはとても聞こえない、鶏が鳴くような笑い声だった。人々の飛び交う視線は、カール・フォン＝ベスケのところで落ち着いた。面白いことでも思いついたのだろうか、フォン＝ベスケが体を揺すって笑っている姿は、喉のたるみを震わせながら荒い息をつく大型犬を連想させた。

「君は、そんな作り話の感想を聞こうというのかね?」彼は薄ら笑いを浮かべて言った。「こんな馬鹿げた話は聞いたこともない!」フォン＝ベスケはスタジオ中を指し示すように、白くてむっちりとした手を振り回した。「ここにいる連中が君を笑い飛ばさないのが不思議なぐらいだ!」

「そうですか?」ジェフリーは涼しい顔で言った。「逆におうかがいしますが、あなたはどうしてそんなにおかしいんです?」

「どうして?」フォン＝ベスケは半歩前に出た。漆黒の玉のような目の下で、唇があざけるように歪んでいる。「そんな理屈に合わないことが言えるのも、君がラジオについては門外漢だからだよ」

リードが頭を前に突き出し、「単刀直入に言っていただきたい」と言い放った。「要するにどういうことですかな?」

フォン＝ベスケは小ぶりの頭を後ろに向けた。「言いたいことは三つある、ミスター・リード」彼は噛んで含めるように言った。「暗転の間、そんな人物が効果音のテーブルに近づいたら、ここにいる我々の目に留まらなければおかしい。先ほど照明を落としたときだって、マーティンが動く気配がわかったじゃないか!　それに、いいかね――マーティンは照明が消えている間、ずっと効果音のテーブルのそばに立っていた。道具に触る者がいれば、マーティンがすぐ気づくはずだ！」マーティンが活気のない声を上げた。「ここの道具に指一本触れてないことに、給料一か月分賭けたっていいですよ」

フォン＝ベスケは肉づきのいい両手をもみ合わせるようにしながら、ジェフリーの顔を盗み見た。「ゲーテの名言にあるじゃないか。『簡単な道があるのに、あえて難しいほうを選ぼうとしている』と。君にはもうひとつ見失っていることがある。君が言うとおり、立ち去る車の音がスタジオの中で作った効果音なら、私たちの耳にも聞こえたはずだ。それなのに、そんな音など誰も聞いてはいないのだよ！」

リードが渋々認めた。「我々は、ただ――」

「いや、違う」フォン＝ベスケはリードに最後まで言わせなかった。「あなた方には、ドラマの聴取者全員への責任を取ってもらう」と言って、彼は大きく顔をほころばせた。「調整室のスタッフによると、マイクロフォンの電源を切ったのは照明がついたあとだそうじゃないか。あなた方は照明がつく前に例の音を聞いている。もしそんな音が本当に聞こえたのなら、このスタジオから流れたという効果音が聴取者にも届いていなければおかしい！」ここでフォン＝ベスケは話すのをやめ、首を横に振った。「これが一番の証拠だ。さあ、答えてみたまえ！」

ジェフリーは何も言わなかった。ぴくりとも動かず、視線は決してフォン＝ベスケの顔からそらすことなく立っていた。主席警部がニッカーソンのほうを向いた。「確認してもらえますかな？」

「わかりました」ニッカーソンは即座に答えた。「ドロイトウィッチ送信所の技師に電話してみましょう。ここでの放送はすべて彼らが確認しているので」と、彼は壁掛け式電話機に駆け寄ると、交換台の女性を呼び出した。ニッカーソンが振り返った——

「三度目の反駁ですか?」ジェフリーが静かに言った。

「ああ、そうだ——第三の反駁だ」フォン＝ベスケが含み笑いをした。「さっき、君、マーロウは左耳を刺されたと言っていたね。ならば彼らが奇跡でも起こさない限り、このスタジオにいる人間は無実だ。私が立証できる!」

「なぜ?」リードが咎めるように言った。

「なぜなら」フォン＝ベスケは両手をさすりながら言った。「なぜなら、照明が消えていた間、マーロウはこのドアの鍵穴に左耳を押しつけていたからだ!」

「なんだって?」効果音用のテーブルに置いていたジェフリーの両手が拳を握った。「何ておっしゃいました?」

フォン＝ベスケの顔から茶化すような表情が消えた。そしてもの静かに、断言に近い口調で言った。

「新たに導入した演出のためだ。知ってのとおり、我々は身体的演技を伴った演出をラジオドラマに採用した。だからマーロウの役柄で鍵穴に耳を寄せて聞く必然性があれば、実際にそうするように言った。テーブルを立ち、ドアまで歩いていって、鍵穴に耳を当てるよう演技指導をしたのだ。迫真の演技になったのはもちろん、このスタジオで昼間行ったリハーサルでは、声が期待どおりに聞こえた——マイクロフォンとの間合いがちょうどよかった」

ジェフリーが声を張り上げた。「だけど、わからないじゃないですか——?」

主席警部が話に割って入った。「我々がすぐ立証してやろう、ジェフリー! マーロウがこの鍵穴に耳を当てたのなら、金属の部分にその跡が残っているはずだ! 鑑識の連中を今すぐ連れてくる」

ジョージ・ニッカーソンが不意に叫んだ。内なる興奮の炎に照らされ、表情が明るく輝いていた。「では、もしマーロウがあの場所にいたなら、考えられることはただひとつ！　ドアの外に立っていた誰かが鍵穴からハットピンを刺して殺したことになる！」彼の声が一段と大きくなった。「僕らが聞いたのは、犯人が逃げるときに出た音だったんです！　あの音は、犯人がスタジオの外扉を出たあとに鳴ったんですよ」

そのときまで、壁掛け式電話機のランプが点滅していたことに誰も気づかなかった。ジェフリーが一番近い場所にいた。すぐに近寄って受話器を取り、電話に出た。そして振り返る。声は思い悩むかのように深く苦悶するように聞こえ、顔からは表情が消えていた。

「貴局の技師から電話がありました」彼は落ち着いた様子で言った。「事件があった昨夜、僕が言ったような音は放送されなかったと断言されました」

ジェフリーがベントレーのハンドルを大きく切ると、車はグロヴナー・プレイスに入った。ダッシュボードの薄明かりが照らし出す彼の顔には形容しがたい落胆の色が浮かんでいた。

「もっと簡単に解決できると思っていた」ジェフリーは傍らで黙り込んでいる主席警部に向かって、吐き捨てるようにつぶやいた。「あまりにもうまく行きすぎていたからね」と言って、肩をすくめた。

「まあどのみち、あれはただの実験だったのだから。とりあえず一歩前進だ。スタジオのドアの先に、未知の場所とつながる道筋があることは立証した」

主席警部は居心地悪そうに体を動かし、低い声で言った。「スタジオのドアの先には廊下があり、廊下の先には道がある――道はロンドンの中心へとつながっている。ということは、だ、六人の容疑者から犯人を絞り込むのではなく、今やロンドン市民六百万人が相手だ」リードは車の横側から首を伸ばすと、嫌悪感をあらわにし、吐き捨てるように言った。「ミスター・ブラックバーン、これが君の言う前進なのだよ！」

第二巻　悪魔のごとき天才との対決

人間は、人生の過酷さや森羅万象の謎に思いを巡らせ、心を乱したり、不幸をかこつだけでは飽き足らず、暇ができると、難解な問題や悩みの種に没頭することに喜びを見いだす。人はそうした行為である種のカタルシスを得たり、己の恐怖と自分への疑問を打ち消そうとしているのかもしれない。恐怖や、もっと知りたいという欲望に対する動物的な部分が普段より強く行使されるとも考えられる。いや、人間とは、ただのひねくれ者なのだろう。

ドロシー・L・セイヤーズ『犯罪オムニバス』

第一章　あてのない旅

いいかい、ここでは同じ場所に留まるだけでも精一杯走らないといけないんだ。別の場所に行きたけりゃ、せめてその倍は走らないとね！

ルイス・キャロル『鏡の国のアリス』

かの書類が、不可解な形で届いたのは翌朝のことだった。落胆と否定が入り交じっていたその日の夕方、痛ましくも思いがけない新事実をもたらしたのだった。
ジェフリーがスタジオで行った話し合いの翌朝、疲れを知らないウィリアム・リード主席警部が捜査に乗り出した結果、ジェフリーが開陳した、効果音にまつわる独創的な推理は完膚なきまでに論破されてしまった。主席警部直属の指紋鑑定の専門家がスタジオでドアを撮影し、鍵穴を覆う人間の耳の痕跡を見事にとらえた写真を上司に提出。だめ押しとして、事件の夜にジェフリーら三名が耳にした音が、ドラマ制作スタジオで作り出されたものではあり得ないということが、公平な立場にある多数の聴取者によって立証されたのだ。ベイズウォーターのフラットで見つかったハットピンはテッド・マーティンに確認を頼んだが、効果音用テーブルから消えたピンと同じ品物とは断定できなかった。彼はハットピンの柄の側を指してつぶやいた。「飾りがなければピンなんて、みんなドル札並みにそっくり同じに見えるよ。これかもしれないし、違うかもしれない。わかるものか！」

犯罪捜査課の名に恥じぬ徹底ぶりで、警官らがドラマ制作スタジオをくまなく捜索したが、何も見つからなかった。イザベル・シムズのフラットでも同様に捜索が行われたが、結果はやはり同じだった。小さな子どもが癇癪を起こしてポストを蹴るように、リードは腹立ちまぎれに壁を殴り、はては、開局式典の晩に集まった招待客らに聞き込みまで始めた。こうした試みは失敗に終わったばかりか、警察の面目をつぶす、悲惨な結果となってしまった。事件当夜、この小さなスタジオの中、あるいは周辺にいた人々はことごとく、犯罪学上の専門用語で言うなら、ロンドン市内を〝泳がされて〟いたことになる。

かくして主席警部は、朝は自宅のフラットで過ごしたわけだが、捜索が行き詰まるたびに電話がひっきりなしに鳴り、会見や来客、部下への指示に追われ、罵声を飛ばすという悪夢のような朝になってしまった。

一方ジェフリーにとって、今回の事件はこれまでの人生でそう多くはない不愉快な体験である。ドレッシングガウン姿で何時間もだらだらと過ごし、精力的だが成果が上がらない同居人の仕事ぶりには耳をふさぎ、心を閉ざした。

ジェフリーは、のちにこう語っている。「嵐で遅れたことを理由に、追い風の中大海を進むよう、奴隷三千名に命じたというアルタクセルクセス一世の気持ちがようやく理解できました。解き明かそうと懸命に努力したにもかかわらず、真相が得られぬまま終わるのではないかという、この謎の抗しがたい力に、やり場のない苛立ちのようなものを感じたのです」

　さて、ジェフリーとリードは、味はいいが、どこがいいのかさっぱりわからない昼食をともにしながら、散々語り尽くした例の事件について議論している。鍵の掛かったスタジオのドアのトリックを巡って、不毛でぎこちない会話が続く。

「僕はまだ考えているんです」ジェフリーは味気ないタバコを弄びながら言った。「あの女性は、命が狙われているかもしれないという、不安めいたものを感じていたんじゃないでしょうか。これだけは理にかなっているようだと、僕は思うんです」

　リードはほとんど手をつけていない皿から目を上げた。「いいかね、私はその当事者なんだよ。あのときスタジオにいた人物の誰かが、暗転する演出があるとうっかり漏らしたに違いない。でなければ、シムズがドアに耳を当てるタイミングなど、犯人に知られるはずがないじゃないか」

「そうとも限りませんよ」ジェフリーは反論した。そして自分の皿を脇に寄せ、テーブルクロスの単調な模様を指でたどった。「あの大きなスタジオにいた人々には、調整室の窓に反射する光が見えていたことをお忘れなく」

　リードはパンをひと口かじった。「それに、あのピンの一件もある。あのテーブルからシムズのフラットまでピンを持っていった理由が腑に落ちんのだよ」

　ジェフリーはタバコの灰を払い落とした。「僕もそう思います。あれは偽装工作です。いいですか、犯人がドアの外に立っていたなら、スタジオにあったピンを手に入れられるはずがない。効果音のピンが凶器なら、今どこにあるんです？　凶器が消えた理由は？」

　リードは考え込んだ末、「飾りがなければ、柄の金属部分が鍵穴を通り抜け、ドアの外にいた共犯者の手に渡る」と指摘した。

「だけど僕らがそう考えてしまったら」ジェフリーは皮肉たっぷりに返した。「振り出しに戻ってしまいます。やっぱりスタジオ内にいた誰かの犯行なんです！」

主席警部はナプキンで口元をぬぐった。「私はこう考える」彼はあらためて自説を展開した。「シムズを狙ったのは、彼女と以前、どこかでつながりのあった人物だ。シムズは脅迫されていたのだろう。ドラマが放送される夜に自分が襲われると悟り、スタジオ入りしたあとで鍵を掛けた。それなのに彼女は殺されてしまった。犯人は彼女のフラットに行き、女主人の留守を見計らって、家探しをした。ピンを落としたのはそのときだった」リードが言葉を継ごうとするタイミングを見計らって、ジェフリーがすかさず口を挟んだ。

「それはあり得ません、警部！」ジェフリーは首を振って否定した。「この事件を手がけてからずっと、まさにその事実が僕をあざ笑うように存在しているんです。あの女優はなぜ、ドラマのさなかに殺されたのか？」彼はリードに人差し指を突きつけた。「考えてもみてください、シムズはあのフラットにひとりで住んでいたんですよ。ロンドンの街をひとりで歩き回っていた。犯人が狙う機会はいくらだってあったはずだ！」

ジェフリーはタバコをもみ消し、リードに向き直った。「いいですか、警部」彼は穏やかな声で言った。「今回は普通では考えられないことがあります――この事件は、従来のどの事件ともまったく違う！　犯行の流れに首をひねりたくなるところがたくさんあるのです――新たな発見があるたび、拍子抜けする結末が待っているよう、事前に計画されていると感じてしまう。事件のどこを見ても矛盾する点があり、まるでストーリーを練りに練り、読者を意図的に間違った方向へと導く、上質な探偵小説のような展開なのです」

リードは眉根を寄せ、「悪いが、君のたとえがよくわからん」と、いつものよく通る低い声で言った。「そう言われても、頭に浮かぶのは諮問委員会からの慇懃無礼な通告書ぐらいだ」リードは視線を上げた。「私に質問するのなら、事件の本質をしっかり見極めてからにしてくれないかね――殺人がラジオ局で、しかもラジオドラマの放送中で起こった理由を」

「つまり、絶対に信じがたく、あり得ない場所で、ということですね」ジェフリーが切り返した。「僕が言った『意図的に間違った方向』の意味がわかっていますか?」

リードが苦々しい顔で言った。「地に足をしっかりつけて立つことにしよう、ご忠告、痛み入るよ! 君が先ほど言ったように、スタジオが殺人現場なのは犯人にとって都合のいい場所だったと思いたいね」

「効果音を使った実験がうまくいけば、その仮説は大正解だったのですが」ジェフリーは皮肉交じりに答えた。「今度は別の理由も考えなければいけませんね。警部、正直言って僕はお手上げなんです。関係者が揃ったスタジオの中、しかも大勢の聴取者が犯行の様子を聴いているという状況に自らを置くというリスクを負ってまでして、なぜこの女性を殺さなければならなかったのか、その動機が僕にはさっぱり理解できません――」ここでジェフリーは音が聞こえるほど派手に口を閉ざした。そして顔を上げた。不機嫌そうに細めた目を光らせ、主席警部の目をじっと見据えた。「どうしてなんだ!」

ジェフリーは小声で毒づいた。

「どうした?」リードが尋ねた。

「大勢の人間を前にして起こった犯罪」ジェフリーはつぶやく。「いや、ひょっとすると――」声のトーンが鋭くなった。

「いいですか、警部、僕には考えがあります――常軌を逸した突飛なものですが、きっと役に立つ手がかりが含まれているかもしれません。ちょっとベントレーに乗って、市街地を離れます――場所は――とにかく出かけてきます！」

「それにしても、どんな名案が浮かんだのかね？」

「この事件を別の角度から取り組んでみようと思ったんです」ジェフリーはタバコとマッチをポケットに入れた。「現状から離れてみます――事件以外は一切頭から追いやって、最初から考え直してみますよ！　いや、警部」何か言おうとしたリードをジェフリーは制した。「これ以上僕に質問はやめてください。今夜、食事の時間までには帰りますから！」


その日、リード主席警部は昼近くに執務室に到着した。部屋に小包が置いてある。

リードは驚いた。部下を電話で呼びつけると、朝の便で小包が届いたと聞かされた。部下を帰した主席警部は机に戻って椅子に腰かけ、眠っている子猫を見守るブルテリアのような目で小包を見やった。不思議なほど見栄えのしない小包だった。大きさは小型の葉巻箱ほど、茶色いざら紙で包まれ、ひも掛けはなく、包装紙は糊付けされていた。黒インクで主席警部の名と住所が大文字で書いてあった。長年の経験にものを言わせ、リードは小包を手元に引き寄せて消印を丹念に見た。昨日の午後、ロンドン郵便局本局(GPO)の、ＥＣ１管轄区から投函されたということしかわからなかった。

リードは眉をひそめながらペーパーナイフを取り出すと、茶色の包装紙をそっと切り開いた。包みを開くと簡素な白い紙箱が出てきた。蓋の部分にはタイプライターで打ったメッセージが貼ってある

――「故・メアリ・マーロウが住んでいたフラットで見つかった書類」
主席警部は驚きのあまり、ペーパーナイフを取り落としそうになった。不意を突かれ、黒々とした眉毛を切れ長の目に寄せ、しばしメッセージを見つめた。机の下にある呼び鈴に手を伸ばしかけたが、押すのはやめた。彼は首を横に振った。そして引き出しを開け、ウォッシュレザー（柔らかいなめし革）の手袋を取り出して両手にはめた。用心しながらゆっくりと箱に手を伸ばし、きちんと閉じた蓋を丁寧に開いた。中には、折りたたんだ書類をテープできれいに束ねたものが入っていた。リードは中身を取り出してテープを取り去り、書類を広げて机の上に並べた……。

ジェフリーがアクセルを踏むと、ベントレーはうなりを上げてブラックヒース・ヒルを疾走した。シートに身を沈め、目の前の道路が轍（わだち）で二手（ふたて）に分かれていることなどお構いなしだ。火のついていないタバコを口にくわえた。チャールトン・ウェイとシューターズ・ヒルとの交差点で急ハンドルを切り、走行中のトラックと危うく衝突しそうになったため、チャールトン・ウェイのほうに入る羽目になった。ジェフリーはもう一度アクセルを吹かす。ベントレーは小刻みに揺れながら、射出機から飛び出る石のように疾走した……。

リードはまず封筒を手に取り、中にあった手紙を広げて文面に目を走らせた。血色のいい顔に緊張が走り、きれいに刈り込んだ白髪交じりの口髭が逆立った。手紙を脇に置き、次の書類に取りかかった。手紙よりも大きな紙だった――広げると、カレー（フランス北部の都市）の一部を描いた地図だとわかった。さまざまな地点に赤い丸印がついており、一から十まで番号が振ってある。主席警部は地図を脇に置いて考え込んだあと、羊皮紙を模した封筒を選んだ。どの封筒にも同じように繊細な筆跡で文字が書かれていたが、その封筒には〝六五の指示〟と書いてあった。手紙を開いたリードは、ひょろ長い筆跡に目を回した。ポケットをまさぐってメガネを取り出すと、リードは耳にかけ、あらためて手書き文字を読みにかかった。数秒後、視線を上げた彼の顔はあっけにとられ、表情を失っていた。驚きのあまり「ヒュー」と長い息を吐いたリードの顔に、覚悟を決めたかのような険しい表情が宿った。回転椅子をきしませながら背もたれに身を預け、その目は、年配の女性らしき几帳面な筆跡に釘付けになった。

プラムステッド・ロードに入ると、ベントレーはもう降参と、苦しそうに咳き込むような動作をした。目に見えてスピードが落ちた。ややあって軽い振動が始まり、悲痛なあえぎを漏らした。その音で自分が置かれた状況を察したジェフリーは闇雲にアクセルを踏んだ。するとエンジンが反応し、一瞬バックファイアを起こしてからは不審な挙動がやんだ。ジェフリーが何やら不遜なことをつぶやいてガソリンゲージに目をやると、針はゼロを指している。準備を怠った自分に悪態をつき、ロイヤル・アーセナルの向かいに車を停めた。

車から這い出たジェフリーは、おなじみのツートンカラーのガソリンスタンドを探し、半マイルはゆうにある場所でようやく見つけた。肩をすくめ、彼は腹立ち紛れに嚙みしめていたタバコを放り投げると、新しいタバコをくわえた。ポケットに両手を突っ込み、重い足取りで歩きだす……。

主席警部は最後の書類を置くと、視線を上げ、考え深げに宙をにらんだ。ほとんど無意識のうちにメガネを外し、ポケットに忍ばせた。立ち上がって窓辺に歩み寄り、外を眺める。時折重々しくうなずく様子は、誰にも言えない考えを無言のうちに、これでよしと認めているようにも見える。腕時計に目をやると、速やかな動作で机に戻り、電話機に手を伸ばしてキーを押した。リード直属の秘書、カーターがインターホンに答えた。「ウィンチェスター・ホテルにいるミスター・アンドリュー・ニューランドと連絡を取ってくれ。今夜、私のフラットに来るよう伝えて欲しい。不在なら――メッセージを残すんだ。緊急の用事だからな」カーターが言いよどんでいると、主席警部はこう付け加えた。「バンクストンをここに呼んでくれ。あいつに用事がある」

五分後、指紋捜査課のトップを務めるトーマス・バンクストンがやって来た。リードは手袋を取ろうとしているところだった。バンクストンに挨拶を手短に返すと、彼は身振りで小包を示した……。「どうだ、トーマス？　この小包を――包み紙や箱、中身も含め、すべての指紋を採取してくれないか。時間はかかってもいい、ただし丁寧に頼むぞ！　書類に関してはシェイクスピアの初稿と同じぐらい慎重に扱ってくれ。それぐらい大切な証拠なのだから」

日頃から無口なバンクストンは困ったような声を上げた。小包をひとまとめにすると、彼は会釈して部屋を出ていった。ドアが閉まるのを見届けてから、リードは机の下にあるブザーを押した。若い警官がノートと鉛筆を手に入ってきた。主席警部は顎で椅子を指し示した。

「座りたまえ、カーター」カーターが座ったところで、リードは「ミスター・ニューランドと連絡はついたか？」と切り出した。

カーターはうなずいた。「はい、警部。メッセージは本人に伝えました。八時頃にお見えになるそうです」

「よろしい」リードは部屋の中を歩きだした。両手を後ろで組み、困り顔で策を練っている。そして振り返ると、「準備はいいか？」と尋ねた。カーターがノートと鉛筆を掲げると、主席警部は歯切れよく言った。「フランス国家警察・司法部門のムッシュ・フォーボーグに至急電報を打ってくれ……」

「……それなら、車を運び込む道具を貸してもらえないと困る」ジェフリーは油染みのついたつなぎ姿の修理工に説明中だ。「いいかい、僕の車は半マイル向こうでエンストを起こしているんだぞ！」

2

その夜、ヴィクトリアのフラットで、ジェフリーとリードは第三の男の話に耳を傾けていた。

暖炉の前に立った主席警部は、視線を来客に向け、しばらくじっとしていた。ジェフリーは肘掛け椅子に体を丸めて座っている。表情は曇り、たまにうなずく。ジェフリーに向かい合うようにして、割れた風船のようにだらりと全身の力を抜いて座っているのが、アンドリュー・ニューランドだった。体中の力を奪われ、目を見開き、口を大きく広げた道化者の仮面よろしく、肉づきのいい顔はこわばっている。ピエロのように真っ白な顔、やつれて落ちくぼんだ目でじっと見据える表情から、苦悩する道化師の心の痛みと苦しみが伝わってくる。

リードは朗々たる低い声で穏やかに話を続けた。「メアリ・マーロウと名乗った女性の真の姿をあなたが知っておくべきだとはと思いました。今日の午後判明した一件の顛末は明日の朝刊で伝えられるでしょう。我々が今夜、こんな嫌な役目を負う羽目になったのはそのためです」リードは息をついた。「そして、あなたにもご足労いただいた」

ニューランドは自分が窮地にあるのが負担だと言わんばかりに、うっとうしそうに体を動かした。暗闇からまぶしい光の中へと出てきたような顔で、一、二度瞬きした。そして顔を上げた。

「いや――あなたが考えていらしたほど驚いてはいません、ミスター・リード」ニューランドは静かに言った。表情は苦悩に満ち、微笑んでも口元に影が差すほどだった。「僕はそれほど知恵が回るほうではありませんし、おかしなところがあっても気づかないぐらい愚かだったのでしょうね――」彼は言いよどんだ。「こと、あの女性に対しては」

リードは穏やかな声で言った。「そうおっしゃると思いました」親身になるよう気を遣いながら、当たり障りのない話を続けた。「とにかく、こうなってよかったのだと思いますよ。これが結婚後に起こっていたら……」忠告も尻つぼみになる。

ニューランドは両手を組み合わせた自分の指をじっと見ていた。視線を上げたとき、青白い顔にほんの一瞬、希望の色が顔をのぞかせた。「僕は――こんな由々しき不祥事になるはずがないと――」

「それは違います」主席警部は声に威厳を忍ばせた。「前科があることを別として、シムズは不正な仕事に手を出していたことが今日明らかになりました。『死は（デ・モーティス）』……」リードは何か言いかけたが、手を振って撤回した。「名言になぞらえるのはジェフリーのほうがずっと上手だ。死人にむち打つような真似はしたくありませんが、シムズはかなりの悪党のようですな。長年悪事に手を染め、最後は自分が手ひどい目に遭って命を落とすとは」

ニューランドは機嫌を損ねて顎を引いた。そして黒い巻き毛を指ですいた。「他には何かわかりましたか?」彼は悲痛な声で言った。

「ええ、ここに来ていただいたのは、そのためです。事件の、ある部分の手がかりとなる書類に行き着きました。あなたにも見ていただきたいのです。しかし、その前におうかがいしたいことがいくつかあります」

「僕でわかることでしたら……」ニューランドは口ごもった。

主席警部は巨体の重心を片足からもう一方の足へと移した。「いいですか、よく聞いてください。数日前のお話では、シムズはあなたにラジオドラマに出して欲しいとせがんだそうですね。なぜ出たいか、理由を話していましたか？」

ニューランドは唇を歪ませた。「金が欲しかったからです――暮らしの足しにするために」

「シムズがドラマの役を得る前、彼女が出演するドラマがラジオで放送されるかもしれないと示唆しましたか？」

ニューランドは言いよどんだ。「僕は――ええ、言いました。彼女はラジオに出たいという強い希望を持っていました――ニッカーソンのコネを使って役を貰ってくれないかと、控えめながらも四六時中せがんでいましたね。もちろん、お金が欲しいという名目のもと」

「そうですか――そうですか！」リードは気ぜわしく手をすり合わせた。「見事につじつまが合う！」

ニューランドはうんざりした顔で言った。「つじつまが合うってどういうことです？　僕から見れば本末転倒ですよ！　どこを取ってもね！　彼女がもし、あなたがおっしゃるとおりの悪党なら――なぜわざわざ僕と交際しようとしたのでしょう」

「なぜなら」リードが静かな声で言った。「彼女の過去を映し出すには、あなたはもってこいのスクリーンだったからです。もっと大事な理由もある。あなたは彼女をラジオに出すことができる、数少ない人物のひとりだったからです」

ニューランドは困った顔で首を横に振った。「でも、どうして彼女はラジオに出たがったのでしょう?」彼はしゃがれた声で問いただした。「金のためじゃなければ、その理由がさっぱりわからない! あなたは彼女が金欲しさで悪に手を染めたとおっしゃるが、どうしてそんな面倒なことをしたのでしょう?」

主席警部はもったいぶってゆっくりと腕を組んだ。

「それがシムズの任務だったからです! 何が何でもラジオに出なければならなかったのは、極めて大事なメッセージを伝える上で、彼女に残された最後の手段だったから……イザベル・シムズを、わざわざロンドンまで送り込んでまで手に入れたメッセージを!」

椅子に突然火がついたかのように、ジェフリーが声を上げた。「なんだって!」

リードが苦笑いしながら「私たちがずっと考えていた疑問の答がこれだったんだ」と言って、うなずいた。「なぜラジオのスタジオで殺人があったのか。あのメッセージが放送されるのを、何としても阻止しなければならなかったからだ。しかも犯人は、極めて有効な手段を講じ、放送をやめさせたんだよ」

「だからか!」ジェフリーは指を鳴らした。「シムズがスタジオのドアに鍵を掛けた理由もわかった――この大事なメッセージを外から邪魔されずに流したかったからか!」彼は椅子の背もたれに身を預けた。「やった、ついに納得がいく理屈を見つけたぞ!」

「そうかね?」リードが低い声で言った。「はたして、そうだろうか」

ふたりが矢継ぎ早に会話を繰り広げている間、ニューランドはその都度顔を上げ、話者のほうへと目を向けた。視線はやがて主席警部のところで落ち着き、椅子から腰を浮かせた。「いったい、どういうことなんですか?」彼は問いただした。

リードは暖炉から離れて椅子を引き寄せた。彼が座ると椅子は重みできしんだ。

「何のことやら、さっぱりわからないでしょう」リードは言った。「最初から話したほうがいいですな」そう言って、彼は椅子にもたれて脚を組んだ。

「では、我々が入手した書類——シムズのフラットで見つかった書類です——の他、フランス国家警察の畏友、ピエール・フォーボーグから提供された証拠を取りまとめた情報をもとに話をしましょう。この両者が揃って、初めて驚くような事実が判明したのです。では、シムズがヨーロッパ大陸に消えた昨年九月から、ロンドンに戻ってきた十二月までの足取りをたどってみることにしますか。大陸での動向が徐々にわかると、シムズがパリへと渡ったことが判明しました。フランスの首都パリで、シムズは間もなく自分に見合った仕事を見つけます。到着して一週間後、とある組織の仲間に加わったのです。麻薬——すなわちコカイン、ヘロイン、アヘン、その他もろもろを大量に取引して商売繁栄をもくろむ連中です。奴らはカレーの埠頭にある非合法的なカフェに取引の場所を構え、そこを拠点にフランス全土に麻薬を売りさばいていた」

リードはひと息つくと、ジェフリーに顎を向け、葉巻の箱を自分の手近に押し出すよう身振りで示した。葉巻を選び、ポケットナイフを取り出して先端を切りはじめた。

「この組織は、ロンドンにも似たような麻薬取引のシンジケートを構えたいと考えていました。そこでイザベル・シムズに整形手術をさせ、新しい名前を与えてロンドンに戻したのです。十二月上旬、彼女はロンドンに着きました。すでにロンドンに潜伏中の、新たな相棒と手を組むことになりました。彼女は取引を成功させ、数か月は順調に事が運んでいたようです。シムズと相棒は商売をうまく進めていました。ロンドン市内を地域に分けて麻薬を売りさばく計画書も、書類の中から見つかりました。各地域を統括する代理店に担当をひとり置いて取引させるという計画です。拠点はロンドンの東、テムズ河畔のワッピングに置く予定でした。化学の知識があるシムズが麻薬の調合を担当し、末端の売人に麻薬を流通させるのが相棒の仕事でした。要するに一月末に向け、ロンドンの麻薬取引網の準備が進んでいたということになります」

主席警部は背の高いスモーク・スタンド（タバコ類を一時的に乗せる装飾用の台。灰皿代わりとしても使う）でマッチを擦ると、葉巻に火をつけた。ジェフリーは椅子に寄りかかり、目を薄く閉じてはいたが、一言一句聞き漏らさずに聞いていた。ニューランドは椅子から身を乗り出すように座って、がっくりと頭を垂れていた。

「ところがしばらくして、計画が丸ごと頓挫するような出来事が起こったのです。フランス国家警察は組織的犯罪と認め、情報提供者には報奨金として五千フランを支払うと発表しました。二日もかからぬうちに組織の全貌に関する情報が手に入りました。警察は情報をもとに埠頭沿いのカフェに踏み込み、組織の連中を現行犯で逮捕。ひとりを除いて。組織の頭脳として動いていた首謀者の行方は結局つかめませんでした。首謀者の人物像を警察は大まかに把握していました。ポール・ヴィヤルダンというパリ在住の株仲買人で、何かとよろしくない話にいくつも絡んでいるとの評判が立っていた男です。裕福で、しかも街の顔役でした。そのため確固たる証拠がなければ手出しができなかったというわけです。そこでフランス国家警察は独自の手段で証拠を得ようと乗り出しました。ヴィヤルダンは昼夜を問わず暗躍していました。警察は、彼の自宅に監視を置きました。ヴィヤルダン宛ての書簡はすべて先回りして開封し、中身を確認しました。彼が出す郵便物にも検閲が入りました。二十四時間体制の警戒が三週間続いたのですが、その時点ではヴィヤルダンに関する証拠は何ひとつ見つからなかった」

リードは一服して葉巻の香しい煙を吐くと、咳払いし、話の続きを始めた。

「ムッシュ・ヴィヤルダンは状況を把握していました。ロンドンの組織崩壊後、シムズをパリに連れ戻しました。策を講じ、警察の目をかいくぐってシムズと再会したところ、彼女はとある疑惑を打ち明けたのです。ロンドンでの相棒が金欲しさで裏組織に寝返った動かぬ証拠をつかんだ、と。ヴィヤルダンはシムズにロンドンに戻って相棒の私生活を探るよう指示しました。相棒の不信を確信するや、シムズは、ヴィヤルダンにその事実を伝えようとします。ただし、情報を伝えるには何らかの手段が必要です。ヴィヤルダンが受信する情報はすべて詳細な検閲が入るため、電報は使えない。実際に会うこともできない。警察がヴィヤルダンの一挙手一投足に目を配っているし、何とか警察を撒くことができても、リスクが高すぎて二度と同じことはできなくなる。彼と会っているところを警察に尾行されれば、シムズはもうヨーロッパ大陸には足を踏み入れることができなくなる。そこで、こうした不都合を克服するため、ヴィヤルダンはラジオを使おうと考えた、というわけです。彼はロンドンに戻り、相棒の裏切り行為の証拠を持ってこいとシムズに命じました。ですから彼女は、どんな手を使ってでもラジオドラマで役を手に入れたかったのです。ふたりは合い言葉を決めました——フランス語の単語をふたとおり。一方は相棒が無実のとき、もう一方は裏切ったときに言うと。シムズは劇中のせりふを書き換えて暗号に使うつもりでした。もしものときに備え、同じ単語を別のタイミングで言えるようにもしていました。こうして、ヴィヤルダンはヨーロッパの大陸側でラジオを聞きながら、シムズをロンドンに置いたまま、相棒の裏切り行為を知らせる作戦を考えついたのです」リードは沈痛な面持ちでうなずいた。「これが事件の真相です！」

ジェフリーが椅子に座ったまま口を開いた。「ちょっと待ってください、警部！　まさか、ヴィヤルダンが一日中ラジオの前に何週間も座って待っていたと言いたかったわけじゃないですよね――スピーカーからいつ聞こえてくるかもわからない、たったひとつの単語のために」

「まさか」主席警部はジェフリーの疑問に答えた。「人気番組では、決まってラジオ雑誌や新聞に出演者の名前が載るじゃないか。ヴィヤルダンはいくつか番組の情報を追い、メアリ・マーロウの名前が載るのを待ってさえいればよかったんだ。このタイミングを彼が逃すはずがない。マーロウが別の女優から役を奪った一件が一斉にラジオ紙で取り上げられれば、広告効果も万全だ」

ジェフリーは渋々うなずいた。「確かに、単純ではあるが、実によく考え抜いた作戦です。殺人の裏にこんな企みがあったとは、誰も考えなかったでしょう」

主席警部はニューランドのほうを向いて彼を見つめた。「シムズはロンドンに戻って任務を果たした。彼女はずっと、ラジオドラマに出たいという意思をあなたにほのめかしていた。一週間ほど前、彼女は待望の証拠を手に入れた――相棒が金目当てで組織を裏切ったという、動かぬ証拠をね。さらに苦心してラジオドラマに出演する機会を得た。彼女を女優に使って欲しいと頼んだということは、シムズの人生に格好のチャンスを与えたということになる」

ニューランドは苦しげな声を上げた。「だけど、僕にわかるはずがありません――」

「そのとおり」リードが低い声で答えた。「誰もあなたを責めてはいません――先のことなどわかるはずがないですからな！」そう言うと、リードはスモーク・スタンドに乗せたガラスの灰皿に葉巻の灰を落とした。

「さて、仮説が事実となったところで、本論へと移りましょう。シムズの相棒が、彼女を疑った経緯、彼女がラジオドラマで密告を企てようとしているのを知った経緯と、ドラマに暗転のシーンがあり、シムズがドアに耳を当てる演技をすることを知った経緯。これについては、相棒である男の口から直接聞かなければわかりません。シムズのほうも、相棒から疑われているとわかっていたはずです。スタジオに鍵を掛け、鍵を自分で持っていたのは、暗号を放送で流す計画を阻止されるのを恐れたからです。ご存じのとおり、彼女はフランス人女性の役を演じました——大事な暗号を何度でもせりふに紛れ込ませるのは実に簡単だったというわけです。役者たちは脚本の制作段階から参加していないし、万が一、プロデューサーが気づけば、せりふを間違えましたと謝り、覚えていた本来のせりふを言えばドラマの流れは途切れない」

ジェフリーはぼんやり宙を眺め、「そうなると、シムズの相棒は、彼女がドアに耳を押し当てるタイミングを待ち受け、鍵穴からハットピンを刺したのか」と、つぶやいた。「うん——合点のいく話だ」そして目をみはった。「犯人は台本の内容を知らなくても実行に移せます、警部。ドラマの筋を追っていれば、暗転するとわかっているはずですから。前にも指摘しましたが、犯人がメインスタジオにいたなら、手に取るようにわかります！」

リードは唇を引き結んだ。「確かに彼はスタジオにいた。君自身もその目で見ているだろう」

「しかし、あの場には二百人を超える人がいた——」

「では、金と引き替えに裏社会の人間に情報を渡した男の人物像について読んで聞かせようか」リードが厳しい口調で言うと、ポケットから折りたたんだ紙を取り出した。「これは、私が送った至急の電報に対し、ムッシュ・フォーバーグが今日の夕方に送ってきたものだ」リードは紙を開くと光にすかし、文面に目を走らせた。

「うーむ……そう……ここだ！　年齢は二十五歳から三十歳……背丈は人並み……痩せ形……色白で黒みの強い瞳……」

「スティーニー・ロッダだ！」ジェフリーはそう叫ぶと椅子から飛び上がった。主席警部は重々しくうなずいて書状をポケットにしまった。

「わかったかね。スティーニー・ロッダは今回の麻薬取引でシムズと組んでいた――フランスの裏社会を裏切り――ラジオ局のスタジオでイザベル・シムズを殺した、可愛い智天使（ケルブ）が奴だったんだ！」


大型トラックがフラットの前を通ったせいで窓が枠ごと揺れ、サイドボードの上に置いたガラス器が静かに音を立てた。振動がやむと、マントルピースの上で快活に時を刻む置き時計以外には、三人の呼吸の音しか聞こえなかった。ジェフリーは椅子の前に立ち、指は無意識のうちに自分のタバコ入れを探していた。ニューランドはどうしたらいいかわからず、座ったままでジェフリーとリードを交互に見ている。するとジェフリーが突然リードに食ってかかった。

「だけど警部、その情報を今日の午後受け取ったのなら、ロッダは今どこにいるのです？　すでに手は打っていると思いますが――」

主席警部はジェフリーを押し戻して椅子に座らせた。「まあ、座れ――座りなさい」リードはドスの利いた声で諭した。「君に指図をされる覚えはない。ロッダの件は私の手を離れ、別の人間が担当している」

「では、彼は今どこにいるんです?」

「コノリーとドンリンが奴が滞在しているホテルの外で見張っている」リードは不機嫌な声で言った。「午後五時頃、あいつらから電話があった。あの風来坊はもう出かけていた――フロントの係員も、どこに行ったかわからないようだ。大きな荷物は持っていなかった。奴が戻ってくるのを待ち、捕まえてここに連れてくるよう指示してある」

ジェフリーは置き時計に目をやった。「でも、それって四時間も前の話じゃないですか! この時間まで帰ってこないなんておかしい。きっと取り逃がしたんですよ」

リードは敵意をむき出しにした。「ほう、そうだろうか? もし取り逃がしたなら、連中はすぐさま重い足取りで署に戻ってくるはずだ」

ジェフリーは苛立ち紛れにタバコケースを指で弄びながら言った。「彼らはきっとロッダを探し出しますよ、警部! ロッダがすべての謎の鍵を握る人物だと思えませんか?」

「もう謎などないさ」主席警部は葉巻を嚙んだ。「すべてが明らかになった。ロッダはシムズを殺し、たれ込みを未然に防いだ。あの日彼は放送局にいたのだよ、忘れたのか? 裏の廊下を通り、裏口から外に出て車で立ち去ったのだ。君も聞いただろう?」

「ええ、でも――」

「君の『でも』は聞き飽きたよ」リードはけんか腰で葉巻を突き出した。「すべてお見通しじゃないか! 事件の翌朝、シムズのフラットに、自分に不利になる書類があったことを思い出したロッダは、車で乗りつけて持ち去ろうとし、それで――」リードが口を開いたと同時に葉巻が落ち、それまでまくし立てていた言葉が途絶えた。

ジェフリーは、そんな彼の様子を冷淡な目で見つつ、「続けてください、警部」と、威厳ある声で言った。「続けてください、オイディプス。ロッダは車でその場を離れ、例の書類を回収に行った――ところが、誰かがすでに先回りしてフラットを荒らし、大事な書類を手に入れていたのです」そしていきなり吐き捨てるように言った。「もう大丈夫です、すべてが明らかになりました――ふたつの重大な問題を除いてはね！」

リードは何も言わなかった。開いた窓の外で、野良猫が素早く立ち去る影のようなものが動いた。ジェフリーは立ち上がり、リードを指さして言った。「では、僕の疑問をふたつ提示しますので、お答えになってから『すべてが明らかになった』と宣言していただきたい。シムズのフラットから誰が書類を盗み出し、あなたに送ったのか？　なぜ警察に送る必要があったのか？」

ジェフリーは部屋の中を歩きだした。「それよりも、この書類が警察に送られた真の理由を、本当にわかってらっしゃいますか？　その人物は、スティーニー・ロッダがどうしたって逃げようのない事実を押さえているからです！　そこを考えれば書類の送り主がわかるはずです」

リードはうめくような声を上げた。「おそらく、書類を見つけた人物は良心が咎め――」

「馬鹿馬鹿しい！　実に馬鹿馬鹿しい！　良心が咎めたのなら、なぜ本人が書類を届けなかったのでしょう？　どうして匿名という手段を使ったのでしょう？　しかも、こんな見え透いたやり方で！指紋がどこにもなく、送り主の情報を可能な限り排除している」ジェフリーは首を横に振った。「警部、この人物は良心が咎めてなどいません。この書類を送りつけたのはロッダを陥れるため――本人は裏社会の奥の奥まで入り込んでいるので、あくまでも匿名を貫きたいのです」

「だが、犯人はなぜロッダを陥れようとしているのだろうか」リードが返した。「ロッダがこの書類をまとめたとの記載がどこにもないというのに。裏切り者の人相がロッダと似ていると気づいたのは、フランス司法警察に照会を頼んでからの話だ」

「この人物は、その後の成り行きを前もってわかっていたからです」ジェフリーも引かなかった。「さっきも言いましたが、こいつは麻薬取引に深く関わっており、それは今も変わらない。しかも、シムズがマーロウに化けた経緯を知っている――かなり細かいところまで。書類を送りつける時点で、警部が本格的に捜査を開始すること、その結果、ロッダの立件がなされるのは間違いないと踏んだのです」

主席警部は、まだ納得がいかんといった風に首を横に振った。「いや、ジェフ。こじつけにもほどがある。私はロッダが無罪だと信じている」

ジェフリーはニューランドが座っている椅子の周囲を歩き回った。ニューランドは少し困った顔で、矢継ぎ早に交わされる会話を黙って聴いていた。彼は椅子に座ったリードを見下ろすようにして言った。

「警部、フラットが荒らされていた件で、僕が時間軸に則って推理を展開していたのを覚えていますか？　書類探しは大家の女性がいない間、すなわち殺人があった夜の十一時から午前零時の間に行われたと考えました。部屋を荒らした張本人、すなわち書類を見つけた人物はシムズが死んだことを知っていた。新聞が発行される数時間前に知っていた！　となると、殺されたときにあのスタジオにいた誰かに絞られるのです！」ジェフリーの口調は一語一語を確かめるようなものに変わった。「あのフラットを荒らした人物が犯人だという推理は飛躍し過ぎでしょうか」

「落ち着け、落ち着きなさい」なだめようとするリードをジェフリーが制した。

「動機を考えてみましょう——書類を警部に送ることにした動機を。良心が咎めたのだろうという説は、お人好しの傍観者の意見として除外しましょう。お人好しの傍観者は、良心が咎めたからといって真夜中に赤の他人のフラットに侵入し、資料を漁ろうとは考えません。となると、もっと理にかなった推理に立ち返ります——書類を警部に送ったのは、ロッダを陥れるためだという推理です。そんなことを考えるのは、その人物が犯人だからです！」

リードは冷静に返した。「君は、スティーニー・ロッダがシムズを殺したとは考えられないのかね？」

「もちろん」ジェフリーはきっぱりと言った。「だからこそ、ロッダがここに姿を見せないのが、気になってしょうがないのです」

「謎解きなら、やめたまえ」リードが厳しい調子でたしなめた。「なぜ、そう思うのかね？」

「わかりませんか？」ジェフリーはじれったそうに体を動かした。「犯人は、絶えることのないリスクを背負って巧妙な策を講じ、ロッダを陥れたのです——裁判で必ず有罪になる証拠を作ったんですよ。状況証拠には違いありません——しかし、殺人事件の九十パーセントは状況証拠で有罪が宣告されているじゃないですか。それならロッダは判事が席に着く前から有罪でしょう。第一に、前科があることは、当然ロッダに不利に働きます。第二に、殺人があった時刻に現場にいたという、動かしがたい状況に置かれている。第三に、あの時刻にシムズを殺す強い動機があった。いいですか——この事件が法廷に持ち込まれれば、ロッダは死刑も同然なのです！」

「ほう——？」

「しかし犯人は、この見事な計画にはたったひとつ、落とし穴があるのをわかっているはずです。シムズが殺された時間、ロッダにはアリバイがあるかもしれないことを。もしそうなら、ロッダが自分の口でアリバイを証明すれば、犯人が入念に作り上げた作戦はそこで終わりです。犯人はそれだけは何としても阻止したい。ロッダが無実を立証する前に死んでくれれば、犯人の計画は決して失敗しません」

主席警部が立ち上がった。「ロッダが……死ぬだと！」彼は信じられんといった風に叫んだ。「ジェフ！　まさか君、この匿名の送り主が犯人だと言わないだろうね……？」

「いけませんか？」ジェフリーはきっぱりと言った。「真犯人は何より自分の身が可愛いものですから」

リードの赤ら顔が真っ青になった。「だが、もしロッダを殺したら……なぜだ、あいつが無実だと証明するだけじゃないか……シムズを殺した犯人が他にいることも立証されてしまう！」

ジェフリーは両手を広げた。「そうとは限りません」彼は厳かに言った。「大事なことをお忘れです、警部。シムズはドラマの間、本当に暗号を言える機会があったのでしょうか。殺される前に暗号を口にしていれば、別の連中がロッダの命を狙っている――麻薬密売組織への裏切り行為に対する報復のために狙われているロッダを！」

ジェフリーは悲しげな目で、リードの様子をうかがった。

「犯人は知っているはずです。ロッダが殺されたことを警察が知っても、殺したのが麻薬組織のしわざであるかの確証が得られるはずがないことを。警察は、シムズ殺しの犯人であるロッダは死んだのも当然だと考え、ロッダを殺した犯人への非難の声は当然のごとくフランスにも伝わり、警察はシムズの件が解決したとみなすでしょう――」

ドアベルが鳴る音にかき消され、ジェフリーは話すのをやめた。ふたりは身を固くし、口を閉ざし、目だけで相手を問いただした。ニューランドは椅子から立ち上がると、居心地悪そうに立ったまま、フラットの主ふたりの顔を探るように視線を向けた。リードとジェフリーは、ニューランドのそんな様子に気づいていた。長い五秒間が過ぎ、主席警部が声を上げた。

「入りなさい」

ドアが開いた。丸顔で鈍そうなアイルランド人のデニス・コノリーが部屋に入ってきた。明らかに落ち着きを失い、ドアの入口で帽子を手にぐずぐずしていた。主席警部は一歩前に出て、冷淡な目でコノリー刑事の頭から足元まで咎めるように見た。それでもコノリーが何も言わないので――

「君はいったいどこに行っていたのかね？」何があったのか知りたいという気持ちがはやり、リードの張りのある声がくぐもって聞こえた。「アパートメント・ホテルで待ち伏せしてロッダを連れてこいと言ったはずだぞ！　見つからなかったのか？」

「はい、警部――見つけられませんでした！」コノリーは頭を下げ、横目で上司のほうを盗み見た。

「いえ――実は見つけています。自室で胸に風穴を開けた状態で！」

「なんだと？」リードの声は感情を失っていた。

大柄なコノリー刑事はこわばった声で言った。「二十分ほど前のことです、警部。何者かがスティーニー・ロッダの部屋に侵入し、彼の息の根を止めちまったんです！」

3

ハイドパークを見下ろす十階建てのホテル・スプレンディッド。その所有者兼経営者らは、悪名高き〝絞首台〟を目の当たりにする場所に、巨大な大理石の霊廟を建てたのだというだろう。彼らが得意になってこのホテルに暴力と恐怖のイメージを結びつけたがるのは、ロマンチックな逸話を背景に持たせることで、近代的な象徴として箔を付けたいという抽象的な理由に他ならない。だが、スティーニー・ロッダが二三一号室で殺され、犯罪との関係性がにわかに真実味を帯びてくると、そんな趣旨は突如として裏目に出ることになった。

二十分後、ウィリアム・リード主席警部がジェフリーとコノリー刑事を伴って回転ドアを抜け、柔らかな照明に照らされたロビーに入った。リードがアンドリュー・ニューランドを宿泊先に帰し、マイルス・コンロイの自宅に電話連絡をするのをジェフリーは辛抱強く待ってから出発した。ジェフリーがリードと大柄なコノリーをベントレーに詰め込み、タイヤが回る限りの猛スピードでホテル・スプレンディッドまで突っ走った。

三人は休憩室(ホワイエ)で、フロックコートに身を包み、顔を真っ青にした支配人と会った。支配人は片言の英語で、いかにもフランス人らしく、両手を握りしめた大袈裟なジェスチャー混じりで、興奮気味に事情を説明した。リードは厄介なハエを振り払うようにして支配人を脇に押しやると、広々とした階段を上りだした。柱石をあしらったアルコーブの陰から、ベルボーイたちが目を丸くして成り行きを見守り、黒の制服姿のフロント係が媚びへつらった顔を片隅からのぞかせている。階段を上りきったところで、主席警部は自分のすぐ後ろを小走りでついて来た支配人のほうへと向き直り、「お引き取り願いたい」と言い放った。「用があったら、こちらから呼びますので！」リードは立ち止まり、目をこらして絨毯敷きの廊下を見た。

少し離れたところで、痩せっぽちで凡庸なドンリン刑事がドアの前でせわしげに歩き回っている。声を聞いて振り返ったドンリンは、リードのもとにやって来た。「コンロイ先生が中にいらっしゃいます」リードが歩み寄って声を掛けようとしたところで、ドンリンは挨拶代わりにこう言った。

主席警部はうなずいた。「ふたりともここにいるのなら」彼は声を張り上げた。「状況を報告しろ！何があった？」

ドンリンが相棒に視線を投げたので、コノリーが説明役を務めた。「報告するようなことはありません、警部」彼は口ごもりながら言った。「ご指示どおり、我々は休憩室(ホワイエ)で待っておりました。三十分ほど経ってから、ベルボーイがひとり下りてきて、フロント係に何やら言いました。フロント係が言うには、ロッダが今さっき自分の部屋に入るのをベルボーイが見たそうなので、彼は裏口から入ったに違いないと。テッドと本官が階段を上って二階に着いたとたん、銃声が聞こえました。何かが倒れる音もしました。部屋に急行したところ——ドアは開いており、室内は真っ暗でした。テッドが照明のスイッチまで行き、押し下げても何も起こりませんでした——」

「その後、電球が外されているのを確認しました」ドンリンが補足説明をした。

コノリーはうなずいた。「そこで内線で呼び出し、懐中電灯を持った支配人がやって来ました。部屋の中を照らすと、開いた窓のそばで、ロッダが胸に一発の銃弾を受け、両手両足を投げ出して倒れていたのです。死体のそばの床に、オートマチック・リボルバーがありました。開いた窓から火災用の避難ばしごが地面にまで伸びていました。ロッダは部屋に入ってすぐ撃たれたようです。オーバーコートや手袋、スカーフを着けたままで、撃たれたときは窓のほうを向いていました」コノリーは眉をひそめた。「これは本官の意見ですが、警部、窓の外であいつを待ち伏せしていた人物がいて――」

「君の意見など訊いてはおらん」リードははねのけた。「殺人課を混乱に陥れる、前代未聞の間抜けな野蛮人どもめ！　いつか必ずへまをやらかすとは思っていたが！」

ドンリンは真っ赤になった。「しかし、警部、まさかロッダの奴が裏口から入るなんて誰も思いつきやしませんよ」

「君たちには、うまい夕食がありつける場所だって思いつくまい！」主席警部は怒鳴り散らした。「殺し屋が逃げる頃、どうせ休憩室（ホワイエ）でクロスワードパズルでも解いていたんだろう！」彼はきびすを返した。「まったく！　胸くその悪くなる奴らだ！」

リードが部屋に入り、ジェフリーが黙ったまま彼のすぐあとに続いた。ふたりの刑事は少し距離を置き、すごすごと、その後ろについた。

マイルス・コンロイが窓のそばに倒れている遺体の検証を始めていた。ロッダが倒れた勢いで、窓際の小さなテーブルがひっくり返っていた。細身のこざっぱりとした体にタキシードを着こなし、あかぬけた装いのコンロイはご機嫌ななめだった。遺体のすぐ脇にひざまずいていた彼は、一行が部屋に入ってくるなり、真っ赤に怒った顔を上げた。

「やっとご到着か！」コンロイは無愛想に言った。「こんな時間に呼び出すとはどういう了見だ？　私にはプライベートというものがないのかね？　ブリッジの真っ最中だったというのに」

リードは大股で彼に歩み寄ると、「無駄口を利くのはよせ、マック」と、ぶっきらぼうにたしなめた。「天下の一大事だぞ」そして遺体を顎で指し示した。「何があった？」

コンロイは立ち上がり、ハンカチで丁寧に手を拭いた。「拳銃で胸を一撃だ」彼はふてくされた声で言った。そして、丁寧に手入れしたエナメル靴のつま先で遺体のぐったりした片手を軽く蹴ったので、ジェフリーが目をやると、手袋をはめた手がつぶれ、血で染まっていた。

「奴は左手で銃口をつかんだようだな」コンロイが苦々しく言った。「指は原形を留めておらず、全体に黒い粉が付着している」

「他には？」

コンロイは考え込んだ。「銃は至近距離——十八インチから二フィート程度——から発砲されたと思われる。オートマチック・リボルバーだ。刑事らは、遺体のすぐそばの床に銃が落ちていたのを見たはずだ」コンロイは下を向いた。「それぐらいだろうか。ためらうことなく撃っている」

主席警部は口髭を弄びながら尋ねた。「君はどんな状況下で撃たれたと思う、マック？」

コンロイは肩をすくめた。「それを考えるのは君の仕事じゃないか、リード！　私はお巡りじゃない。とはいえ、私が見た限りでは、こいつが窓に近づき——もしくは窓の外から呼ばれ——外にいた犯人に撃たれたんじゃないだろうか。この男が倒れるときにテーブルも一緒に倒れた。わかるといったらそれぐらいだ」

「傷の状態ともつじつまが合うんだな？」

「もちろんだよ！」コンロイは部屋の中央にある円形テーブルまで行って、帰り支度を始めた。「用が済んだら失礼するよ。これからうちの部署の者に電話するので、君の友人を途中まで送っていこう」

「了解した」リードがうなずくと、小柄なコンロイはふんと鼻を鳴らして出ていった。ジェフリーは遺体の周りを歩き回って細かいところまで目視で確認していた。視線を上げ、「デニス――オートマチック・リボルバーは窓の下にあったと言ってたよね？」と尋ねた。

コノリーが部屋の中に入ってきた。「そうです、ミスター・ブラックバーン」彼はテーブルを横切り、ハンカチに包んだ銃を手に取った。包みを開き、黒い小型のオートマチック・リボルバーを見せた。「この銃で一撃です」無駄なことは一切言わなかった。「あと、こいつが握った銃身のあたりに血液が付着しています」

彼らのほうを向いて話を聞いていたリードが言った。「犯人が外にいたのに、銃が室内で発見されたのが、どうも腑に落ちん」

ジェフリーは首を横に振った。「そんなに不思議なことじゃありませんよ」彼はむっつりした顔で言った。「ロッダは発砲と同時に銃をつかんだ。相手の手から取り返したのでしょう。窓から手を部屋の中に突き出していたら、銃は自然と部屋の中に落ちるでしょう」

「では、なぜ犯人は拾わなかったのだろう？」

「時間がなかったからです。いいですか、あのとき、コノリーとドンリンがふたり揃って外の廊下を走って部屋に向かっていました。犯人は逃げる時間がほどんどなく――銃を手に取る時間など、なおのことありません」彼は首を横に振った。「あまり凝った手口ではありませんね。よく考えもせず、ただ撃ったようです。我々の頭痛の種がまた増えました。誰がロッダを殺したのか――シムズを殺したのと同一人物なのか、それともロッダが裏切った組織が差し向けた殺し屋なのか」

主席警部はお手上げと言った様子で両手を挙げた。「銃に付着した指紋が役に立ってくれるだろう」

「指紋があれば、の話ですけど」ジェフリーは手厳しい指摘をした。彼の顔には絶望と言っても過言ではない表情がはっきりと現れていた。「わかりませんか、警部。指紋が採取できても、何の役にも立たないんです。殺人事件の解決にほど遠いばかりか、犯人も特定できていない」彼は両手を振り回した。「現実に目を向けてください。考えに考え抜いて推理しても、資料調べに手を尽くしても、我々はかごの中のリスが回し車を回しているのと同じなんです。僕たちは――彼女が死んでから三日経ったのに――三日も汗水流して調べたのに――一歩も前に進んでいない！　出発点に立ったままです！」

沈黙が流れた。主席警部は肩をいからせ、鋤（すき）の刃のように顎を突き出した。

「よくわかった」彼は大声で言った。「仮説など御免だ――こんな推理めいたことはもうおしまいにしよう。うまくいくものもいかなくなってしまう。それよりも、伝統ある高圧的手段の威力を見せてやる」と、リードは大きな手をこすり合わせた。「私がここにいる全員を震え上がらせてみせよう」

そしてコノリーに向かって言った。「支配人をここに呼べ。彼の尋問を始める」

おぼつかない足取りで大柄なコノリー刑事が出ていくと、ジェフリーはどうしようもない眠気にさいなまれた。部屋を横切って椅子に身を投げ出すと、疲れ切った目をこすり、リードのほうを見もせずに話しだした。

「警部――尋問を始める前に教えて欲しいことがあります。スティーニー・ロッダは左利きですか？」

リードは唇を固く結んだ。「私が知るものか。なぜだ？」

「左右両手利きだったのでしょうか？」

「違うだろう。いったい何の話だ？」

ジェフリーは椅子にもたれて目をつぶった。「理由が知りたいんです、ロッダが右利きと考えるのが普通なら、あいつ、狙われたときに銃を左手でつかんだんですよ」

第二章　暗闇にご用心！

偉大なる暴君よ、汝の手でその幕を閉じよ
あまねき闇がすべてを飲み込む。

アレクサンダー・ポープ『愚人列伝』

警察の手はオルガ・ルシンスカに及んだ。

スティーニー・ロッダ殺害から膨大な時間を掛けた捜査によって重大な事実が集まった。窓の外でロッダを待ち受けていたのは、かのロシア人女優だったのだ。

フロント係の証言によると、事件当日の三時半頃、ロッダ宛てに一件の電話があった。四時頃ロッダはアパートメント・ホテルを出た。夜の九時数分過ぎに訪れた女性がフロントにやって来ると、ロッダの部屋に電話をつないで欲しいと頼んだ。フロント係は言われたとおりにしたが、応答がなかったので、居住者はまだ外出中だということになった。その女性は名乗らなかったが、ロッダがいないことに立腹した様子だった。しばらく休憩室(ホワイエ)で待った末、ようやく出ていった。

それから三十分後、女性が非常階段を上って二階の踊り場に立ち、ある部屋の窓を見つめていたと、アパートメント・ホテルの裏手にあるフラットに住む管理人とその妻の目撃証言がある。何かの手違いで部屋から閉め出された宿泊客ではないかと、管理人は女性に声を掛けた。彼女は返事をするどころか、顔を隠し、逃げるようにして非常階段を下りると、裏庭を通って道路に出た。彼女は管理人のすぐ近くを通った。銃声が聞こえたのは十分ほどしてからのことだった。管理人は自分の部屋に戻った。女性が部屋に戻ったかどうかはわからないと語った。

管理人夫妻は女性の特徴について綿密な尋問を受けた。両者の証言は一致し、ある人物が特定された。

オルガ・ルシンスカである。

部屋に戻るロッダを目撃したベルボーイによると、遺体となって発見されたときと同じ服装で、具合が悪いか酩酊した様子でホテルに入ってきたと言う。独り言をつぶやきながらよろよろと廊下を歩き、足元が定まらず、ぎこちない動きは末期の中毒患者のようだった。自分の部屋の鍵を開けるのにも手こずっていた。

オートマチック・リボルバーには指紋が付着していなかった。これにはリードはもちろん、ジェフリーがことのほか落胆した。

昨夜ルシンスカがホテルにいたことが確認されると、スコットランドヤードの捜査本部が活動を再開した。セント・ジョンズ・ウッドにあるルシンスカの自宅を刑事二名が訪ねたが、もぬけの殻だった。そこで主席警部がいみじくも口にした〝伝統ある〟捜査手法が行われた。彼はルシンスカ宅に捜査員を動員し、徹底的に調べさせたが、彼女が取るものものもとりあえず慌ただしく出ていったこと以外、何の証拠も得られなかった。リードは夜半にもかかわらず、カール・フォン＝ベスケをベッドから叩き出すと、情け容赦のない尋問に掛けた。フォン＝ベスケはほんの少しも協力しようとはせず――事実、役に立たなかった。ルシンスカとはここ二日ほど会っていないと述べ、供述は頑固なまでに崩れなかった。そこでリードは一旦捜査本部を解散し、英国全土を挙げての一大捜査網を組んで、行方知れずの女優捜しに乗り出した。午前三時、疲労困憊のリード捜査官はフラットに戻ってベッドに倒れ込んだ。

にもかかわらず、リードは明けて朝の九時にはスコットランドヤードに登庁、メガネを掛け、容疑者の絞り込みがすでに終わっていた報告書に目を通した。だが、そんなわけにはいかなかったのがジェフリー・ブラックバーンだ。「起きろ（ルポゼ）」とフランス語で笑い飛ばされ、からかわれるという悪夢に悩まされ、昼近くまで眠りこけていた。彼は電話のベルの甲高い音で目覚めた。スリッパをパタパタさせながら、重たい足を引きずって電話に出ると、アンドリュー・ニューランドの声が聞こえた。急ぎの伝言を受け取ったのでロイストン・タワーズに戻るということだった。おばが余命幾許（いくばく）もない状態となった。ジェフリーやリードが連絡を取りたければ、あと数日はロイストン・タワーズにいると語った。ジェフリーは礼を言うと、丁寧なお見舞いの言葉をつぶやいて電話を切った。すでに正午になろうとしていた。ジェフリーは朝食を兼ねた昼食を取ることにし、ブランチを注文した。

そんなわけで、リードの捜査活動の進展を一刻も早く聞きたかったが、主席警部の執務室に着いたのは午後二時近くになってしまった。ところがリードは席にはおらず、部屋には人ひとりいなかった。警官の詰め所を通り抜けようとしたとき、袖で帽子のごみを払っているデニス・コノリーと出くわした。コノリーは部屋に入ってきたジェフリーに会釈した。

「進展はあったかい?」ジェフリーはテーブルの端に寄りかかり、タバコに火をつけながら尋ねた。

「ほんの少し」コノリーは自信たっぷりに言った。「あのロシア人女優の情報がないか、警部は例のスタジオに行ってます」彼は帽子を被り、コートの下襟を引っ張った。

「君はどこに行くつもりなんだ?」ジェフリーが尋ねた。

コノリーはハムのように逞しい手をポケットに突っ込んだ。「今朝、警部と一緒にロッダの私物を確認したんです。そこから見つかったのが、これです」彼は小さな鍵を取り出して目の前にかざした。

ジェフリーは鍵を顎で指し示した。「いったい、どこの鍵なんだ?」

「〈ユナイテッド・セーフ・デポジット〉という刻印が打ってありますね」コノリーは鍵を指でひっくり返して答えた。「ロッダが何を隠し持っていたのか、本官が調べることになってましてね、今から出かけるところです」

「僕も行くよ」ジェフリーは立ち上がった。「この事件では、僕らはピュラデスとオレステス（ホメロスの叙事詩『イリアス』の登場人物。従兄弟にして親友の仲）のような間柄じゃないか、デニス！　その大きな体が僕のベントレーに収まるのなら、目的地まで送ってあげよう」

コノリーの顔に笑みが徐々に広がった。「オーケー、ミスター・ブラックバーン。行きましょう！」

ユナイテッド・セーフ・デポジット社は、チャンセリー・レーンにあるビルの地下に事務所を構えていた。ジェフリーは車を道路の反対側に停め、ふたりは車から降りて通りを渡ってビルに入った。地下に向かうと片側に鉄格子で区切られた区域があった。格子の向こう側では数名の事務員が忙しげに働いており、どこかから静音式タイプライターを打つ音が聞こえる。

コノリーが事務員に事情を説明すると、その事務員が会計担当者に伝え、さらに会計主任へと伝えるという、回りくどいやり取りがあった。袖周りにテカリが出た、黒いシルクのビジネススーツを着た猫背の男がやっと出てきた。「ロビンソンがご案内します」会計主任がそう言うと、みすぼらしい小柄の男がうなだれた口髭を引っ張り、気の抜けた笑みをジェフリーらに向けて応対した。

ロビンソンが机の下にあるボタンを押すと、電気仕掛けの鉄格子が音もなく後ろに下がった。先にコノリーが、続いてジェフリーが入った。事務員の先導で巨大な回転式ドアを抜けた先には、鋼鉄の壁に囲まれ、照明があかあかと照らす廊下が続いていた。鋼鉄で覆われた床に足音が反響する。廊下の片側には、神のみぞ知る秘密を収めた宝物庫の守護神よろしく、かの奇怪な形のドアがいくつも並んでいた。やがて鋼鉄の壁の間隔が狭まり、無数の鍵穴がついた網状の正方形へと変わっていく。ここまで来ると案内役は立ち止まり、大柄なコノリー刑事のほうを向いた。

「鍵の番号は?」ロビンソンが尋ねた。

コノリーは目をこらし、小さな鍵に書いてある番号を声に出して読んだ。ロビンソンはうなずき、金庫の列に視線を走らせて、床付近の低い位置にある金庫に目を留めた。かがんでマスターキーを鍵穴にすべり込ませ、音を立てて引っ張ると、同じようにやってみろとコノリーに身振りで示した。コノリーがしゃがんで持っていた鍵を差し込む。浅い引き出しを引っ張ると、すんなりと両手で引き出せた。

貸金庫に入っていた品物はひとつだけだった。円形のブリキ缶で、深さは数インチ、幅はだいたい十八インチほどある。照明の強い光線を浴び、ブリキ缶は照り輝いていた。コノリーはブリキ缶を取り出し、両手で持って重さを確かめた。

「かなり重いな」彼はうなりながらブリキ缶をジェフリーに渡した。「何だと思いますか？」

ジェフリーは首をひねると、缶を静かに揺すった。中で何かが動く気配がする。彼は缶を床に置き、考え深げにじっと観察した。「馬鹿なことを言っていると思われたくはないが、どう見たって映画のフィルムのリールじゃないか」

コノリーは疑い深げな顔をした。「映画のフィルム？　フィルムをブリキ缶に入れて貸金庫に入れるなんて、そんな面倒なことをするはずないじゃないですか」

ふたりの言い争いを黙って見ていたロビンソンが咳払いをした。「そう馬鹿げた話ではありませんよ、お客様。この金庫室では数々の珍品をお預かりしておりますが、中身がわかるのは四分の一程度。それでも個人的に存在を把握しているものを挙げますと、入れ歯、子どもの睾丸、造花の花束――」

話が長くなりそうなのを察したコノリーが途中で口を挟むと「ご心配には及びません」と、素っ気なく言った。「とにかく、この缶を開けましょう」取り出したアーミーナイフの中から、彼は一番丈夫そうな刃を選んで開いた。「床に置いたまま持っていてくださいますか、ミスター・ブラックバーン？」

ジェフリーは言うとおりにした。コノリー刑事はブリキ缶の脇にひざまずくと、ナイフの刃を蓋に差し込んだ。差し込んで数秒経ってから力任せにひねると、テコの原理で、ナイフの刃が乾いた木のような音を立て、ブリキ缶のへりが大きく開いた。コノリーは何かつぶやくと、曲がったナイフを床に放り投げ、逞しい両手で缶の上部をつかんだ。蓋は意地の悪い音を立てて飛び、部屋を転がり回った。缶の中から大きくて黒い、映画フィルムのリールが出てきた。終端はゴムのバンドで保護されていた。

ジェフリーは何も言わずにかがみ込んでリールを取り上げ、留め具を外した。そして穴の開いたセルロイドのフィルムを二十フィートほど引き出して光にかざした。コノリーは親指から出た血をなめながら、呆然としてジェフリーの行動を観察していた。猫背の事務員は、フィルムが散乱する床を少し心配そうに眺めていた。

小さな映画のコマに見入っていたジェフリーは眉をひそめた。フィルムの縦方向に、こぎれいな書体で映画のタイトルが繰り返し書いてあった。

キノフィルム映画社制作
『死を招く植物』キノフィルム・サイレント・ショート・ムービー

「〈キノフィルム〉って？」ジェフリーがつぶやいた。「いや、こんなところでもたもたしている場合じゃない」

彼はフィルムをスプールに巻き戻しだした。元の場所にゴムバンドを留め、リールを缶に戻すと、コノリーの力を借りて蓋を何とか元どおりに閉めた。そしてフィルム一式をコノリーに預けた。「あとは頼んだ」ジェフリーは威勢よく言った。「一刻も早くスコットランドヤードの安全な場所に保管するんだ！」

刑事はその理由を知りたそうな目でジェフリーを見た。「どういうことなんでしょう？」ブリキ缶を脇に挟んだコノリーが尋ねる。「ロッダはどうして、映画フィルムの保管にこんな手間を掛けたんでしょうね？」

「僕たちが理由をあれこれ考えることじゃない――今はね」ジェフリーは要点を告げずに切り返した。腰をかがめて曲がったナイフを拾って、コノリーのコートのポケットに入れると、ロビンソンに向かって会釈した。「ありがとうございます、ミスター・ロビンソン」

ロビンソンは頭を下げた。彼は装甲を施した廊下を先に立って歩き、ジェフリーらは鉄格子の出入り口まで戻った。数分後、舗道に降り立ったふたりは、車の切れ間が見える頃合いを図って、道の向こうに停めた自分たちの車まで行こうとしていた。行き交う車の流れが途切れる瞬間を探っていたコノリーは、大型トラックと立派な青のセダンが二十ヤード手前をゆっくりと這うように走っているのを確認した。「一緒に来てください」コノリーが声を掛け、ふたりは車道を渡った。彼は大事なフィルム缶を抱え、ジェフリーの数フィート前を歩いた。

車がこれほどスピードを落としていても、そのとき起こった出来事はほとんど目で追えなかった。コノリーが道の半ばにさしかかったところで、青のセダンが十フィートほど彼に接近した。車は荒ぶるベヘモス（聖書に登場する空想上の巨獣）のごとく、不意にうなりを上げ、襲いかかるようにして前進した。くさび形をした重々しいラジエーターがギロチンの刃のように輝くと、驚きおののくコノリーに向かって一直線に突進し、彼は路上で呆然と立ち尽くした。

「危ない！」ジェフリーが叫んだ。

コノリーは瞬時に前に飛び出したが、泥よけが体の脇に接触し、弾みで道の向こう側へとはじき出された。フィルム缶が溝を転がった。青い車は激しく蛇行しながら片側二輪で狂ったように飛び跳ね、うなりを上げて脇道へと走り去った。

ジェフリーが駆け寄った。たちまち人垣ができ、うろたえる人の波が増える中、デニス・コノリーは立ち上がった。彼に怪我がないことだけを確認すると、ジェフリーは溝からフィルム缶を拾った。振り返ると、コノリーは心配そうな警官に何やら文句を言っていたが、ジェフリーが近づいてくる気配を感じて振り返った。

「署に戻りましょう」コノリーは顔をしかめながら、服についた泥を払い落とした。大きな手が震えている。顔の片側、額から顎にかけて赤いすり傷ができ、腫れ上がって血がにじんでいる。「ええ――大丈夫ですとも」ジェフリーが口には出さずに様子をうかがう気配を察し、コノリーは答えた。

「フィルムは無事でしたか？」

「ああ」ジェフリーは毅然として答えた。ふたりは野次馬をかき分け、ベントレーに乗り込んだ。通りを立ち去るまで、どちらも何も語らなかった。コノリーがハンカチを唾で湿らせ、自分の顔についた血をぬぐった。「あの豚野郎のナンバープレートは見てませんよね？」

ジェフリーはひどく落ち込んだ声で言った。「すまん。あまりに急だったので。君が心配だったし、フィルムのことも気になっていた。それが奴の目的だから――あのフィルム缶がね！」

コノリーは繰り返し疑問を呈した。「どうしてこんな念の入ったことをするんでしょう？」

「この映画を警察に見られたくない人物がいるからさ」ジェフリーが返した。「どんな手を使っても上映を阻止したいようだな」と言って、彼はコノリーを見やった。「君を手近のパブまで連れて行くから、僕のおごりで喉が灼けるようなブランデーを飲もう、デニス。飲んだら全速力でスコットランドヤードに戻るぞ。警部がいたら、一緒に『死を招く植物』の謎に取り組もう、予期せぬ事態がまた起こる前にね！」

ロバート・バーンズの「人間の綿密な計画は失敗に終わることがなぜ多いのか」論争の生きた証の

ような騒動に巻き込まれたジェフリーは、十分後、半ば強引に主席警部の執務室に入ったのだが、部屋はもぬけの殻、リードの席には誰もいなかった。かの貴重なブリキのフィルム缶を小脇に抱え、ジェフリーは部屋を横切ってカーターのいる部屋のドアを開け、制服姿でタイプライターのキーに指を走らせていた彼に尋ねた。

「警部はどこに行った？」

カーターは指を宙に浮かせたまま、上目遣いでジェフリーを見やった。「主席警部はいらっしゃいましたが、ほんの数分前にお出かけになりました、ミスター・ブラックバーン。連絡があったことはお伝えしました――メモをお預かりしています」秘書役のカーターは引き出しを開け、折りたたんだ紙を取り出した。そして紙を広げてみせた。「いらっしゃったら、すぐにこれをお渡しするよう言付かっています」

ジェフリーはうなずいた。メッセージを開くと、メモ用紙に大きくて角張ったリードの筆跡で何やら書いてある。簡潔で当を得た文面だった。『重大な用件になりそうだ。帰りはかなり遅くなる。待たないでいい』読み終えたジェフリーはメモを丸め、つま先で床を軽く叩きながら考え込んだ。映画を早く観たくてたまらなかったが、主席警部抜きでは不公平だと感じた。待たないでいい、という一文からすると、リードは泊まりがけでどこかに出かけたようだ。そうなると、映画の上映は明日まで持ち越しになる。残念だがどうしようもない。ジェフリーはフィルム缶を両手でバランスよく持っていた。

「そうだ、カーター」

「はい、ミスター・ブラックバーン」

「この缶を見張っていてくれないか。主席警部の金庫室に入れ、鍵を掛けて保管してくれ」

フィルム缶を安全な場所に保管する任務を終え、ジェフリーはスコットランドヤードをあとにした。歩くか、車を使うか、しばし考えた結果、歩くことにした。テムズ川の左岸に沿った道をそぞろ歩いた。とてつもなく長い午後になるに違いないと感じた。何とかして先ほどの映画を観る手段はないかと思いを巡らせたが諦めた。観たい映画は一本だけ、しかも上映の目的は個人的な用件なのだ。ベイズウォーターのフラットを訪ねたあの昼下がりと同じ気分に駆られたジェフリーは、今日あった一連の出来事が契機となり、摩訶不思議な問題にふたたび取り組むことになりそうだと感じた。

ジェフリーの心を騒がせている未解決の疑問がふたつに増えた。キノフィルムの映画とイザベル・シムズ殺し、そして彼女を裏切った人物との間にどんな重大な関係があるのだろうか。二件の殺人事件は犯人が違うのか、それともスティーニー・ロッダ殺しは麻薬組織の犯行なのか。どんな推理をも寄せ付けず、捜査が新たな進展を図るたびに障壁となって立ちはだかる問題だ。

ジェフリーはどうしようもない絶望感に襲われた。犯人が張り巡らす、果てしない蜘蛛の巣のような陰謀に絡め取られたら最後、もう逃げられないのか。ロッダは麻薬組織に殺されたのだろうか。もしそうなら、ホテル・スプレンディッドの事件は独立して完結した犯行であり、ラジオ局の殺人事件とはまったくの無関係だ。ジェフリーたちはあっさり手を引き、フランス国家警察の手にゆだねていい案件だろう。だが、本当にそれでいいのだろうか？　シムズ殺しの犯人がロッダも殺したのなら、それこそ彼が望んだ結末ではないのか。とはいえ、それを立証する手だてはない。拘束された足を引きずるようにして、謎解きという暗い迷路を手探りで必死にたどった末に疑惑の泥沼にはまり込んだような気分だった。

「どんな事件も絶対に平行線をたどることはない」ジェフリーはつぶやいた。「今までの捜査だって、必ずどこかで糸口が見つかった。今回の事件は全体に論理の糸が張り巡らされ、容易には分析できない」

でもどこか、何かがおかしい。すべてが収まり良く、隙間なく噛み合っている。スティーニー・ロッダがイザベル・シムズを殺したのは、自分が麻薬組織を裏切ったのを彼女に密告させないためだ。ところが何らかの皮肉な不運にみまわれ、ロッダの犯行は後手に回ってしまった。シムズは殺される前に情報を流していた。シムズ殺しの報復として、組織が送り込んだ人間がロッダを撃ち殺した。すべてつじつまが合った。完璧な筋書きだ。

完璧な筋書き！　話がうまく行きすぎている。興奮あり、緊張感あり、胸のすく皮肉あり、サプライズあり、しかも水も漏らさぬ論理的な結末！　完璧な筋書き！　だからしっくり来ないのだ。実際に起こった出来事にしては不自然で、機械的で、数学的な見地でもつじつまが合いすぎている。まるで秩序正しく考えられた物語で、登場人物が自分たちに与えられた回りくどい道を、一歩一歩踏みしめるようにして進んでいるようだ。段ボールで舞台を作った人形劇の出来事でもなければ、ロッダの胸にできた銃創から、印刷所のインクが勢い良く吹きだしたわけでもない。

すると誰かが肩を強く叩き、推測の雲のただ中にいたジェフリーは我に返った。その人物は陽気な顔をほころばせ、彼の前に立っていた。

「ロロ！」ジェフリーは大声で言った。

「やあ、蘊蓄王」ロロ・モーガンはそう言って、嬉しそうに両手を左右に広げた。

ジェフリーの眼差しから翳(かげ)りが消え、笑みが浮かんだ。「おい、ロロ——随分とふくよかになったな。結婚生活が順調な証拠だ」

ジェフリーがロロと会うのはほぼ十二か月ぶりだ。オックスフォード大学で知り合ったふたりは『魔法人形』の事件を機に、ただの学友から真の意味での友情を培う仲になった。不幸なロチェスター家の存続そのものを脅かすことになった、暗雲立ちこめる奇々怪々な殺人事件の究明をジェフリーに依頼したのが、ロロその人だった。この事件を解決に導いたジェフリーは探偵として新たな栄誉を、友人のロロは英国でも一、二を争う美しい女性を手中に収めた。数か月後、ミス・ジャン・ロチェスターはミセス・ロロ・モーガンとなった。彼の顔に二重顎のきざしが見え、ウエスト周りが以前より間違いなく大きくなっているのに、誂えた服が体に合って楽そうに見えることから、楽天家で文句を言わないロロにとって、結婚生活は快適そのもののようだった。

「ところでジャンは元気かい？」ジェフリーは尋ねた。

「とても元気だよ」ロロは間髪入れずに答えた。「だけど、少し気を揉んでいた時期があってね。先週メイドが出ていったけど、新しいメイドを迎えてからはうまくいっている」

ジェフリーは友人の恰幅のよさを見ながらにやりとした。「君が階段を掃除したっていいじゃないか」

ロロは顔をしかめた。「似たようなことをやって大いに恥をかいたよ。有能なメイドは、今や歯が生えためんどりより希少価値だからね。アニー・ピーターズはいいメイドだと思ったのだが、半日休みは週に二日、そのうえ土曜と水曜の夜も休ませてくれと言うんだ！」

ジェフリーは微笑んだ。昔とちっとも変わっていない。相変わらずおしゃべりだし、新婚生活につきもののあれこれを、そこそこ楽観的に受け止めている。ロロ夫妻が年を取るのを大目に見てもらった幸福者なのは、ふたりが時の流れを意識しないからかもしれない。

「……前の職場を辞めた理由をジャンが訊いたんだ」ロロの無駄話はまだ続いた。「彼女いわく、若い女性の働く場所じゃなかったからだそうだ。映画やダンスで息抜きもできなければ、屋敷の中には写真やラジオもなく――」

ジェフリーはたじろいだ。「頼むからラジオの話はよしてくれ」

ロロは口を開けたまま、しばし何も言わず、やがて事情を察してうなずいた。「そうだったな。君は今、ＢＢＣの事件に取り組んでいるところだった。新聞はその話題でもちきりだよ」

「あの事件に釘付けなのかい？」

ロロは首を横に振った。「御免被るよ」彼はすぐさま言った。「ジャンもそうだ。僕たちは犯罪や取り調べで散々悩まされたからな。新聞沙汰が気になってたまらないのは、当事者でないからなのは君も知っているだろう」

「知らん顔を決めこむのが一番賢いよ」ジェフリーは彼に同意した。「僕もそうできればいいのだが」そう言って肩をすくめた。「ちゃんと腹をくくればよかった。僕はこの捜査から正式に手を引くように言われた」

「手を引く？」

ジェフリーはうなずいた。「頭をひねってピンと来た推理をひとつふたつ試してみたんだ。主席警部は僕の尽力に対してちょっと素っ気ない態度を取った。僕の推理をゴミ箱に捨て、拷問台や親指をネジで締め上げる責め道具の埃を払うような真似をしたんだ。そのときの警部は、一瞬の武力行使が持つ威力は一時間の話術をはるかに上回る、というジュリアス・シーザーの持論に心酔していたんだろう」

ロロが微笑むと、きらきらした瞳が肉づきのいい頬に埋まった。「かの歴戦の勇者はお元気かい？今でも血気盛んで、蹄鉄をつけた前足で地面を蹴るような勢いなんだろうか」

「ある程度はそんな感じだな。でも最近になって、彼が怒り心頭に発する気持ちもわかるようになった。ただ、今回の事件にはふたりとも頭を悩ましている」ジェフリーは顔をしかめた。「正直言って、ロロ、ここのところ途方に暮れていて――どうしたらいいか、さっぱり名案が浮かばない」

「いい機会じゃないか！」ロロはジェフリーの腕をしっかりつかんだ。「今なら僕と一緒に来てジャンに挨拶し、僕らと一緒に夕食の席が囲める。さあ、ぐずぐずしてないで……！」ジェフリーは言い訳をつぶやきだすと、ロロが返した。「途方に暮れているって言ってたじゃないか！」

ジェフリーは少しためらったが、にやりとしてロロと握手を交わした。「ロロ、君は本当にいい奴だ！　君のおかげで、死よりも辛い運命から救い出されたよ。さあ導いてくれ、頼りになる我がヴェルギリウス（古代ローマの詩人。ラテン文学において最重要視される人物）よ！」

2

ジェフリーがロロ宅からチェルシー・ブリッジ・ロードを歩いて自宅に戻ろうと考えたのはいい結果に転んだ。ベントレーをスコットランドヤードに停めてきたので、乗って帰るには相当な距離を歩かなければならなかったし、車で帰宅すれば音を立てずにフラットに近づけず、フラットの窓辺で起こった奇妙な現象にも気づかなかったのはほぼ間違いなかったからだ。

ビッグベンが午後十一時を告げる頃、ロロとジャン・モーガン夫妻に別れの挨拶をしたジェフリーはピムリコ・ロードをのんびり歩きだした。この時期にしては珍しく暖かく、散歩には申し分のない、まろやかで穏やかな天候だった。両手をポケットに入れ、タバコをくわえ、意気揚々と歩き、鼻歌を口ずさんでいた。ロロ・モーガン夫妻と過ごした夜のおかげでジェフリーの気分は一新し、緊張が解けた。殺人事件の脅威でずっと滅入っていた気分が晴れた。柔らかな夜の気配、星が瞬く空に低く揺れる新月の陽気なまでの無頓着さに、呼び起こされたなつかしい記憶をたどりつつ歩いた。ウィルキンソン教授が黒板に基本二項式を解いている間に、ロロが教室に持ち込んだひどい臭いの化学物質を、教授のインク壺に一滴落としたという、滑稽極まりない思い出話をした（昔話なのに、つい最近の出来事のように思える）。悪乗りが過ぎたロロが、尖った壁の上にあった危険な鉄条網の迷路を横切ろうとして足を滑らせ、ズボンの尻の部分が壁に引っかかって降りられなくなったこともあった。学部生の日々はとても居心地がよかった——若さゆえの無責任な馬鹿話だけで生きていけると信じていた。ソロー（ヘンリー・デイヴィッド・ソロー。一八一七～六二。『森の生活』などで知られるアメリカの作家・思想家）はなんと言っていただろう——建材を集めて月に橋を架け、地上に宮殿や神殿を建てるというのが若さだ、と……。中年になったら、同じ建材で薪小屋を建てるというのか。やれやれ。未来はベールに覆われると定める賢き神のお導きがあったが、翌日になれば——。

　ジェフリーが何気なく見上げたとたん、それまでつらつらと考えていたあれやこれやが、引き裂かれたテープのようにぷっつりと切れた。

　とりとめのない空想に夢中になっていたあまり、ジェフリーはフラットに到着する寸前まで周囲の様子にまったく気づかなかった。居間の窓に何気なく目を向けた彼は驚いた。小さな光が窓ガラスを照らし出しているのだ。最初は車のヘッドライトが反射しているのだろうと思ったが、通りに車は一台もなかった。出入り口の暗がりに引き返し、光が見えた窓にじっと目をこらした。数分後、また光った……円形の光がガラスに乱反射し、ガラスの表面を動き回ってから消えた。人の気配を感じ、ジェフリーは身をこわばらせた。光の輪は懐中電灯が発するものだった。誰かがフラットで何かを探している。夜中に忍び込む目的は長々しい推理を展開せずにも、すぐにわかった。

フィルム缶だ！

コウモリのように足音を消し、アルコーブからアルコーブへと身を滑らせ、部屋全体が見渡せる場所に出た。窓のひとつがヴォクソール・ブリッジ・ロードに、それ以外はフラットに出入りする商人の通用口として使われていた袋小路に面していた。あの窓は確か開いていたはずだ。ジェフリーは咄嗟に考えた。

しばらくして、自室のドアまで行くと、ジェフリーはけたたましい音量で口笛を吹いた。そして驚くほど大きな音を立てて鍵を差し込むと、頭を部屋の中に突っ込んで言った。「警部、お帰りですか？」今度はわざと乱暴にドアを閉めた。ジェフリーはフラットから出ると、長い脚を存分に使い、全速力で袋小路へと急いだ。この計略がうまくいき、泥棒が驚いて外に出て来るなら、逃げ道はここしかない。しかも真っ暗な路地が口を開けて待っている。だから彼は先回りをしたのだった。曲がり角で大きく曲がったそのとき、うっすらと見える人影とぶつかった。ジェフリーが男につかみかかると、ふたりは手脚をばたつかせながら舗道をもみ合うようにして転がった。もつれ合い、息を切らしてつかみ合いの格闘をしていては、相手が誰なのかさっぱり見当がつかない。相手はなかなか手ごわかったが、男同士の乱闘のやり口をリードから徹底的に指南されていたジェフリーは、自分の幸運な星回りに感謝した。そのとき男の拳がジェフリーの口元を襲い、顎から血がしたたり落ちた。これは勝ち目がないと観念すると、彼は激しく動く相手の腕をつかみ、情け容赦なくねじり上げた。痛みに耐えかねて叫び声を上げたとたん、男の体から力が抜けた。腕を握ったまま、ジェフリーは男を組み伏せた。

「よし、こっちを向け」あえぐようにして彼は言った。「顔を見せてみろ」

「ブラックバーン！」

ジェフリーは答えず、灯りがともった通りのほうへと男を引きずり出した。光を浴びてあらわになった、苦い表情のほっそりとした顔を見やる。顔は汚れ、傷だらけだったが、ジェフリーにはよく見覚えのある男だった。

ゴードン・フィニスだ。

「さて」ジェフリーは後ろ手でフィニスの腕をねじ上げたまま言い放った。「説明してもらおうか！」

フィニスは肩をすくめた。「だったら腕を放せよ！　こっちだって訊きたいさ！　そっちこそ、街のごろつきみたいに扱うとはどういうことだ？　頭でもおかしくなったか？」

ジェフリーは空いているほうの手で口元の血をぬぐった。「僕のフラットで何をしていた！」

街灯の光の下、フィニスは黒い瞳をまん丸にして驚いた。「あんたのフラット？　ちょっと待て、本当におかしくなったのか、ブラックバーン？　フラットなんかに近寄ってもいないぞ！」彼はまた身をよじった。「それより頼むから手を放せ！　腕が折れそうだ！」

ジェフリーはフィニスを引き寄せ、片手で服をまさぐった。尻のポケットから小型の自動拳銃を取り出すと、「ほお……？」と、口の端を歪ませて言った。拳銃を自分のポケットに入れ、ジェフリーはさらに調べた。コートのポケットの中に入れた指が止まり、金属でできた薄い何かをつかんだ。ポケットから取り出す。ハットピンだ。ジェフリーは冷徹な目でフィニスを探るように見た。「これはどういうことだ?」

フィニスはしばらく黙り込んでから口を開いた。「効果音の机の上にあったハットピンだ」

「それだけじゃない」ジェフリーは言った。「イザベル・シムズを殺した凶器でもある」

フィニスは片手を伸ばしてジェフリーのコートを握りしめた。「違う――そうじゃない!」声がかすれていた。「勘違いはよせ! だから今夜、ここに来たんだ――ピンを取り戻すために!」フィニスは一旦口を閉ざすと、あたりに素早く目を配った。「待て。話はフラットの中でしないか? 説明したいことが山ほどあるんだ――」

「もちろん」ジェフリーも譲らなかった。「それより懐中電灯で何をしていた?」

「懐中電灯?」

ジェフリーが手を放すと、フィニスは前に一歩つんのめった。「しらを切るのはよせ」ジェフリーは問いただした。「フラットの中を懐中電灯で探し回っていただろう!」

フィニスは途方に暮れた様子で両手を振った。「だから、僕は違うと――」

「とにかく、中で話そう」ジェフリーは毅然とした口調を崩さなかった。「お前が先に行け!」

ふたりは歩きだした。居間のドアでジェフリーは照明のスイッチを入れ、フィニスに先に入るよう身振りで示した。瞬きをしながら居間に入ったフィニスは音を立てて乱暴に椅子に座り、服についたごみを払い落とした。

「随分な言い方だな、ブラックバーン」彼はうなるように言った。「僕のコートのポケットに、勝手に手を突っ込んだくせに！」

「コートはもう要らないだろう」ジェフリーはきっぱりとした口調で言い返した。「どのみち囚人服を着ることになるからな」フィニスが何か言おうとしたところで、ジェフリーは荒々しく手を振って制した。「立つな！　僕が背中を向けている間に馬鹿な真似をしてみろ、ロンドン中の警官に尾行させるからな！」

フィニスは部屋を見渡すと、眉根を寄せた。居間はどう見ても荒らされている。家具が脇に寄せてある。ジェフリーが蒐集している浮世絵が壁から剝がされ、本棚にあった書物は洗いざらい放り出されている。レオナルド・ダ・ビンチのブロンズ像は肘掛け椅子の下に転がっていた。ラジオの背面パネルまで取り外してあった。幸い、ベイズウォーターのフラットほどひどくはなかったが、邪魔が入って途中で逃げたからではないかとジェフリーは考えた。居間を突っ切ってベッドルームのドアを押し開けた。荒らされた様子はないようだ。犯人の手は居間以外に及ばなかったと思われる。ジェフリーは怒りで表情を暗くしながら、ふさぎこんだ顔のフィニスの前に立ちはだかった。

「君は犯人を逃がし」厳然とした口調だった。「そのあとでフィルム缶を探していたのか？」

フィニスは椅子の肘をつかむと、ジェフリーの顔を見上げた。「話を聞いてくれ、ブラックバーン、僕はフラットに押し入ってなどいない。フィルムのことも知らない。君に会おうとこの辺を歩いていたら、君がただならぬ勢いで襲いかかってきたんだよ！」

ジェフリーは訝しげに目を細め、腫れ上がったフィニスの顔を見た。神妙な声や態度は俳優として鍛練を重ねたからだろうか。それとも心からそう思っているのか。マントルピースまで歩き、上に置いたタバコ箱からタバコを一本取ってから、ぶっきらぼうにフィニスへと差し出した。彼はこちらを向いた。

「僕の話を聞き、信じてくれればそれでいい」フィニスは落ち着いた声で言った。ジェフリーはタバコに火をつけた。そしてマントルピースに寄りかかり、腕組みした。「わかった」ジェフリーは不機嫌そうな声で返した。「では、話を聞こうじゃないか」

「あのハットピンのことだ」フィニスはテーブルに置いたピンを指した。「殺人があった夜、スタジオから持ち出したのは僕だ」

「ほう?」

「こういう事情があったからだ」フィニスは椅子に座り直した。「あの日の夜、テッド・マーティンが台本を持ってくるのを忘れた。それで頼まれた僕は、台本をあいつに貸してやった。あの晩、彼がスタジオに持ち込んだ台本は僕のものだ」

フィニスが視線を上げてジェフリーを見やると、ジェフリーは軽くうなずいた。

「暗転の場面になって、マーティンはハットピンをしおり代わりに使った。その後の騒ぎの間中、台本は閉じてあり、ハットピンは台本の中にあった。スタジオを出る際、僕は効果音の机の上にあった自分の台本を手に取り、家に持って帰った。何の気なしに引き出しにしまった。ハットピンは台本に挟んだまま、僕の家にずっとあった」

ここでフィニスは話を一旦打ち切った。ジェフリーは落ち着いた声で言った。「君の話が本当なら、ピンが捜査で凶器と断定されたのを知りつつ、なぜ元の場所に戻さなかった?」

「そこなんだ」フィニスは落ち着かない様子で唇をなめた。「怖かった。実は、彼女が殺された手口を君が話すまで、僕はハットピンの在処を知らなかったんだ」フィニスは唾を飲み下すようなしぐさをした。「うっかりスタジオから持ち出しましたと正直に言っても、信じてはもらえなかっただろうし」

「事件とは関係ないと、なぜ言い切ろうとしなかった？」

「関係あるさ——まったくの無実だけどね！」

「どういうことだ？」

フィニスはジェフリーをじっと見た。

「ハットピンを使った殺人事件が最初にあった頃、僕はパリにいたんだ」

ジェフリーの瞳がきらりと光った。彼は何も言わなかった。

「事件があった夜」フィニスは少しずつ話を進めた。「医者が死体の検証をしたとき、僕は自分が衛生兵だったことを話した。数日後に集合がかかり、殺害方法について君から説明があった。ハットピンが消えたのは、スタジオにいた誰かが犯罪に関わっているからだと指摘された。その晩、僕は事件のことが頭から離れないまま帰宅した。何も考えずに『暗闇にご用心』の台本を開いたら、ハットピンが転がり落ちたんだ！　僕の身にもなってくれよ、ブラックバーン。ハットピン絡みの事件を知っていたのは、あの場で僕ひとりだった——なくなったハットピンを僕が持っている、シムズを殺した凶器とそっくり同じ品物が、今、自分の手元にあるんだよ。僕の立場はわかっているはずだ。凶器を持っていないと断言できるよ、僕の衛生兵時代の履歴は調べればすぐにたどれるし、かの事件があったとき、僕がパリにいたこともわかる。踏んだり蹴ったりとはこういうことだ！　まさか僕がハットピンを偶然持ち合わせていたとは、君もわからなかっただろうしね」

「ではなぜ、こんなリスクを冒してまでピンを返しに来たんだ？」

フィニスは意外そうな顔をした。「疑われてもしょうがないか。犯行は外部の者のしわざであり、スタジオにいた連中は無実だという君の推理には同意している。ベイズウォーターのフラットで見つかったハットピンが凶器に使われたという新聞記事の内容にもね」

フィニスはその後黙ったが、ジェフリーは何も言わなかった。

「だから、ハットピンを持っていた理由を釈明しても大丈夫だと踏んだ」と言って、フィニスは肩をすくめた。「だけど、自分の無実が晴らせても、違う人物への疑惑が増すだけだと気づいた——君のフラットに押し入った奴さ！」

ジェフリーは冷静に答えた。「随分と頃合いよく、ここに来るなんておかしいと思わないか——？」

「ただの偶然だ！」フィニスはわめいた。「偶然以外に何があるっていうんだ！」と言って椅子から腰を浮かし、土埃で汚れた手を払った。「断じて言うが、ブラックバーン、僕はこの部屋を荒らしてなんかいない。だって意味がないだろう？　僕は事件とはまったく何の関係もない。あの可哀想な女優殺しに関して言えば、無実が立証された唯一の人物でもある。君はスタジオで僕の行動を見ていたはずだ。僕は調整室の灯りが照らす場所にいた——被害者とは数ヤードも離れた場所にね！」

沈黙が流れた。ジェフリーはフィニスをにらみつけた。「理屈が通った話だね、フィニス」ジェフリーがすぐさま言った。「ちょっと理屈が通り過ぎてないかと、首をかしげたいほどに！」

「マーティンに訊くといい」フィニスは不機嫌そうに返した。「あいつと連絡を取ってくれ。台本にハットピンを挟んだ事実を裏付けてくれるだろう」

ジェフリーはぞっとするような笑みを浮かべた。「ちゃんとした裏付けも用意せず、そんな作り話を買って出るほど愚かな男だと見下してはいないよ、フィニス」と言って、彼は考え深げな眼でじっと見た。「教えてくれないか」不意にジェフリーが問いかけた。「あの日のスタジオに、パリで最初にあった殺人事件のことを君以外に知っている人物はいたのだろうか」

「いたとは思えないな。事件のことを見聞きした人間がいないとは言い切れない。ただ」ここで急に押し黙ると、今まで見せなかった表情がフィニスの顔に浮かんだ。「ええと――ちょっと待ってくれ」彼は考え込んだ。「そうだ。もうひとり知っている人がいた！」

ジェフリーは身を乗り出した。「本当か？」

「もちろん！」フィニスは断言した。「忘れるものか！『暗闇にご用心』の台本が出来上がった数週間前だ。キャスリーン・ノウルズが、あらすじの草稿を見てくれないかと僕と友人に言ってきたことがあった。ラジオドラマの脚本の書き方がよくわからないので、自分に代わって確認してくれと。僕らは夕食の時間まで一緒に過ごしたんだが、ごく自然に話題は犯罪学へと移っていった。ミス・ノウルズがスクラップブックを取り出して、二十年前の〈ル・マタン〉紙に載った、パリで起こった殺人事件の記事の切り抜きを見せてくれた」

「ほう？」

「僕の友人はことのほか犯罪学に興味があって、何が書いてあるか訳してくれとミス・ノウルズに頼んだ。友人は完全犯罪だと言ってたのを覚えているよ」

ジェフリーの顔に赤みが差した。「その友人とは誰なんだ？」

「マーサ・ロックウェルさ」フィニスは穏やかな声で言った。

第三章　破られたトリック

……列を成して動く
形あるものが行き交い……

オマル・ハイヤーム『ルバイヤート』

主席警部は午前零時を少し回った頃に帰宅した。ジェフリーは、部屋を荒らされた事情を説明するべきだと考えたが、ゴードン・フィニスが来たことには触れなかった。彼自身、フィニスのことも、彼が語った話も信じられなかったからだ。一連の出来事は見た限り真実であるのは否定しようがないが、彼の証言と、部屋を荒らした張本人が逃げたこととのつじつまが合いすぎているのが、どうにも気にかかる。第二に、仕事上のパートナーの気質を知り尽したジェフリーとしては、難問があれば力づくで打開策を切り開こうとするリードのことだ、彼に何かほんの少しでもほのめかそうものなら、一瞬のためらいもなくフィニスを逮捕させ、情け容赦なく追求するという、いつものやり方を貫くのは間違いなかった。面目をつぶすほどの落胆を味わわせたら、リード主席警部が一日を費やした苦労が無駄になってしまうからだ。

パジャマとドレッシングガウンに着替え、痛む体をバスタブで癒し、切れた唇にヨードチンキを塗って、ジェフリーはその日あった出来事を話しはじめたのだが、リードは気が荒くて評判の熊のように不機嫌で、そんな話には一切興味がないと冷たく言い放った。そして自分の部屋へと引き上げ、力を込めてドアを閉めた。

主席警部の性格をよくわかっているジェフリーは、彼の虫の居所が悪いのを機敏に察した。このふたり、フラットでは毎日のように口げんかが絶えないのだが、お互いを思いやる気持ちは強く、リードが失敗続きで落ち込んでいると、ジェフリーまで気持ちが沈んでくるのだった。殺人事件の捜査開始から翌朝で五日目を迎えるが、事実上何の進展も見られないことから、「どう見てもスコットランドヤードの大失態だ」という投書が山のように新聞社へと押し寄せ、総監補から叱責されると思うと気が気ではなく、落ち着きを失い、苛立ちと不安に駆られながらベッドに寝転がっている友の気持ちが、ジェフリーには痛いほどよくわかった。

ジェフリーはスリッパ履きでうろうろしながら、リードの部屋の閉めきったドアに心配そうな眼差しを向けると、何とかあのドアを開け、この日の冒険譚を聞かせて主席警部を憂鬱な落ち込みから救い出すいい手だてはないものかと考えあぐねていた。だが、彼は首を横に振った。夜はすでに更けているばかりか、時機を逸してしまった。ジェフリーはため息をつき、痛む唇にそっと指で触れると、小説を読むのを切り上げ、スリッパの音を立てながら、幾分落ち込んだ様子でベッドに入った。

幸福は常に輝きを伴い、心の平安は夜明けとともに訪れる。悲劇詩人のアイスキュロスから現代ハリウッドの作詞家にいたるまで、そうそうたる詩人たちが賛美してきた。古くから誰もが知る他のあらゆる金言と同様、ここには一片の真実がある。新しい一日にいざ向かわんと立ち上がったウィリアム・ジェイミソン・リードも明らかにそのひとりであり、晴れやかな朝の顔とは言えないまでも、部屋に閉じ籠もっていたときの近づきがたい無愛想さより喜びが勝っていたことだけは間違いない。

朝食を取りながら、ジェフリーは例のフィルム缶のことと、それを手に入れるまでの一部始終をリードに話して聞かせた。リードは信じられない様子だった。口元の傷については、部屋を荒らされ、真っ暗な中を歩いていたら、倒れた家具に足を取られて転んだのだと、ジェフリーはちょっとしたうそをついた。フィニスがやって来たことを除き、スコットランドヤードにある主席警部の執務室に入るまでの道すがら、ジェフリーは事細かに事情を説明した。最後に、パリで起こったハットピン殺人事件のことを、マーサ・ロックウェルが数週間前に知り得ていたことに触れた。

「なんと、私はとんだ世間知らずだな！」回転椅子の背もたれに体を預け、リードが凄みのある声で言った。「言われてみると確かに、あのファニーフェイスの女優、いやに自分とは関係ないことに口を挟むなとは思っていた。あの年頃の女性なら、殺人事件の裁判にうつつを抜かすより、家事にでも精を出していればいいのだ！」

リードと向かい合って座っていたジェフリーは、かぶりを振った。「ロックウェル女史が犯罪学にたまたま興味を持っていたからといって、彼女が犯人だとは断定できません。パリで起こったハットピン殺人事件を記憶している人物はロンドンにはいくらでもいるのですから」と言って、彼は机に両肘をついて身を乗り出した。「それより僕は、あのフィルム缶がそれほど重要な意味を持っていることのほうが気になります」

「署の連中が地下で映写機を準備している」主席警部はジェフリーに言った。「支度が整い次第、地下でフィルムの映写を始める」

ジェフリーは顔を金庫室のほうに向け、じっと見やった。「フィルムはまだ手つかずのまま、あそこにあるのかと思ってました」彼は苦々しげに言った。「事情も知らない連中が、神聖な宝物庫からフィルムを出す権限を持っていたとは、何とも興醒めですね」

ほんの一瞬、主席警部は冷徹な青い瞳でジェフリーの目を見据えた。そして何も言わず、立ち上がって金庫室まで行くと、ポケットから鍵の束を取り出した。ひとつ選んで鍵穴に刺し、重々しいドアを引く。ジェフリーは、主席警部がうなずいてから金庫の中に手を伸ばしてからフィルム缶を手に戻ってくるまでの一部始終を見ていた。「これかね?」リードが訊いた。

ジェフリーはうなずいた。リードは一刻も早く手放したいと言いたげな様子でフィルム缶を持っていた。金属の容器を見下ろしながら、黒々とした眉を上げる。ジェフリーは背もたれに寄りかかって腕組みした。「事件と大いに関係があるんです、警部。このフィルムはロンドンにあるキノフィルム映画社が制作した短編映画で――」

「シムズの前の職場で――全焼したというスタジオか?」

「はい」ジェフリーはゆっくりと説明口調で話しだした。「この映画のテーマについては推察の域を出てはいません。ただ、『死を招く植物』という題名、制作スタッフが毒物学に関する映画を制作していたことを合わせて考えると、植物毒を扱った映画ではないかと思われます」

主席警部はフィルムを机の上に乱暴に置いた。振り返り、両手を後ろで組むと、彼は部屋の中を歩き回った。「なぜ毒物が何度も話題に上るのだろう。毒物が事件に絡んだのはアドルフ・ガラッシュの一件だけなのだが。シムズはハットピンで刺され、ロッダは射殺されたというのに」

「この映画はつい最近起こった殺人事件とは関係ないと思います。時系列を考えれば絶対にあり得ません。いいですか、このフィルムは三年前に作られたんです」

「つい最近起こった二件の殺人事件と関係ないのなら、なぜこの映画の上映を阻止しようとする輩がいるのかね？」

ジェフリーは肩をすくめると、苛立ちが軽く混じった口調で話しだした。「この映画を上映すれば疑問の答がわかるんじゃないでしょうか」一度ここで言葉を切ってから、付け加えるように言った。

「パリからヴィヤルダン関連の新たな情報は届きましたか？」

主席警部はむっつりしたままうなずいた。「またしてもお手上げだ。ヴィヤルダンの身柄を拘束しに行くと、かごはもぬけの殻、鳥は飛び去ったあとだった。もちろん逃げ道という逃げ道に監視を置いたが、数日前に高飛びしたのではないかという疑いが高い」

「シムズ殺害の翌朝、というわけですね」ジェフリーがうなずいた。

「なぜわかる？」

ジェフリーは座ったまま体をひねった。「当然じゃないですか。ヴィヤルダンはあの晩、ラジオ放送を聴いていた。二件の殺人のうち一件は彼がいなかったせいで起こった。シムズが発した暗号を聞き取り、すぐさまロンドンに飛び、ちょっとした借りを返した――または――」

ジェフリーは慎重に言葉を選んだ。「または、シムズは暗号を放送で流す前に殺された。いずれにせよ、殺害の様子をスピーカー越しに聴いていたのは間違いありません。そして計画どおりにことが進まなかったとわかると――すぐさま捜査が開始されたのを察して、捜査の手が自分に及ぶ前に高飛びを図ったのです」

リードはジェフリーの椅子の前で立ち止まり、「つまり君は、ヴィヤルダンがロッダを殺したと思っているのか?」と、わめくように言った。

ジェフリーはうんざりしながら答えた。「ヴィヤルダン本人か、組織の人間か、シムズ殺しの犯人か。お好きな人物をどうぞお選びください、警部」

主席警部は刈り込んだ口髭を嚙みしめんばかりに唇を引き結んだ。「では、あの書類を私に送ったのは誰なんだ? ヴィヤルダンのしわざとは到底思えない。裏切り者に肩を貸すような真似はしないだろう」

「もちろんです」

「だが」リードは考え込むように言った。「この映画を人目に触れぬよう画策したのは、ヴィヤルダンの可能性が高い。ロンドンに来たのには別の理由があったからかもしれない」

ジェフリーが不意に椅子から立った。「警部! それがきっと事件の核心です!」と言って、彼はポケットに手を突っ込むと、カーペットに視線を落としたまま部屋の中を歩き回った。「そのからくりを繙(ひもと)いてみましょう……。ご存じのとおり、ロッダは麻薬の取引でシムズと手を組んでいました。この映画はロッダが持っていて、貴重品として金庫に保管していました。となると、この映画が麻薬組織と何らかの形で関係があると考えて差し支えないでしょう。裏稼業の貴重な情報が含まれているかもしれません。話変わって、シムズがラジオで流した暗号でロッダの裏切りを知ったヴィヤルダンは、二心ある相棒を殺し、さらには自分の身を危うくする情報が収録されているやも知れぬ映画も手に入れようと、ロンドンにやって来ました。ロッダが滞在中のホテルに行き、部屋に入ってきた彼を射殺した、というわけです」

「ちょっと待ってくれ」リードが話に割って入った。「ルシンスカはどうなった？　事件のどこにあの女が関与しているんだ？　シムズのフラット付近で彼女も目撃されているんだぞ」

「今はまだわかりません」ジェフリーが返した。「彼女自身、裏組織と関わりがあることも考えられます。ロッダと懇意にしていたのは間違いありませんし――ベイズウォーターにあるシムズのフラットを訪ねたあの朝、フラットの外でふたりが一緒にいるのを見たと言う話は覚えてらっしゃいますよね？　ヴィヤルダンがロッダを殺すところも目撃し、口止めのためにさらわれた可能性も否定できません。彼女の居所がわからないのは、ヴィヤルダンが監禁しているからでしょう」

リードはうなずいた。「話を続けなさい」

「ロッダがこのフィルムを貸金庫に預けていることがヴィヤルダンの知るところとなりました。安全が確保できる場所に保管するよう、ヴィヤルダン本人が命じたのでしょう――ロッダは貸金庫業者の名前も彼に教えていると思います。ヴィヤルダンは、ロッダを殺して遺体から鍵を抜き取り、フィルムを奪還して廃棄する気でいました。ところが発砲直後に刑事が部屋に踏み込んだため、ヴィヤルダンには遺体から鍵を探す時間がなくなったのです。

鍵はいずれ見つかり、映画は警察の手に落ちるに違いないとヴィヤルダンは考えます。それだけは何としても避けたいと考えました。結果、彼は我々がフィルムの在処を突き止めてからの足取りを追い、取り戻そうと二度我々を襲ったのです。フィルムに残された秘密とは――」

そのときドアをノックする音がしたのでジェフリーは話をやめた。カーターが顔をのぞかせた。

「お話中失礼します」カーターは主席警部に向かって言った。「地下の連中が、上映の準備が整ったと言ってきました」

2

地下は墓場かと思うほど暗く沈んでいた。電灯線を急ごしらえで這わせ、そこからぶら下がった裸電球が石壁とグロインヴォールト（四つの円筒を組み合わせたような形状のアーチ型天井）の天井に強い光を投げかけると、茶色がかった緑色のもや、かびくさい空中にぶら下がる蜘蛛の巣をはぎ取るようにして、水漆喰を施した壁面が姿を見せた。ジェフリーとリードが地下に降りてくると、奥で慌ただしく動く物陰があったかと思うと、大きな鼠が石の床を駆け抜け、闇の中へと消えた。

この地下室の隅、壁枠に掛けた臨時のスクリーンから三十フィートほど離れたところに、投影機が四角い輪郭を見せている。のたうつようにして床いっぱいに広がった太いゴム被覆のケーブルを、映写技師が取りまとめて接続している。映写機のそばでは三人の制服警官が集まって無駄口を叩いていたが、フィルム缶を手にしたリードが近づいてくると、飛び上がって気をつけの姿勢を取り、主席警部に向かって敬礼した。リードはおざなりに返礼し、一番近くにいた警官に缶を投げ渡した。

「準備は万端か？」凄みの利いた声でリードが尋ねる。

映写技師が振り返った。「はい、警部。フィルムを装填しますので、じき上映を開始します」

リードはあちこち見て回った。映写機の裏側で突然白熱灯が点灯して数回点滅したあと、まばゆい電光をずっと発している。映写技師がうなずいて準備が終わったことを伝えた。スクリーンに白く光る四角形が映し出される。次の瞬間、光は鮮紅色の輝きへと変わった。その間警官たちが缶からフィルムを取り出す。フィルムロールを技師に渡すと、技師はフィルムの先端を引っぱり出して光にかざし、顔だけ後ろを向いて言った。「今回の上映では音声は聞けません。映写機が無声映画用なのです」

ジェフリーは驚いた顔を見せた。「この作品は無声映画だと聞いていますが」

映写技師は首を横に振った。「せりふは吹き込まれていませんが、音楽があります。サウンドトラックです。キノフィルムの短編映画は、大抵こうした方式を取っています。ドイツで制作し、英語の字幕をつけるのです」彼は前を向くと、フィルムリールを映写機上部にあるスプールに取りつけ、セルロイドのフィルムを手際よく二個のスプロケットホイールに通した。「映画が始まると、スクリーンの下隅にぼんやりとした記号が表示されます」技師が補足説明をした。「それがサウンドトラックのマークです」

技師はフィルムの先端を下側のスプールに取りつけ、目を細めて確認後、映写機の裏へと回り込んだ。彼が触ると、映写機はまたまばゆい光を発した。「照明を消してください」彼の声とともに地下室は真っ暗になった。映写機がモーター音を出し、前方の白いスクリーンが上下に揺れると、オープニングタイトルの映像が揺らぎながら表示された。

キノフィルム映画社制作

『死を招く植物』無声短編映画

ジェフリーとリードは目をこらして小刻みに揺れるタイトル文字を読んだ。続いて、監督、脚本、カメラマン、編集、オーケストラの演奏者といった制作陣のクレジットが流れた。それが終わると第三の字幕が映し出された。

警告
本作品は公式上映を目的としたものではありません。教育現場での上映目的に限定して制作されました。

画面は別のメッセージへと切り替わった。

　私たちが歩む足の下に広がる大地は、いくつもの死の手段を植物という形で世に送り出しています。ドクニンジンに代表されるナス科ナス属の有毒植物のように有名なもの、オダマキやトリカブトのように身近な植物もあり、これらはすべてアルカロイド系の毒物を産生します。毒性が特定しにくい植物もあります。本作のテーマは、一見何気なく野山に咲き乱れる植物にひそむアルカロイドの毒性を明らかにすることです。

続いて静止画のシークエンスが始まった。複数の植物が自然環境で生育している様子が映され、その植物の特徴である部分をクローズアップする。やがて画面は、沸きたつ蒸留器(レトルト)、試験管、マスクをつけた顔、ガラスのプリズムと、毒物が抽出されていく段階を追いながら走馬燈のように変わった。
続いて大学教授が学生を前に講義する様子がカットバック手法で描かれ、映画の大部分がこのシーンに費やされていた。凝った角度からの撮影、象徴的表現の多用、陰影と彫像を施し、見つめる目、大袈裟な表情、探るような手のショットなど、制作の手法は典型的なヨーロッパ大陸式だ。そして次のテロップが映し出され、画面が暗くなった。

皆さんご存じのジャガイモは、学名をソラナム・ツベローサムといい、個体差はありますが、可食部の塊茎など、あらゆる細胞に毒性のグルコ・アルカロイド・ソラニンが含まれていることは、あまりよく知られてはいません。ある一定の条件が整うと、このアルカロイドという物質は塊茎そのものに蓄積し、たとえば発芽期には確実に毒性を持つと認められる量に達します。

次の映像では舞台がキプロスに移った。絵画のように美しい島の風景から、極貧の農家の家々の映像へとクロスフェード（フェードインとフェードアウトが同時に行う映像演出）していく。ジャガイモの皮や新芽には塊茎よりも大量のソラニンが含まれているため、新芽を食べないよう指導する役人の姿が映し出される。キプロスではジャガイモの新芽や皮の摂取によるソラニン中毒が五十件以上発生し、そのうち二件は死に至ったと述べるテロップが流れた。

その後、腹を空かせたラットがしなびたジャガイモの皮の山に近づくものの、匂いを嗅いでから、そっぽを向く短い映像、その後ふたたび塊茎からアルカロイド・ソラニンを抽出する様子をハイスピードでフラッシュバックする映像のあと、フィルムの最後に到達したことを告げる音とともに、映写機と四角形の光が上下に動いて映画の終わりを伝えた。

まばゆいほどの白熱光が数回点滅して消えた。天井の裸電球が強い光を放つ。映写技師が主席警部とジェフリーのほうを向いた。「こういう内容です」

リードは落胆の色濃い顔でジェフリーを見た。「いやはや」リードはつぶやいた。「時間を無駄にしたようだな。この風変わりで意味のわからん映画にどこか事件の手がかりを見いだせるのなら、君は思った以上に頭がいいぞ」

ジェフリーはスクリーンを見つめていた。リードに話しかけられ、はっとしたように驚いてみせた。「あの――あれは何です?」ジェフリーは口ごもった。

主席警部は好奇心をあらわにしてジェフリーを見た。「ほう? もう一度観たいというのかね? それとも、もう十分かね」

ジェフリーは穏やかに答えた。「十分です」

リードは映写技師に向かって「これでいい。ありがとう」と、あっさりと礼を言った。そして大股で地下室をあとにした。そのあとをジェフリーが続いた。ふたりは黙ったまま階段を上った。廊下をいくつか通り過ぎ、もう少しで主席警部の執務室に着くところで、ジェフリーが口を開いた。

「警部。映画のクレジットに気がつきましたか?」

「クレジット?」リードが野太い声で言った。「何かね、それは?」

「映画の冒頭に流れるテロップで、映画制作の担当者をリストにしたものです」

リードは鼻を鳴らした。「そんなもの読むわけがない。時間の無駄だ」

「ところが無駄じゃなかったんです」ジェフリーが噛みしめるように言った。「クレジットを注意して観ていたなら、いささか面白いことに気づいたでしょうに」

「そうかね?」

「ええ。クレジットによると、『暗闇にご用心』の脚本を書いたキャスリーン・ノウルズという女性が、今回の映画のシナリオも担当していたのです」主席警部は廊下の角を曲がった。「なるほど――彼女が有能だということでは済まされない話なのかね？」

「僕には役立つ情報だと思います。かなり興味深い思考の流れが生まれましたからね。この映画の制作にミス・ノウルズが携わっていたなど、まったく思いもつきませんでした。しかし、彼女はどう見ても……」ジェフリーは口ごもった。そしてポケットからケースを取り出し、タバコに火をつけ、心ここにあらずといった風で煙を吐いた。ふたりは主席警部の執務室に着いた。リードがドアを押し開こうとしたそのとき、ジェフリーが足を止め、拳で手のひらを打った。

「そうか！」

リードが振り返ってジェフリーを見やった。ジェフリーは立ったまま、瞳は燃えさかり、頬は紅潮した。まるで初対面のような眼差しで、主席警部をじっと見ていた。「なんだ」リードは割れ鐘のような声で問いただした。

悪だくみをしているとも取れる、奇妙な表情がジェフリーの顔をよぎった。何か言いかけたが口を閉じ、首を横に振った。「なんでもありません」とは言うものの、彼が平静を装っていたのは声を聞けばすぐわかった。そしてリードを押しのけて前に進んだ。「中に入りましょう」

ふたりは執務室に入った。ジェフリーは窓辺に歩み寄ると、外に見えるヴィクトリア堤防に目を向けた。主席警部は不穏な様子のジェフリーに当惑しながら時折視線を投げていたが、やれやれと肩をすくめてから自分の机に向かい、いつもの椅子に身を落ち着けた。その途中、机の上、インク壺に立てかけるようにして、官庁が公式に使う縦長の封筒が置いてあるのに気づいた。リードは手に取り、糊付けした封を切って折りたたんだ書簡を取り出した。紙を広げ、タイプライターで打った文面に目を走らせる。今度は彼が出し抜けに大声を出した。

「何ということか！」驚きのあまり、ひゅうという声がかすかに漏れた。

　窓のそばにいたジェフリーが振り返った。「何を驚いているんです？」

　リードは手紙を机に置いた。「内務大臣からの公式書簡だ。ドイツの映画制作スタジオ火災事件の捜査再開を求める書状を送った人物の名前を内務省に照会していたのだ」肉づきのいい人差し指が手紙をつつく。「その回答が今届いた。誰だと思う？」

　ジェフリーは薄い羽根のような煙を吐いた。「考えなくてもわかります」彼は静かに言った。「その件はすでにわかっていますから」

　主席警部は目を剝いた。「わかっている――本当か？　ならばその名を聞かせてもらおうじゃないか」

「もちろん」ジェフリーは応じた。「ミス・キャスリーン・ノウルズです」

第四章　完璧な筋書き

この不幸な女性の心は底知れず理解しがたく、その計略は容易に見抜けるものではなかった。

サー・アーサー・コナン・ドイル『ソア橋』

1

ケンジントン郊外にあるミス・キャスリーン・ノウルズの田舎屋敷の周囲を囲む高い壁は、ジェフリーには、どこか住む人そのものを表しているように感じられた。ベントレーを停め、車から降りた彼は周囲を検分した。

壁はブロックやモルタルで作ったごく普通の用途のものではなく、作家である彼女が思い描いた、想像の世界の壁のように思えてならなかった。ひび割れ、苔が覆い、陽にさらされて黄ばみ、上部に張り巡らされた錆びた槍状のフェンスと、物語の世界に出て来る典型的な壁の様相を呈していたからだ。

このロマンチックな障壁をふたつに分断する鋳造鉄の門まで歩き、彼は雲形の文様の隙間から中をのぞき込んだ。田舎屋敷はぐるりの壁と見事な調和を図るたたずまいだ。ねじれを意匠に取り入れた瀟洒な煙突に蔦に覆われた壁、ダイヤモンド型の窓と切妻型の屋根。壁から屋敷まではきれいに刈り込まれた芝生があり、敷石は不揃いに配置され、日時計、小鳥の水浴び場、池が舞台芸術のごとく、魅力的にしつらえてあった。殺人と突然死にまつわる凶悪な夢物語を紡ぎだす探偵小説家には、不釣り合いな環境である。あの槍状フェンスに近づけば人生の辛さに思いを巡らせ、決して内側に入りたくなくなるだろう。似たような住環境を整えたオスカー・ワイルド（一八五四〜一九〇〇。『ドリアン・グレイの肖像』などで知られるアイルランド出身の作家・詩人）は『柘榴の家』など、繊細で美しい幻想小説集を編み、シェイクスピアは住環境から不思議な力を手に入れ、ソネットを採用することで、文学の世界では過去に類のない詩的な趣を与えた。そしてもうひとり、『死の設計図』、『無言劇中の殺人』をはじめとするベストセラー小説を世に送り出したキャスリーン・ノウルズの名を人気作家の頂点に据えたのも、森の中に構えた屋敷の功績である。

　ジェフリーは門を押し開くと、春咲きの草花の先陣を切って、星のような形の白い花が縁取る花壇が両側に整然と並んだ通路を進み、身をかがめて背の低い戸口をくぐった。背筋を伸ばし、見事な作りのノッカーで扉を静かに叩く。いくつもの薫りが混ざり合う、瑞々しい緑の芳香を愉しみながら、ジェフリーは応答を待った。ポプリを巨大な瓶詰めにしたような、香しい庭だ。午後の日差しの中、水飲み台のへりに止まった雀が三羽、嬉しそうに羽ばたきながら水しぶきを上げてさえずり、日時計の腕は正確な場所に影を落としている。あまりに心地よく、穏やかでうっとりするような香りに包まれ——本来の用件とはあまりにかけ離れた素晴らしさで、ジェフリーはため息をつき、ドアに向かってふたたびノッカーを叩くとドアが開き、お仕着せを着た茶色い瞳の娘が彼をのぞき込んでいた。

「何かご用ですか？」

ジェフリーは帽子に手を添えて挨拶した。「こちらの主にお目にかかりたいのですが」娘はためらうような顔を見せた。「ミス・ノウルズは今執筆にお忙しく、ご面会は――」

ジェフリーは微笑んだ。「では、これをお渡しください……」そう言ってカード一枚と細い鉛筆を取り出すと、白紙の側に短く書き付けた。彼はカードを差し出した。「これを彼女にお渡しください。ここで待っていますから」

メイドは奥へと引っ込んだ。手持ち無沙汰なジェフリーは、脱いだ手袋を弄んでいた。一分もしない間にメイドが戻ってきた。「主人がお目にかかりたいそうです。お入りください」

ジェフリーはホールに足を踏み入れた。鮮紅色の花瓶に適当に生けたネコヤナギ、一方の隅には燃え上がる炎のようなゴッホの複製画が飾ってある以外、何もなかった。メイドはジェフリーから帽子と手袋を受け取ると、ドアをそっとノックした。扉を開け、「ミスター・ブラックバーンがいらっしゃいました」と告げた。

あまり広くはない部屋だが、整理整頓が行き届いており、主の人となりがうかがえる工夫のおかげで窮屈さを感じさせなかった。華やかな柄のカーテンを取りつけた窓から差し込む日の光が黒檀のスタンドに乗った橙色の壺をほのかに照らし、壁一面に並ぶ、金、銀、紅の背表紙に、つかの間のきらめきを与えた。ジェフリーのほうを向いた机には紙の山があり、小型タイプライターが片側に押しやられていた。傍らには参考文献が数冊開いたまま置いてある。机の中央には繊細な筆跡の古風な手書き文字で半分埋め尽くされた原稿があった。ペン先にインクがついたままのペンがその上にある。

ジェフリーに面したこの机の後ろに、背もたれの高い鋼鉄製の椅子に座った女性がいた。机の前の空間が狭いので、女性が背筋を伸ばし、ほっそりとした指でジェフリーが渡したカードの裏側を返している姿しか見えなかった。ジェフリーが部屋に入ると女性は視線を上げ、メガネを外した。

「あなたがミスター・ブラックバーン?」落ち着きのある穏やかな声だ。「キャスリーン・ノウルズです。わたくしに会いたいそうね?」

「はい」ジェフリーはノウルズが手で示した椅子に座った。

ノウルズはニッカーソンが言うほどひどい人物ではないとジェフリーは感じた。彼の話から、感情的で風采の上がらない女性だという先入観を持っていたが、目の前にいるノウルズは四十代にさしかかったばかりの、華奢で悲しげな表情をたたえた女性だった。首のかすかなたるみ、色白の手の甲に浮かぶ青い静脈、疲れた目尻のあたりのしわが、実際の年齢を感じさせる。襟と袖口に白を効かせた黒のゆったりとしたワンピースを着ていたが、ジェフリーが何より目を奪われたのは、彼女の顔立ちだった。高く透き通った額の下で影を帯びた眼差し、青白く透明感のある頰、意地悪な冗談を好みそうな唇、意志の強そうな顎。冷徹で厳しく、それでいて、とても個性的で、人格と芯の強さが存分に顔に表れている。闘いに臨んで完膚なきまでに叩かれようとも、立ち上がってもう一度立ち向かっていくような、強い女性の顔だ。一方で黒い瞳は適度に茶目っ気があり、優しく度量の深い気質が口元の厳しい表情を和らげていた。

ノウルズはカードを手に持ったまま話しはじめた。

「このカードには『至急の用件あり、面会をお願いしたい』とありますが」彼女はカードを机に置くと、ジェフリーのほうを向いた。「その至急の用件とは何でしょうか?」

ジェフリーは椅子を引いた。そして静かに語りだした。「お忙しいところ、お目にかかれて光栄です。信じてください、重大な問題を抱えていなければ、無理を押して面会をお願いすることなどありませんでした」

「そうなの？」ノウルズは、細い三日月型の眉を上げた。「続けてちょうだい、ミスター・ブラックバーン」

「今日はあなたの著作についてお話がしたくて参りました」

「わたくしの著作？」

ジェフリーはうなずいた。「はい。あなたの完璧な筋書きについて」

ノウルズは少し困った顔でジェフリーをじっと見た。「ごめんなさい、おっしゃることがよくわからないわ――」

ジェフリーは身を乗り出した。「ミス・ノウルズ。僕はあなたの作品の愛読者であることを謹んで申し上げます。あなたが書く小説が人気を博するのも当然です。批評家は『駄作なき作家』と評していますが」ノウルズは片手を上げて制したが、ジェフリーは続けた。「まさに彼らの言うとおりです。華麗で矛盾点がひとつもない筋書きを作る構成力が、あなたの持ち味なのですから。実生活に成り代わってもおかしくないほど、理にかなっている。誰にでも起こりうると確信できるほどに自然だ」

ノウルズは上げていた手を下ろした。つかの間眉を寄せたが、上品な好奇心が顔いっぱいに広がった。彼女は愛想よく答えた。「ミスター・ブラックバーン、あなたのようにご立派な経歴の方からお褒めの言葉をいただき、謙遜ばかりはしてられませんわ」そして微笑んだ。「ただ、あなたの『大至急』なご用事って、わたくしの書く小説と、どんな関係がございますの？」

ジェフリーは首を横に振った。「残念ながら無関係です。今日ここに参りましたのは、僕の完璧な筋書きを聞いていただきたかったからです」

ノウルズは手を机の上に置いた。彼女はふたたび表情を硬くして話を始めた。

「お褒めの言葉を賜り光栄です。しかし小説の構想は自分の力で十分考えられます。あなたの物語はきっと大変面白いのでしょうが、わたくしが多忙を極めていることもご理解ください」彼女は机に向かうとペンを手に取った。「また折を見て……」

「違います、ミス・ノウルズ」ジェフリーは真面目くさった声で言った。「僕らには待っている猶予がありません」

ノウルズは両方の眉を上げげた。「なんとおっしゃいました、ミスター・ブラックバーン?」

ジェフリーは椅子の両肘を握り、身を乗り出した。「ミス・ノウルズ——話を聞いてくださいと申し上げているのですから、僕を信じてください。どうか五分、時間をください。僕の考えた完璧な筋書きの第一章を聞いてくださるだけでいい。やはりつまらないとおっしゃるのなら、僕は失礼します」

「でも、あなたが考えた完璧な筋書きとやらを、どうしてわたくしが聞かなければならないのでしょうか」

「第三者に知られると、あなたがとても不利な状況に追い込まれるからです」

ノウルズは小鼻を震わせ、険しい目でジェフリーをにらんだ。「ミスター・ブラックバーン——これは何かの悪い冗談かしら?」

ジェフリーは肩をすくめた。「そうかもしれません」彼は落ち着いていた。「ご感想は、話が終わってからで結構です」

ノウルズは躊躇しながらジェフリーを見ていた。そして腕時計に目をやって言った。「それではきっかり五分、時間を差し上げましょう。お話しください。聞いていますから」

ジェフリーは椅子に座り直すと腕を組んだ。日の降り注ぐ部屋でささやく彼の声は、静かだがよく通った。

「確かモーパッサンだったと思います。文学とは、読者ではなく、作家の願望を実現させる手段である――作家は実生活ではかなえられない理想を紙の上で実現できるからだ、という持論を展開したのは。ちなみに僕は数年前から、探偵小説家になりたいと考えるようになりました。僕を犯罪学に引き込んだ、内なる衝動のようなものがそうさせたのでしょう。ですから、僕が考えた完璧な筋書きが探偵小説のためのものだとわかっても、ごく普通に受け取っていただけるでしょう――僕が主人公に設定したのは女流探偵小説家です」

ノウルズは腕時計に視線を走らせた。「持ち時間は一分過ぎましたよ、ミスター・ブラックバーン」

彼女は冷ややかに言った。「要点を絞り込んでお話しになったらいかが?」

「わかりました」ジェフリーはしばらく目を閉じた。「主人公の小説家は中年の女性にしました。モデルが特定できないよう――スミスという、よくある名前にしましょう。ミス・スミスは、僕にとって自慢の主人公です。私生活はもとより、作風も勇しい女流作家です。三十代の初めに探偵小説でデビューし、作家としての進路を確立しました。第二作、第三作と続けざまに刊行し、いずれも優れた個性を発揮しました。物語の構成力に秀でた作家なのです。論理的かつ緻密で、最後のページまで読者を惑わすストーリー展開には、ケチのつけようがありません。批評家がミス・スミスの非凡な想像力を絶賛するのも当然です。新作が出るたびに旧作を上回る出来のよさ、売り上げは数十万部を突破し、出版社が先を争うようにして、彼女の名声にあやかって契約を結ぼうとするのもうなずけます。

しかしながら、尊敬する我らが人気作家、ミス・スミスは、世間が思うような幸福とは、ほど遠い境遇にあります。自分の才能を褒めそやす美辞麗句も、彼女の耳には空しく響きます。華やかなドラムロールも、シンバルの味気ない音にしか聞こえません。人がパンのみで生きられないように、ミス・スミスも本の世界の住人ではいられないのです。登場人物のため、夢のようなロマンスを編み出している張本人の彼女が、実生活では恋すらも知らないとは、何ともみじめではありませんか。結婚や自分の生活が忙しくなり、友人たちが、ひとり、またひとりと去っていきます。ミス・スミスの成功を無邪気にうらやむ友人たちは、まさか彼女が、できることならほんの一瞬でも立場を変わって欲しいと願っているとは夢にも思っていません。ミス・スミスは魅力的で教養のある女性ですので、もちろん男性の友人は複数います。しかし彼らはあくまで友人であり、夕食やダンスをともにしても、我らが作家先生はひとりになれば仕事へと戻り、ペンとインクで描くヒーローやヒロインを世に送り出しては、彼女の優秀な頭脳の中でのみ起こる、輝かしい冒険へと彼らを誘(いざな)います。モーパッサンの願望が究極の姿で実現したわけですね。とまあ、人気小説を二十冊も書いたミス・スミスは、女性としては危機的な年齢にあたる四十歳を迎えるまで孤独だったのです」

　ここでジェフリーは話すのをやめ、机の向こうに視線を送った。ノウルズは表情を硬くし、目を象牙に焼きつけたふたつの穴のようにして、自分の前にいる相手に向けていた。この部屋にジェフリーがいることを忘れているようだった。

　ジェフリーは聖職者が赦しを与えるように厳粛な声で、よどみなく話を続けた。

「それから三年ほど経ったある日のこと、我らがヒロインの人生に画期的な出来事が起こりました。ドイツのとある映画会社がロンドンにやって来ます。短編の教育映画を撮るためです。彼らはミス・

スミスと接触し、自社作品のシナリオを書いて欲しいと依頼します。この会社と仕事をしていて出会った男性が、のちに彼女と親密な関係になります。彼はドイツ人の化学者で――僕はハンス・トレンカーと名づけました――映画制作チームの技術顧問として起用された人物です。トレンカーはミス・スミスより十歳は年上でしたが、ふたりの輝かしい友情が深く真摯な愛情へと変わっていくのに、年の差など関係ありませんでした。悲しいかな、トレンカーはふたりの年齢差がこの友情に悪影響を及ぼすのではないかと案じています。トレンカーは少量の砒素を自らに投与して活力を維持しようとするのですが、愛する人には当然秘密にしています。さて、この制作チームには、トレンカーの助手として若い女性が雇われています。彼女をミス・ブラウンと呼ぶことにしましょう。ミス・ブラウンはトレンカーよりも随分若く、ただ、かなり疑わしいところのある人物のようです。映画が撮影に入って間もないある日のこと、貴重な薬品がなくなっていることがわかりました。トレンカーはブラウンを疑い、その後口論となりますが、ドイツ人化学者と助手との間に険悪な空気が流れるのは言うまでもありません。翌朝、自宅で新聞を手に取ったミス・スミスは何とも恐ろしい記事を読みます。映画の制作スタジオで火災が発生し、逃げ遅れたハンス・トレンカーが焼け死ぬのです！」

ジェフリーが「焼け死ぬ」と言ったとたん、紙がカサカサいう音が聞こえた。

ノウルズが突然、血管の浮いた手を原稿の上で握りしめたのを、ジェフリーは見逃さなかった。彼女は石像のようにじっと椅子に座っていたが、黒い目に浮かんだ苦悩の色はジェフリーの心を強くとらえた。彼は顔をそらして窓の外を眺めると、のどかな庭園に差す影が長く伸びていた。

「あまりの衝撃の大きさに、我らがミス・スミスは落胆し、打ちひしがれて心が完全に乱れてしまいます。あの無残な朝の出来事については、ここではあまり触れないほうがいいでしょう。ミス・スミスは落ち着きを取り戻すと、焼け跡となったスタジオに行き、愛する人の遺体と対面します。さて、ミス・スミスがなかなかの切れ者であることはすでにご存じのとおりです。ですから許可を得て悲劇の現場に足を踏み入れた彼女は、疑問に感じるいくつかの奇妙な事実を見つけます。この件については、今ここで詳しくは述べません。疑問点を指摘し、スタジオ火災の審理再開を求める書簡を内務省に送ったというだけで十分です。このような要望はもみ消されるのが普通ですが、文末にミス・スミスの署名がある書状には打ち消しがたい効力があります。捜査が再開され、驚くべき事実が明らかになります。スタジオ火災が何者かのしわざであることが判明しただけではなく、トレンカーの遺体を検証した結果、砒素の痕跡が認められ、この不幸な男性は助手のミス・ブラウンに毒を盛られたに違いないとされました。助手は逮捕されます。裁判が始まります。ブラウンの死刑が確定しそうです。そこでトレンカーが砒素を常用していた事実を弁護団が暴いたことから、ブラウンの殺人罪は無効であるとの陪審員の決定を導き出し、放火罪という短期間の懲役刑が科せられるのです。残念ながら、裁判ではトレンカーが妻子ある身であることなども明らかになります。裁判官が判決を読み上げると、法廷にいるミス・スミスはひどく取り乱します。あの女は人殺しだ、絞首刑こそふさわしいとわめくのですが、あまりの剣幕で、彼女は法廷から追い出されます。ブラウンは投獄されます。人の噂も七十五日、事件の記憶は次第に薄れ、世間の人々から忘れ去られていきます。ひとりの有名人をのぞいて。ブラウンが卑劣極まりない手段を講じて自分の恋人を殺したと思い込んでいるミス・スミスは、あの女に報復するまで心の平安は得られないと誓うのです。それでは、僕が考える完璧な筋書きの第一部をお開きにいたしましょう」

2

一匹の向こう見ずな蜂が開いた窓から入り込み、部屋の中を二周してから、やっとの思いで庭へと出ていった。日の光は金色の壺から逸れ、銀や紅の本の背表紙を照らす。この時間になると、一条の光がキャスリーン・ノウルズの白髪交じりの頭部に差し込み、自慢の銀髪に柔らかな光の雲を作り出している。ジェフリーが先に沈黙を破った。

「もう五分、お時間をいただけますか?」礼儀をわきまえた口調で頼んだ。ノウルズは彼のほうを見ようともしなかった。曲がりくねった小径を見下ろすかのように遠くを見据え、石膏のマスクと見まごうほど表情を失った顔に影が差していた。無理して言葉を発しようとしているのか、何かが喉を通ったように動いてから、ノウルズは話しはじめた。

「そうね。わたくしも聞いてみたいわ――あなたのお話の結末を」

ジェフリーは小さく咳払いした。「よろしいですか、ミス・ノウルズ、これは、僕とあなたとの対話です」彼は静かに言った。「これからはストーリーの後半ですが、僕としては、どうしようか悩んでいるところがいくつかありますので、どうぞお力を貸していただきたい。僕がここにお邪魔したのは、そのためですから。あなたなら、きっといいお知恵を授けてくれるだろうと」

ノウルズは首をかしげた。

「裁判から十八か月が過ぎました」ジェフリーは話の続きを始めた。

「愛する人が妻と家族を裏切っていたことに心を痛め、彼の死に関する下世話な報道にうんざりしながらも、我らがミス・スミスは執筆活動に追われる日々に復帰します。強い悲しみが彼女を駆り立て、この時期に名作を世に送り出します。心の傷は少しずつ癒えても――ミス・スミスの苦難はまだ終わったわけではありません。十八か月間の刑務所暮らしの締めくくりとして、怒りと復讐に燃えるブラウンが彼女の前にやって来たのです。ブラウンは手紙を持って現れました。トレンカーとの情事で有頂天だったミス・スミスが書いた、愚かで感情が先走った手紙を持って。手紙を読み込んだブラウンは、スタジオの火災事件の再審理を求め、自分の刑期を延ばした張本人がミス・スミスではないかと考えたのです。そこであることを持ちかけました。脅迫です。ミス・スミスが脅迫に応じて金を支払わなければ、手紙を新聞社に売り渡すと。ミス・スミスは当然金でけりをつけます。恥ずべき行為を除いたすべてが蒸し返され、かくもあさましい光のもとにさらされたのです。また、金の受け渡しが始まると、ミス・スミスは途方に暮れました。ブラウンは要求のたびに金額をつり上げ、警察がブラウンをみすみすヨーロッパ大陸に高飛びさせる六か月後まで脅迫が続きました。数か月が経ち、ブラウンからの連絡が途絶え、ミス・スミスはふたたび自由を満喫するようになります。その頃、ＢＢＣからラジオドラマの脚本執筆の依頼が、彼女のもとに舞い込みます。ラジオにまつわる探偵小説の構想を練っていたこともあり、ラジオ界の知識を深めるいい機会だと、彼女は引き受けることにしました。脚本を書くだけではなく、ある役柄を演じたいとの意向も示します。希望は通りましたが、ミス・スミスは適任ではないという理由で、比較的無名の女優が起用されました。その女優を、ミス・ジョーンズと名づけましょう。数日後、ミス・スミスのもとを訪れたジョーンズは、自分はブラウンだと明かし、ふたたび金を要求します。今回は千ポンドと引き替えに手紙を渡すと言い出したのです。ミス・スミスはベイズウォーターにあるブラウンのフラットに金を持って訪ね、部屋の中で彼女の帰宅を待ちます。ミス・スミスは金の支払いに応じたので、ブラウンはフラットの鍵を彼女に預けて外出します」

ここでまたジェフリーはひと息ついた。キャスリーン・ノウルズは例の背もたれが高い椅子に座ったまま、悲しげな目を机に向けていた。胸元に置いた両手は呼吸のたびに上下した。ジェフリーが話を再開すると、声の調子は穏やかになっていた。

「さて、我らがミス・スミスは金を払うつもりなど、毛頭ありません。千ポンドなど用意できるわけがないからです。ブラウンが約束どおりに手紙を返すという保証もありません。そのとき、彼女に邪悪な考えが浮かびます。ブラウンが死ねば、こんなことで頭を悩まさずに済むのに――と」ジェフリーは一旦話をやめ、首を左右に振った。「こんな考えに及ぶとは、ミス・スミスは常軌を逸していたのでしょう。彼女の頭は殺意でいっぱいになりました。トレンカー殺しの犯人に違いない女への復讐がはたせ、しかも自分を危うくする化け物が始末できる。ここでミス・スミスの腹が決まります。ブラウンを殺そうと決意するのです。その機会が格好のタイミングでやって来ます。スクラップブックに目を通していた彼女は、パリで二十年前に起こった事件の切り抜きを見つけました。とある芸術家が鍵穴に耳を押し当てて聞いている愛人の耳を、鍵穴の向こうからハットピンで刺して殺害したのです。この方法では体に傷は残らず、どう見ても心臓麻痺としか思えない症状で亡くなるため、完全犯罪と断定されます。一滴の血も流さず、痕跡も残さない。これぞ、我らがヒロイン――まだこう呼んでいいのか語弊がありますが――が探し求めていた殺害方法です。ブラウンを殺すのにぴったりな手段です。しかし、どのタイミングで決行するべきか？　そのときミス・スミスは、身近なところに格好の機会があることを思い出します。ラジオ放送が予定されているドラマでは、ある主人公が鍵穴に耳を当てるシーンがあります。この役は当初、ミス・スミスが演じるはずでしたが……この役に起用されたのがブラウンなのです！　さらに言うなら、せりふを書いた本人であり、リハーサルも行ったミス・スミスは、この役柄のせりふから演技の間合いまで完璧に頭に入っています。この人物がその場でドアに耳を当てる直前、スタジオが暗転する演出だったのを忘れてはいませんでした。ミス・スミスはスタジオで行われる開局記念式典に出席し、誰よりもよく知るせりふの進行を見守りながら、暗転の前のシーンになったらドラマ制作スタジオに潜り込み、リハーサルで知り得た、ブラウンがドアの鍵穴に耳を当てるシーンを待ち――そして、ハットピンを鍵穴に差し込む。やるべきことはこれだけです。終わったらスタジオの裏口から外に出て、車に乗って立ち去ります。それほど難しいことではありません。我らがミス・スミスは、スタジオの配置がしっかり頭に入っていたこともお忘れなく。制作スタッフとの打ち合わせで何度となくスタジオに出入りし、中の様子を把握していたのですから。彼女は実に細かいところまで気を配ってストーリーを考え、この点は小説でも高く評価されています。配役の交代をくやしがるふりをして、ドラマのクレジットから自分の名前を削除し、スミスという名が一切言及されないよう求めます。こうしておけば殺人が起こっても、スミスという作家はラジオドラマと何の関係もなかったと論破できるのです。スタジオ開局式典の招待状を受け取っても、許しがたい無礼だといたずらに騒ぎたてれば、ミス・スミスを式典に連れてくるのはまず無理だろうと、世間は納得します。それでも招待状を大事に取っておいたのは、それがブラウン殺害計画の招待状だからです」

夕闇が書斎を包み込もうとしていた。部屋の四隅から忍び寄る薄暗がりの中で、ノウルズの顔はひときわ白く輝いていた。彼女はひとことも発さない。ジェフリーは咳払いをして喉を潤すと、話の先を急いだ。

「こうしてドラマが放送される夜がやってきます。ミス・スミスはベイズウォーターのフラットの鍵をバッグに忍ばせ、スタジオの開局式典に参加し、人目につかぬよう群衆にまぎれ、自作のドラマのオープニングシーンに耳を傾けます。ご承知でしょうが、ミス・スミスはせりふがすべて頭に入っており、ブラウンが演じる役もリハーサル済みです。ドラマを聞いているうちに、ブラウンがある単語を言い換えているのを不審に思います。気にはなっても、それ以上深追いしなかったのは、彼女は別のことで頭がいっぱいだったからです。かくしてミス・スミスは殺人計画を遂行し、裏のドアからスタジオを出ます。自分に不利になる手紙を手に入れて破棄するため、彼女はそこからベイズウォーターのフラットに急行します。家主がブラウンの訃報を告げに来た警官に応対しているすきを見計らい、鍵を使ってフラットに入り込むと、ミス・スミスは目当ての手紙を探しはじめます。探しものを続けていると怒りがこみ上げ、部屋中をめちゃくちゃに荒らしまくります。ついに探していた手紙とともに、他の書類も見つけ出します。書類一式をバッグにしまいます。彼女はもうひとつ偽装工作を行います。ブラウンが殺されたと判明し、部屋が荒らされたことが彼らの知るところとなれば、厄介な痕跡を残したことになってしまいます。そこで殺害に使ったハットピンから飾りを取り去り、絨毯の下に隠します。スタジオの効果音用のテーブルにあったハットピンと見分けがつかないことも、飾りがなければ凶器として特定できないことも重々承知の上で。ミス・スミスは自分の屋敷に戻り、書類を読み直します。都合の悪い手紙を破棄し、それ以外の書類を熟読した彼女は、素晴らしい筋書きを思いつきます。手短に言うと、麻薬組織の一員であるブラウンは、ラジオ放送を使って暗号文を裏組織のボスに送ろうとしていた――というストーリーです。ブラウンの相棒が組織を裏切っていたか否かを伝える暗号文です。せりふを書いた当の本人であるミス・スミスは、ドラマの冒頭で耳にしたときにはわからなかったけれども、ブラウンがせりふを妙な形に言い換えていた理由をようやく理解しました。ブラウンは死ぬ前に、自分の相棒が組織を裏切ったことをラジオの放送で伝えていたのです！ミス・スミスは、手に入れた文書が、かの相棒の裏切りを決定的にする動かぬ証拠であると気づきます。何らかの理由でブラウンが殺されたのではないかとの疑いがかかっても、この書類を匿名で警察に送りさえすれば、彼女の相棒が殺人罪で逮捕されるでしょう。かくして、彼女の筋書きどおりにことが進もうとしています。ブラウンは殺されたと立証されます。このニュースが新聞に載るや、スコットランドヤードに書類が届きます」

興奮のあまり声が甲高くなったため、ジェフリーは少し間を置いた。薄暗がりの中、部屋の片隅にいる青白い顔の人影が言った。「では、あなたのミス・スミスは、自分が犯した罪を無実の男性に着せるほど、血も涙もない女なのかしら？」

「違います！」ジェフリーは立ち上がった。「推理の天才と言っても過言ではない才覚の持ち主、ミス・スミスが本領を発揮するのはここからです。彼女が警察に送った、裏切り者の正体を記した書類について一度も触れていないことを、今一度確認しておきます。その男が誰なのかを突き止めるのはスコットランドヤードの仕事です。しかもこうすれば、裏切り者の命を狙う裏組織の動きは封じられます。ミス・スミスは、ブラウンが相棒の不実を伝える暗号を生放送で語ったのを知っていることもお忘れなく。裏切りが発覚すれば、裏組織がすぐさま動きだし、ブラウン殺害の罪で逮捕される前に相棒は殺されるだろうと彼女は考えます。そうなれば、彼女にとってとても都合のいいことがふたつあります。まず、罪もない男の血で自らの手を汚さずに済む。次に、相棒の口を封じれば、彼がブラウン殺害の無実を証すことはできなくなる。これが」ジェフリーは落ち着いて話のまとめに入った。「僕の思い描いた、完全犯罪の筋書きです。要点のみをまとめたので、展開には矛盾はありません。ミス・スミスはブラウンを殺し、ブラウンの相棒を隠れ蓑に使えるという状況を見つけます。相棒は裏切り者として裏組織に撃たれ、自分の無実は晴らせません。警察は、ブラウン殺人事件はこれで終結したとみなします。相棒の殺害は別件と合わせて英国国外で捜査されるため、英国での捜査はこれで終わりです。ですからミス・スミスは依然として疑惑の渦中に巻き込まれずにいます。でも、そうしていられるのも、クレジット・タイトルに彼女の名前が載っている映画に疑いがかかるまでのこと。疑惑の糸をたぐるうちに、かの驚くべき事件がミス・スミスの無実を脅かす要素を次々と暴いていくのです」ジェフリーはひと呼吸ついた。「さて、ミス・ノウルズ、忌憚のないご意見をお聞きしたい。僕の完全犯罪をどう思います？」

部屋の中でひときわ黒く、ぼんやりとした影が小刻みに揺れた。呼吸と聞き分けられないほど、かすかなため息が感じられた。机の上に置いた書類の間でうごめく何かが見えた。そして声が聞こえた。けだるく柔らかな声が静かに聞こえた。

「照明をつけてくださる、ミスター・ブラックバーン？　スイッチはドアのすぐそばにあります」

ジェフリーは後ずさり、片手をスイッチに伸ばしながらも、目は机の向こう側にいる人物をじっと見据えたままだった。指が触れた金属を押すと、部屋が光に包まれた。キャスリーン・ノウルズがゆっくりと顔を上げた。ほっそりとした頰は上気してほんのりと赤みが差し、口元はかすかに好奇心をのぞかせていた。はっきりと時間を掛けて話すので、一語一語が磨き上げた宝石のように聞こえた。

「あなたの完全犯罪について、わたくしの感想が聞きたいですって、ミスター・ブラックバーン？

素晴らしいわ――筋書きとしてはね」唇につかの間花開いた冷ややかな笑みは、日光を受けた氷の一瞬のきらめきを思わせた。その笑みもすぐに消えた。「さて、今度はあなたの想像力を褒めてさしあげる番ね。いかにもわたくしが考えそうなお話だわ」

ジェフリーはうろたえずに答えた。「ええ。あなたの明晰な頭脳なら難なく考えられそうですね」

ノウルズの白い手が喉元に伸び、首筋を彩る古風な金のペンダントを弄んだ。「残念です」彼女は穏やかに言った。「あなたのお話には矛盾が三つあります」

「本当ですか?」

キャスリーン・ノウルズは、今まで以上に唇を固く引き結んだ。「ええ、ミスター・ブラックバーン――矛盾点が三つあります。第一に、ミス・スミスは、ミス・ジョーンズとミス・ブラウンが同一人物であることを新聞の報道で初めて知ったと断言できます。第二に、ミス・スミスは、あなたがお考えになったような、自分の名誉を傷つける手紙は書いていません」

ジェフリーはそっとため息をついた。「では、第三の矛盾点とは?」

「これが一番の決め手です」キャスリーン・ノウルズは厳かに言った。「あなたが考えたミス・スミスは、ミス・ブラウン殺害の夜の行動を裏付ける、完璧にして動かしがたいアリバイを提示できるでしょう」

「いいですか、ミス・ノウルズ」ジェフリーはあらたまった口調で言った。「これだけ揃った証拠をすべて覆すほどのアリバイということですよ?」

「これ以上のアリバイはありませんわ!」キャスリーン・ノウルズは高らかに澄み切った声で宣言した。彼女の手が、不自然なほど背もたれの高い椅子へと伸びる。モーターが不意にうなりを上げ、椅子はなめらかな動きで机から離れた。ノウルズは座ったまま、部屋の中央へと移動した。

「ご覧なさい、ミスター・ブラックバーン」彼女は勝ち誇ったように言った。「これが、あなたの完璧な筋書きに対する、ミス・スミスの動かしがたいアリバイよ！」

ジェフリーはようやく、自分が部屋に入ってからノウルズが一度も席を立たなかった理由に思い至った。彼女が座っていたのは電動式車椅子で、腫れ上がった片足に真っ白な包帯を巻き、曲げ伸ばしが不自由な脚を支える器具をつけていた。

「あなたの完全犯罪の重大な矛盾点は」キャスリーン・ノウルズは優しい声になった。「スタジオで殺人があった日の朝、ミス・スミスが屋敷の石段で足を滑らせ、骨折してしまったことなの。わたくしがあの日の朝から屋敷を一歩も出ていないのはメイドふたりが証言しますし、車椅子なしでは一歩も歩けないと、専門医が断言してくれるはずです！」

3

黄昏のロンドンをベントレーのハンドルを切ってヴィクトリア方面へと向かいながら、ジェフリーは、キャスリーン・ノウルズへの疑念を主席警部には伝えないでおこうと咄嗟に判断した自分を褒めてやりたいと思っていた。リードからこれ以上譴責(けんせき)されなくても、自分の非は十分認め、反省している。ノウルズに会いに行った時点では、落ち込みはさほどひどくなかった。普段の倍、自分の頭の悪さを一方的に責め立てたが、普段の倍は慎重になって、堅実で危なげのない事件を考えたのも確かだ——そして、どう見ても明らかに失態を演じたという屈辱も、普段の倍は感じていた。

「もう駄目だ、年には勝てない」ジェフリーはうめくように言った。「知性が衰えたんだ。無知ゆえの大失態は今までにも確かにあったが、これほどたちの悪いのは初めてだ。今回の事件は僕にとって『語られなかったワーテルローの戦い』になるのだろうか――ジェフリー・ブラックバーン、失意と屈辱をもって撤退し、今後引き合いに出されるたびに誇りを傷つけられ、恥じ入ってすごすごと逃げるような事件になってしまうのだろうか」彼は腹立ちまぎれにアクセルを踏んだ。「ちくしょう！なぜ僕はグレイマスター大学に残ってニュートンの法則の公開講座を開き、勉強熱心な学者であり続ける道を選ばなかったんだ！」

こうして気分が一向に晴れないまま、ジェフリーはフラットに戻った。主席警部は椅子をテーブルに引き寄せ、声をひそめて来客と話をしていた。来客は年配の男性で、髪は白く、古くさい仕立てのフロックコートを着込み、裾は細身のズボン丈に達し、黒いブーツを覆うようにして垂れ下がっている。毛細血管が浮き立つ顔の中でもきらめく瞳が際立ち、タバコのヤニで染まった口髭が貧弱な顎のあたりまで伸びている。

「おお、帰ったか」ジェフリーが入ってくるとリードが野太い声で言った。「どこに行ってたんだ？」不思議なほど怒りを抑えた様子だった。

「あちこち回ってきました」ジェフリーは明言を避けた。そして、手袋を脱ぎながら部屋の中を見渡した。普段とは違う雰囲気が感じられた。リードはどこか緊張しており、来客は陰気な空気をまとっている。ジェフリーはテーブルの上に並んだ品々に視線を向けた。携帯型の財布、ペンナイフ、小銭、パイプとタバコ入れの他、細々したものが並んでいる。リードが口を開いた。

「ジェフ。こちらはドクター・ヘンリー・ニューボルト、ミス・ボイコット＝スミスの主治医だ」

ジェフリーは会釈し、手を伸ばして握手を求めた。「ミス・ボイコット＝スミスの容体はいかがです？」形ばかりの自己紹介を終えると、彼は尋ねた。

ニューボルトは戸惑いの表情を見せた。「ありがたいことに、少し持ち直したようです。もちろん何も耳に入れていません。真相を話すにはまだ体調が万全ではなく、悪い知らせを聞かせるのは、彼女のさらなる回復を待ってからにしようと考えています」

ジェフリーは眉をひそめた。「悪い知らせとは？」

主席警部は落ち着かない様子でテーブルを指で叩いている。「昼間、ずっと君を探していたんだ」彼は静かな声で言った。「殺人事件がまた起こったんだ」

「また？」ジェフリーの声が裏返った。「誰です？」

リードは口を引き結んだまま話しだした。「アンドリュー・ニューランドだ。今日の午後三時頃、水上警察が東インド・ドックで遺体を収容した」

冷ややかな指がジェフリーの背筋を駆け上り、身の毛がよだった。彼は子どもが魔法使いを見るような目でリードを見やった。「アンドリュー・ニューランドが。警部――本当ですか？」

「間違いない」リードは重々しくうなずいた。「私がこの目で確かめた。ロイストン・タワーズからニューボルト先生に来ていただき、再確認をお願いした。ニューランドで間違いなかった」

「だけど、なぜ……？」ジェフリーはふらふらと椅子まで歩み寄り、腰を下ろした。

「彼は鉄の棒のようなもので頭を殴られた。頭部にそのような傷があった。コンロイが検視した結果、川に沈められてから三十六時間ほど経過していたようだ。ニューランドが宿泊していたホテルに問い合わせた。金曜の朝にチェックアウトして、ロイストン・タワーズに向かったそうだ。金曜日の朝、何時頃彼から電話があった、ジェフリー？」

「十時頃でした。そのあと何かが起こったに違いありません」

全員がしばらく押し黙り、ドクター・ニューボルトのあえぐような呼吸が聞こえた。ジェフリーは磨き上げたテーブルトップの模様を人差し指でなぞった。「だけど、なぜニューランドが？」陰鬱な声で彼は尋ねた。

主席警部は肩をすくめた。「神様しかご存じなかろう。あの青年は何かに足を取られたに違いない。何につまずいたか特定は難しいだろうが」リードは一旦黙ると、テーブルに並んだ品々に目をやった。そして話題を変えた。「ここに置いたのは、ニューランドのポケットにあったものだ」

ジェフリーはうなずくと、ドクター・ニューボルトのほうを向いた。「よろしかったら質問にお答えいただけますか？　ニューランドは誰かに恨みを持たれていましたか？」

ニューボルトは垂れ下がった髭を引っ張った。「知らせを聞いて心から驚きました」彼はきらめく瞳をジェフリーに向けて答えた。「ニューランドのような好青年は他にはおりません。物事をわきまえた青年だったのは確かです。ラジオドラマの見学を断念し、危篤状態のおば上に付き添っていた様子は、今も目に浮かびます。病身の身内に四時間も付き添う若者など、滅多にいるものではありませんから」

「あなたはロイストン・タワーズにいらしたのですか？」リードが尋ねた。

ニューボルトはうなずいた。「ドラマの放送中は、私が彼に代わって看ていました。私は十時半になる数分前に入りました。ミス・ボイコット＝スミスの部屋を見ると、アンドリューはベッドのそばに座り、両手で顔を覆っていました。おば上は眠っていました。甥御さんはかなり疲れていたようです、可哀想に。もう少しでドラマが始まると伝えると、彼は自分の腕時計を見てうなずきました。疲れ切って話もできない様子でした。そして、ラジオが置いてある居間へと向かったのです」

「なるほど、悲喜こもごもといったところですな」主席警部はつぶやいた。「だが私は、彼がなぜ殺されたのか知りたい」

ジェフリーは手を伸ばし、遺体のポケットにあった品物を自分のほうに引き寄せた。「犯行を暗示させるようなものはありませんよね?」

「私がすでに確認している」リードがぶっきらぼうに言った。「君も自分の目で見ておきなさい」

ニューボルトは立ち上がると、ポケットから旧式の銀時計を取り出した。「あと二十分で列車の時間です。これ以上用事がなければ失礼しても……」最後まで言い終える前に、ドクターは黒の山高帽に手を伸ばしていた。

リードはうなずいた。「ありがとうございます、先生。遠路はるばるお越しいただき、感謝しております」

夢中になって遺留品に見入っていたジェフリーは椅子から立ち、どこかうわの空でニューボルトと握手をすると、ふたたび座った。主席警部は出入り口まで客人を送っていった。リードが戻ると、ジェフリーは遺留品をぞんざいに扱っていた。ひとつ取ってはまたひとつ放り投げていたが、ウィンチェスター・ホテル気付、アンドリュー・ニューランド宛ての空の封筒を手にしたところで動きが止まった。封筒は川の水に浸り、インクが流れて紙全体に紫色の縞模様を描いていた。裏側には鉛筆で、こう書いてあった。

二十二時、バターシーのフェーン・プレイスへ。

殴り書きで、面会の時間を忘れないよう書き留めたようだ。ジェフリーは封筒を置くと、何やら考えながらトントンと指でテーブルを叩いた。そして、ポケットからメモ帳を取り出し、余白に住所を書き写した。

リードはその様子をずっと見ていた。「何かわかったのか?」

「警部が口を挟む余地はほとんどありませんね」そう言うと、ジェフリーはじれったそうに遺留品を隅に押しのけた。「犯罪と関係ありそうなものはすべて遺体から抜き去ってから、川に投げ捨てたのだと思います。こういうことをする輩がポケットに名刺を入れたままにするわけがありません」

主席警部はふたたび腹の底から声を出すと、サイドボードに移動して自分の飲み物を作りはじめた。グラスを持って振り返ると、ジェフリーが声を掛けた。「僕にも一杯作ってください、警部。今日は飲まずにはいられません!」

だが、ジェフリーはせっかくの酒にはありつけなかった。リードが大きな背中を向けてサイドボードに向かうと、誰かが駆けてくる物音がした。大きな音を立ててドアが開き、デニス・コノリーが暴れ牛の勢いで飛び込んできた。山高帽の下に見える顔は、低い空に輝く満月のように赤く染まっていた。

「警部、警部――」気が急いているのか、言葉がつかえ、体は前につんのめる。「警部――ルシンスカを捕まえました! ドーバーから船で高飛びを図ろうとしてたところを、地元警察が身柄を拘束しました！」

リードが急に振り返ったので、手にしていたウイスキーが大きな弧を描いて絨毯に飛び散った。

「でかした！」リードは大声で言い、大股で二歩前進した。「それで――彼女はどこに？」

「護送中です」大柄なコノリー刑事は慌てていて舌がよく回らない。「地元の連中がロンドンまで連れてきます――じき到着するはずです！」

ジェフリーは椅子から立つとリードのいるサイドボードまで行き、彼の手からウイスキーを取った。そしてコノリーに差し出し、「ほら、デニス、これを飲め」と、重々しく言った。「我より汝が必要とす（十六世紀の詩人フィリップ・シドニー作『アーケイディア』より）」


オルガ・ルシンスカはけだるい調子で語った。「あの男を殺してなんかいないわ。用事があってホテルに会いに行ったの。何があったか教えてあげる、だってこの目で見たんですもの！ きっと信じちゃ貰えないでしょうけど。でも、あたしが殺してないって言う言葉にうそはありませんから！」ルシンスカは三人の目の前で乱暴に椅子に腰かけた。主席警部は彼女の前に立ちはだかり、足を大きく広げ、腕組みをした。詰問するときの得意のポーズだ。ジェフリーはテーブルに寄りかかり、手にしたタバコは指の間で燃え尽きようとしていた。デニス・コノリーは窓辺にもたれていた。

彼らの前にいるルシンスカは別人のようだった。怖き（おのの）にも似た恐怖のせいで顔全体の肌が張り詰めているからか、切れ長の目は細く険があり、高い頬骨がより高く見えるばかりか、口のあたりにしわがうっすらと寄っているのが痛ましい。黒髪はつやを失い、弱々しく活気を失っていた。リードが用意したウイスキーに口をつけたとき、グラスのへりに彼女の歯が当たったった。

主席警部は厳然と言った。「あくまでも殺しはしていないとしらを切るのなら、なぜそんなに慌てて出国しようとしたのかね？」

オルガ・ルシンスカの唇が歪んだ。「スティーニー・ロッダが自殺を図った現場に居合わせたと言ったら、警部さんはあたしを信じてくれます？」

「なんだと？」ジェフリーが居住まいを正した。そして甲高い声で「今、何て言いました？」と尋ねた。

ルシンスカは視線を上げ、ジェフリーを見据えた。「スティーニー・ロッダが、あの銃で自分を撃ったのを見たんです」しっかりした口調でそう言った。

リードが白い歯をむき出した。「ほう？　我々の歓心を買おうという、戯言に過ぎないんじゃないのかね？」

だがジェフリーはリードの傍らに歩み寄り、「ミス・ルシンスカ――最初から話していただけますか」と、穏やかに切り出した。「ロッダとはどうやって知り合ったのでしょう」

ルシンスカは後ろを向き、飲みかけのグラスをテーブルに置いた。片膝の上で両手を組み、ジェフリーをじっと見据えたまま話しはじめた。

「ロッダと初めて会ったのは二年ほど前のことです。調香師として紹介されたんです。オーダーメイドで香水を作ってもらい、月に一度、彼から受け取る契約でした」

「当時あたし、映画に出ていたんです。その日が終わると、アパートで倒れそうになるほど忙しい日々が続いてました。ロッダはとても親切で、タバコを一本くれました。ちょっと変わったタバコで――少し短くて、茶色い紙巻きタバコでした。ロッダが火をつけてくれたタバコの煙を吸い込むと、甘ったるくて気持ちの悪い味がして、頭がくるくる回るような気分になりました。捨ててしまいたかったけど、後味の悪さはしばらくしたら消えるとロッダが言うので、最後まで吸いました。彼の言うとおりでした。数分経ったら、びっくりするほど気分がよくなったんです。ロッダは小さな包みをくれて、持って帰って、気分が落ち込んだらいつでも吸うといいよ――と勧めてくれました。あたしは言われたとおりにしました」

ジェフリーはうなずいた。「普通のタバコとは違うっておっしゃいましたよね？」

「そうよ。ブエノスアイレスから特別に輸入したタバコなの。疲れたり気分がいらついたら吸ってました。そうするうちに手放せなくなったんです。次回の香水を求めにロッダを訪ねると、あいつは包みをふたつくれました。その次は三つ。そんな感じで六か月ほど過ぎると、恐ろしい症状に悩まされました。うんざりするような気分の落ち込みがどんどんひどくなり――もっと厄介なことに、タバコでは気分が晴れなくなったんです。ロッダにそのことを相談したときでした。どうしてこうなったか訊くと、あのタバコにはアヘンが入っていたって――あの量ではもう効かなくなるだろうから、もっとアヘンを増やさなければならないって。その頃あたしの精神状態はかなりひどくて、量を増やしてってせがんだわ――毎日を暗く沈ませる憂鬱から救い出してくれるなら、どんな手段だって構わなかった」

「彼は応じたのか？」リードが歯を食いしばったまま尋ねた。

ルシンスカは不承不承うなずいた。「ええ。白い粉が詰まったカットグラスの香水瓶をあたしに見せました。栓を取り、小さなゴムのチューブを取りつけました。万年筆にインクを充塡する、スポイトみたいな奴よ。小さなチューブに白い粉を入れ、鼻で吸引するやり方を実際に見せてくれました。

魔法を使ったのかと思うほど、うそみたいに気分が晴れたわ。五十ポンドでその瓶を手に入れた。その白い粉がなくてはいられなくなってから、ようやくわかったの。あれはコカインだった――それからです、あたしが薬物から手が切れなくなったのは！」

ルシンスカは一旦黙ると、手の甲で口をぬぐった。そしてグラスに手を伸ばし、ウイスキーをひと口飲んだ。

「その後しばらく、ロッダは薬物を調達してくれていました。二か月前だったかしら、あいつ、売り渋りを始めたの。何でも外からの圧力で薬の取引に危険を伴うようになって、あたしに売る分を減らさなきゃいけないって言うのよ。でもその頃になると、あたし、薬なしではいられなくて、あとさき考えられなくなっていたわけ。だから、薬がなきゃ困るって頼んで、しばらくは売ってもらっていました。ＢＢＣのドラマ本番の数日前、コカインがまた底をつきそうになりました。ロッダに電話して、すぐに手に入れてちょうだいって頼んだんです。でも、あいつは朝まで待てって言いました。次の日も――その次の日も同じことの繰り返し！　本番当日の朝、あたしは爆発寸前だった。あいつのアパートに行き、何とかして、この辛さから助けてちょうだいって頼んだら、今は手持ちがないから、今夜の開局式典でスタジオに行くとき持っていくって言ったの。それで手を打つしかないじゃない。一日中あんな思いをするなんて、大事な白い粉を取り上げられたヤク中にしかわかるものですか。でもロッダは約束を守った。その晩の式典に来て、コカインを一袋持ってきた。支払いについては翌朝連絡すると言って」

「では、開局の日に奴がいたのはそういう事情だったというわけかね？」主席警部が大声で尋ねた。

「てっきり、もっと胡散臭い用事で来たのかと思っていたよ」

ジェフリーはルシンスカの様子をじっと観察していた。「彼とは翌朝会ったんですか？」

「そうよ。随分とふっかけてきたから、フラットに置いていた現金では足りなかったのよ。銀行からお金を下ろさなきゃいけなくて、スレッドニードル街（ロンドンの金融機関が集まる通り）まで車で連れて行ってくれって頼みました。そうしたら、構わないけど、その前にベイズウォーターに寄りたいと言ったんです。ある家の前で車を停め、ロッダは中に入ったのだけど、ひどい顔をして戻ってきました。何があったのって訊くと――何かに怯えきっていたようだったから――何か毒づいて、車に飛び乗って、ものすごい勢いで走りだしました。ドラマのさなかに殺された女優が、前の日にあたしたちが立ち寄ったフラットに住んでいたのを知ったのは、その翌日のことだったわ」

ルシンスカはここで話すのをやめ、ウイスキーを飲み干すとグラスをテーブルに置いた。さもしくてお涙頂戴の作り話から、彼女が緊張を隠しているのが推し量られた。ようやくほっとしたのか、話しぶりが打ち解けてくる。

「次にロッダと会ったのは、あいつが死んだ夜だった」ルシンスカが話しはじめた。指が一瞬苦しそうに動いたが、すぐに収まった。「よくある話よ。クスリが切れて、欲しくなったの。その日の朝、ホテルに泊まっている彼に電話をしたら、あたしにはもうクスリは売れない、悪く思うなよって言ったのよ。こっちが頼んでいるっていうのに途中で電話を切ったから、掛け直したら電話に出なかった。その日の昼間はずっと待ったわ、あっちだって気が引けて、会いたいと電話があるはず――せめて電話ぐらいはあるでしょうって。だけどあの晩、九時頃になると、あたしのほうが待ちきれなくなりました。やっぱり会いに行こうと思ったんです」

ルシンスカの左右の頬骨が土気色を帯びていた。両手を組み、肩を落とし、顔を前に突き出すようにして、彼女は前方をずっと見ていた。声は勢いを失い、かすれたささやきになっていた。

「ホテルに入ってロッダの部屋まで行ったわ。ドアには鍵が掛かっていた。戻り際、フロントに立ち寄って、あいつの部屋に電話をして欲しいって頼んだの。電話を掛けてもらったけど、応答がなかった。あたし心配で、いても立ってもいられなくなった。ホテルを出てから非常階段を上ったら、ロッダが借りていた部屋の窓が開いていたんです。窓際に小さなテーブルがあり、銃が置いてありました」

「中に入ってあいつが帰ってくるのを待っていようか、どうしようかと葛藤していたら、窓のそばであたしを見ていた男が、よかったら手伝おうかと声を掛けてきました。もう怖くて、だから顔を隠して非常階段を駆け下り、庭に出ました。男がいなくなるのをそこで待っていました」

「どのぐらい待ってたんですか？」ルシンスカがひと呼吸置くのを待って、ジェフリーが尋ねた。

「三十分ぐらいだったかしら。それから非常階段まで戻って、上がってから開いた窓の外でじっとしていました。よじ登って部屋の中に入ろうとしたそのとき、ドアの鍵を乱暴に開けようとする音がしました。入るのをやめて様子を見ることにしました。ドアが開き、ロッダが入ってきたの。足取りがおぼつかない感じだったわ。スイッチに手を伸ばして灯りをつけようとしたけれども、部屋は明るくはならなかった。それからロッダはふらふらしながら窓辺のテーブルまでやって来ました。聞き取れなかったけど、何やらつぶやいて。声を掛けようとしたとたん、あいつ、信じられないことをやったんです。テーブルにあった銃をさりげなく手に取ると、自分に向けて引き金を引きました。銃声に続き――苦しそうに咳き込んでから、ロッダは床に崩れ落ちました。彼の胸から血が流れていました。もう怖くって、気を失いそうでした！　思いも寄らない、予想だにしないことばかりで！　ロッダはテーブルまで歩いてきて、銃を手に取り、自分に向けてから引き金を引いたのよ。こんな恐ろしい場に居合わせたのは生まれて初めてだわ！　あまりの恐ろしさに体がこわばって、窓の外で数秒間うずくまっていました。すると突然、慌ただしい足音が聞こえたかと思うと、部屋に駆け込んでくる人たちがいました。彼らはロッダが消した灯りをつけ、その中のひとりが——男性でした——誰かを呼びました。もう立ち聞きしていられなくなって——非常階段を急いで降りて、通りに出ました。こんな恐ろしいことに深く関わってしまったのをしっかりと思い知り、問いただされたら、洗いざらい話してしまいそうでした」ルシンスカは黒い瞳をふたりに向けた。「必死に走って逃げましたが、こういうときってまともなことを考えないものね。昨日はずっと安ホテルに身を隠し、今日の昼、大陸ヨーロッパに逃げようと腹を決めたんです」と言って、ルシンスカは肩をすくめた。「その後は皆さんもご存じのとおり」

オルガ・ルシンスカが黙ると、部屋はしんと静まりかえった。主席警部は険しい表情で、口髭を引っ張りながら立っていた。ジェフリーは眉根を寄せたまま、ルシンスカをじっと見ている。コノリーが重々しい足取りで窓辺に向かった。時計が十回チャイムを鳴らした。そしてリードが咳払いをして言った。

「今の話は本庁で聞かせてもらおう」ぶっきらぼうな口調だった。「それからは……」彼は勢いをつけて振り返った。「コノリー、このご婦人は君にまかせた。あとの処遇はわかっているはずだ」

コノリーはうなずくと、足音を立てて一歩踏み出した。そしてルシンスカの肩をしっかりとつかむ。彼女は見下したようにしてその手を振り払った。「逃げも隠れもしないわよ」彼女は穏やかに言った。「手間は取らせないから。警察に行く覚悟はできてるわ」と、憔悴した顔で椅子から立つと、リードとジェフリーのほうを向いた。「ロッダが自死を図ったって言う証言、信じてもらえるわよね？」

その問いかけに答えたのはジェフリーだった。じっくりと心の裏まで見透かすような目で、ルシンスカを見ながら言った。「ミス・ルシンスカ」その声は威厳に満ちていた。「もう少しで、その手に乗るものかと思いそうになりましたよ！」


ウィリアム・リードはＢＢＣのスタジオにいた。この上なく気分がいいのは、トーク番組に初出演し、犯罪学について語ることになったからだ。メモを手に、頭上に吊されているマイクロフォンに目を向ける。だがそれはマイクロフォンではなく、鋼鉄製の長いハットピンだった。槍ほどの長さがある巨人国（ブロブディンナグ）（『ガリヴァー旅行記』に登場する架空の巨人国家）のピンが、先端をまっすぐリードに向けて下がっている。逃げようとするが、植物のようなものに両手脚の自由を奪われている。映画フィルムがリードの全身を這いのたうっているのだ。番組担当のアナウンサーのスティーニー・ロッダは、身振り手振りで話を始めろとキューを出す——この間抜け野郎、私がこんな目に遭っているのがわからないのか？　ピンが下がってくると、ロッダは火がついたように怒りだす。そしてポケットから小型の銃を取り出すと、主席警部の目の前で威嚇するように振りかざし、そして自分に向け、引き金を引いた。耳をつんざく銃声に続いてロッダが倒れ、その姿がカール・フォン＝ベスケへと変わった。今度はフォン＝ベスケの傍らにイザベル・シムズが立ち、巻き付いたセルロイドのフィルムをか弱い手でちぎろうと、リードの体を左右に引っ張る。揺すられ……揺すられて……

「やめろ！」リードが叫び、目を覚ますと、ジェフリーが彼の肩を揺すっていた。

リードは瞬きし、眠気が抜けない頭を振ると、「あれは何だ……？」とつぶやき、眠りを覚ました張本人に向かって言った。「いったい何があったんだ？」

「振り払え、心地よい眠りを、偽りの死を！（『マクベス』第二幕・第三場、マクダフのせりふ）」大声を出しているのはジェフリーだった。居間から差す光のおかげで、ジェフリーの顔が喜びで輝いているのがわかった。「警部！ようやく真相にたどり着きました！　すべての謎が解けたんです！　手口……動機……真犯人。おぞましく、卑しむべき三角関係の全貌が！　僕はすべてわかったんです！」

主席警部は着替えもまだの様子のジェフリーを見やると、夜光時計にぐいと顔を向けた。「まだ寝てなかったのかね？　もう四時過ぎじゃないか！」

「寝てなんかいられませんよ！」ジェフリーの声が大きくなった。「ごらん、冬も過ぎ、雨もやんで、すでに去り、もろもろの花は地に現れ、鳥のさえずるときが来た。山ばとの声が我々の地に聞こえる！（『ソロモンの歌』第二―十一～十二）」

「我が寝間に聞こえたのは愚か者の声だ」リードは厳しく言った。「卑しむべき三角関係とはいったい何だ？　また何か思いついたのか？」

「冴えに冴え——理にかなった真相が頭に浮かんだのです！」ジェフリーはうっとりとしながら両手を組んだ。「これぞ正解です、警部——間違っているはずがない！　思いも寄らなかった企みの歯車がすべてカチリと噛み合ったのです。あなたがベッドに入ってから、僕はずっと考えていました。固くなった頭にむち打って、ロッダが自死を図らなければならなかった理由を考えていたんです。そしてまさに今、その謎が解けました！」

リードは居住まいを正した。「つまり——犯人がわかったのか？」

「そうです！　一連の犯罪の動機も！　もうひとつあり……それについては明日の夜、バターシーの例の場所でわかります」

「もう今夜だ！」

「今夜、そうでした！」ジェフリーはベッドの縁に腰かけたが、先ほどの興奮はすっかり収まっていた。「あなたの助けが必要です、警部。僕は伸るか反るかの賭けに出ますので、どうかよく聞いてくださ い。この事件のとんでもない全貌について、警部にお手伝いいただきたい用件について、これからお話しします」

第五章　殺人鬼のカーテンコール

悪人に対する刑罰は
遅れがちではあるけれど
先に犯した悪行を
そのままにはしておきません。

ホラティウス『歌集』三・二

1

腕時計に視線を投げ、時刻が二十一時二分前だと確認したジェフリー・ブラックバーンは、目的地の下調べも兼ねて出発することにした。

フェーン・プレイスにある家のファサードは、半月より少し明るい月の柔らかな光でも、色褪せ、みすぼらしいのがわかった。舗道と建物を隔てる六フィートの土地には芝生が植えてあり、壁に必死にしがみつき、窓辺に沿ってだらりと落ち葉が垂れている蔦状の植物は、陽気な春が訪れても活気を見せそうにない。ドアの上にある飾り窓から差す明るい光を除くと、この家は闇に包まれていた。

ジェフリーは舗道に沿って歩を進め、門を押し開いてドアに向かった。一度ノックしてから、二度目は叩かずに待った。ノッカーが来客を知らせ、ドアが前に開いた。ゆっくりと四分の一ほど開くと、少し開いたまま止まった。ジェフリーが絨毯敷きの明るいホールをのぞき込むと、突き当たりにドアがひとつ見えた。

手をポケットに入れたまま、ジェフリーは進んだ。厚手のパイルに編んだ絨毯を、音を立てずに歩く。古風なデザインのステンドグラス風ランプシェードから、穏やかな光がホールを照らしている。数歩歩いてから立ち止まり、耳をそばだてた。だが家のどこからも、物音ひとつ聞こえてはこない。カチリという音がしてジェフリーはきびすを返すと、背後のドアが開いた。体に緊張が走る。

「どなたかいらっしゃいますか?」彼は落ち着いた声で尋ねた。「そこにいらっしゃいますか?」

返事はなかった。この家には墓地にいるような静けさが支配している。頭上で光が瞬き、躍っていたのは、何か、おそらく自分の声でステンドグラス風のランプシェードがかすかに揺れたせいだろう。ジェフリーは頭上に目をやり、全身の神経がひりひりするほど警戒しながら、一分ほど立っていた。そして、ホールの突き当たりに位置するドアへと進んだ。ドアの前まで来ると、ノブを回して慎重に押し開いた。真っ暗な部屋があった。中に入って耳をそばだてる。

「どなたかいらっしゃいますか?」もう一度声を掛けた。

部屋全体が沈黙に包み込まれていることに変わりはなかった。ジェフリーはざっと視線を巡らせた。一か所を除いて、すべて闇の中に沈んでいた。少し離れたところ、カーテンを降ろした窓越しにかすかな星の光を認めた。その光がなければ、この部屋は目を閉じて視界を遮ったに等しい、透明感のない闇に覆われていた。すると突然、ジェフリーは身を固くし、コートのポケットに入れた、あるものをぎゅっと握った。星の瞬きがほんの一瞬見えなくなり――ふたたび光を見せた。この部屋にはジェフリーの他に誰かいる……誰かが音も立てず、窓のそばを通り過ぎ……ひそやかにジェフリーへと近づいてくる。彼はポケットから手を出し、その指は銃身の短い銃の握りをつかんでいた。鋼の刃のように冷ややかで毅然とした声で、ジェフリーは話しかけた。

「そこを動くな！」

　影の中から穏やかな声が返ってきた。「ミスター・ブラックバーン。本当に来たのか？」

「ご覧のとおり、僕はここにいる」ジェフリーが答えた。

「では」穏やかだが、人を小馬鹿にしたような声がまた尋ねる。「僕に何をして欲しいんだ？」

　ジェフリーは一歩前に出た。彼の口調は、周囲の闇と見分けがつかないほど暗く沈んでいた。

「君はなかなかの切れ者だが、そろそろ正体を見せてもらおうか！　イザベル・シムズ、スティーニー・ロッダ、そして、昨日の午後、東インド・ドッグで引き上げられたアラン・トンプソンを殺したのは君だ」ジェフリーは鞭がしなるようにぴしゃりと言い放った。

「両手を挙げるんだ、アンドリュー・ニューランド！」闇の中で何かが動く気配がかすかにしたのに続いて、ジェフリーは息を吸う空気の流れを耳元で感じた。ただ、気づくのが若干遅かった。中身が詰まった砂袋が頭上に落ちてくる。ジェフリーは膝をついて倒れ……忘却の赤い霧の中へと沈んでいった。

　自分の身が楽になるよう、あらゆる手を尽くしても、意識を取り戻すときには必ず苦痛を味わうものだ。背もたれの固い椅子に座った状態で両手両足を縛られ、水責めに遭い、頭に傷を負って血を流している状態で意識を取り戻すとなると、苦痛は最大級に達しているだろう。ありとあらゆる拷問を受け、意識が混濁したジェフリーが我に返ったのは、二十分ほど経ってからのことだった。

石臼のように重く耳鳴りがする頭を上げ、鉄の扉のように重く閉ざしたまぶたを開くと、まぶしすぎるほど明るい照明が閃光を放つ無数の槍のように目に飛び込み、生傷に針を刺すような痛みが走った。ジェフリーはうめき声を上げてうつむいた。顔に浴びせかけられた冷水の、身を切るような刺激を受け、彼はぼんやりと意識を取り戻した。もう一度顔を上げ、ゆっくりと目を開くと、ぐるぐると渦を巻く赤い霧の中から、移ろいながら揺らめき動く人影が見えてきた。やがて霧が少しずつ晴れ、人影の大きなぶれが収まり、細かい輪郭がくっきりと見えてきた。

半分空になったグラスを手にしたアンドリュー・ニューランドが、ジェフリーを見下ろしていた。ジェフリーが言ったとおり、仮面を取り、本性を現していた。鈍感そうなうわべの表情を取り去ったニューランドの骨太の顔は、危険をはらみ、凶暴な獣（けもの）そのものだった。分厚い唇に薄ら笑いを浮かべ、黒々とした眉の下で細い目が非情な光をたたえていた。ジェフリーが身もだえすると下卑た喉声で含み笑いを漏らし、グラスに残っていた水を彼の顔にかけた。そしてジェフリーに近づくと、彼の頭をぐいともたげ、ぎらぎらする目で上からにらみつけた。

「どうだ、お利口なブラックバーン」ドスの利いた声で問いかける。「これでわかったか！」

ジェフリーは唇をなめた。口の中が血の味でいっぱいになった。彼の声はひどくきしんでいた。

「ああ、ニューランド。よくわかった」

「ほう！」ニューランドはぐったりとしたジェフリーの頭を荒々しく後ろにやると、脇を向かせた。タバコに火をつけて盛大に煙を吐いたとき、彼の太い首の筋が一瞬現れては消えた。その間、ジェフリーは数分ぶりにまともに息ができるようになった。彼は何とかしておぼつかない意識を戻そうと努めた。そのとき、ニューランドが不意に動く気配を察した。彼はジェフリーのほうを向き、近づいてきた。先ほどからずっと、声に満足感がひそんでいる。

「さっきお前は、俺が人を三人殺したと言ったな、ブラックバーン？　そうじゃない。殺したのは四人だ！　そう、最後の殺しはまだ理屈の上だけだが——三十分もすれば実現する話だ」ニューランドは椅子に縛られたジェフリーに顔を近づけた。「わかってるよな？」

「もちろん」ジェフリーはおとなしく従った。「僕が四番目の犠牲者だ」

ニューランドは一歩下がった。そしてゆっくりとうなずくと、落ち着き払った声で言った。「お前の銃で頭を吹き飛ばしてやる」

ジェフリーは大きく息をつくと、自分を縛るロープに目を向けて言った。「じゃ、なぜこんな面倒なことをしたんだ」

「ああ、それか」ニューランドはタバコを吹かした。「いいか、俺はお前がどの程度まで嗅ぎつけたかを見極めてから殺したいんだ。お前が本当に切れ者なら、この事件の全貌もわかっているだろうし、俺の計画がいかに緻密であるかも気づいているはずだ。お前より頭のいい人間の手口を知るすべもなく殺されるのは不本意じゃないか、ブラックバーン！」

その声にも、両方の目尻を血走らせ、光をたたえたつぶらな瞳にも、痙攣する締まりのない口元にも狂気がのぞいていた。ニューランドは聞くに堪えない声で含み笑いを漏らした。

「この栄えあるゲームで俺が手に入れるこの上ない喜びを、どうやったらお前に思い知らせてやれるだろうか。世間は言うだろう、可哀想なアンディ・ニューランド。お人好しで間抜けな憎めない奴

──楽観的で融通の利かない愚か者！　そりゃあそうだろう、俺の本当の姿を見せつけたことがないからな！」ニューランドの唇はゆるみ、瞳に燃えさかっていた炎は消えた。「俺の本性がわからない、あいつらのほうが見下げた愚か者さ！」

彼は目を細めてジェフリーを見た。「俺は前々から探偵小説に興味があった。ずっと昔からな！　それなのに、陳腐で情けない筋書きに何度失望させられたことか。ずっと考えていた、皆をあっと言わせるトリックを思いついてやる──今世紀最大の犯罪を。ただし、俺の探偵小説は血のインクで書いてやる。ペンとインクで精彩のない登場人物を動かすなんて、俺らしくない──生きた人間を駒に使ってやるんだ、と。生身の人間を、俺の思うがまま、筋書きどおりに動かしてやる。それが俺の野望だった、ブラックバーン──答えは俺しか知らない、完璧な探偵小説を作り上げる……頭の中でこしらえた登場人物ではなく、生身の人間を使って。俺は自分の計画を実行する機会を狙っていた、ここで意外な展開を、そこで諍いを、別の角度から対立関係を──と、徐々にほのめかしながら……俺は一歩引いたところでお人好しの間抜けを演じ、どうすることもできない哀れな操り人形たちを見守り、機械仕掛けの鼠よろしく、俺の冴えた頭脳が敷いたレールの上を走らせるのさ！」

ニューランドはひと呼吸つくと、吸いかけのタバコを捨てて新しいタバコに火をつけた。

「おばを殺す野望も前々から温めていたことも白状しなきゃいけないな。あのばあさんには何の恨みもなかったし、それどころか、面白いほどに気前がよく、金離れもいいときている。金を無心する手紙を送ってきた慈善団体には、もれなく財産をくれてやってたからな！　だが、このおばが長生きすれば、俺に転がり込んでくる遺産が目減りすることになる。だから殺してやろうと考えた。俺はありとあらゆる犯罪の資料を読みふけった。その中に、大戦下のパリで起こったハットピン殺人事件について詳しく書いたものがあった。その手口には心惹かれたが、いざ実行に移すのは決して簡単ではないと悟った。そんなときに出会ったのが、当時メアリ・マーロウという名前を騙っていた、あの女だった。俺たちは親密な関係になった——あとでわかったことだが、あいつが言い寄ってきたのは、俺の権力をかさに着てラジオドラマに出たかったからだ」

「彼女の過去は知っていたのか?」ジェフリーが尋ねた。

「少し経ってから知ったよ」ニューランドは含み笑いをした。「自分が関わった映画をこっそり見せてくれたことがあったんだ、アルカロイド毒の一種、ソラニンを扱った映画を。胃腸炎の症状を呈して死に至る過程を例証したものだった。おばがかなり重篤な胃腸炎に苦しんでいるのは、俺がこの毒で彼女の息の根を止めようとしているからさ。実験をしてみたいと持ちかけて、マーロウに入手先を尋ねた。化学のたしなみがあるから、手に入れられるだろうとのことだった。本当に調達してきた。ロイストン・タワーズまで持っていき、おばの食事に混ぜていた。おばの体調が悪くなったのを見計らい、ニューボルトという、老いぼれたかかりつけ医を送り込んだところ、案の定、胃腸炎という診断を下した」

ジェフリーはニューランドをにらみつけた。戦慄を覚えるようなことを、ありのまま、しかも楽しそうに思いの丈をとうとうと語るのは、彼が精神的に不安定だからとしか説明のつけようがなかった。部屋を歩き回りながらニューランドは両手をせわしく動かし、忌まわしい告白をことさらに不気味に演出した。

「二か月は何ごともなく過ぎた。ところがいつものようにマーロウから毒を受け取ろうとすると、彼女が出し渋った。俺がおばに毒を盛っていることに気づいたと言い、百ポンド払わなければ警察に通報し、毒を送るよう頼んだ手紙も一緒に提出すると脅したんだ。もちろん彼女は、おばの病状について新聞で読んで知り、毒を盛られているのではないかと察していた。どうすればいい？　そこで金を払った。マーロウが調達してくる毒の量が増えた。ただ、この金額であいつの口が封じられるとは、俺も甘く見すぎていた。あの女は何につけても俺に指図するようになった。ラジオドラマで役を手に入れろと迫ったのもそのせいだ。そして、最後の要求はあまりにも分をわきまえていなかった。自分を俺の妻にしろというものだった！」

　ジェフリーは冷たく言い放った。「おば殺しがうまくいけば、お前に財産が転がり込んでくると踏んだからだろう」

「そのとおりだ」ニューランドは不満げに答えた。「俺と結婚すれば、遺産の相当額が彼女のものとなる。だが俺は断固としてはねのけた。するとあいつは、決断まで二十四時間の猶予をやると言った。それまでに婚約しなければ、俺に不利な手紙と情報を警察に送ると脅した！　もちろんあいつも虚勢を張っていた。不正に関わっていたのはお互い様だから、うかつに警察に近づきたくなかったはずだ。だがあの段階で、マーロウの過去や、麻薬取引に関わっていたことまでは知らなかった。確かに俺は、表沙汰にされては困る手紙や情報を握られ、口止め料を払って公表させないだけの悪事を働いていたわけだが。だから残された道はひとつしかなかった。メアリ・マーロウを、何としても殺すと！」

「婚約云々の話はいつ持ち上がったんだ？」

「ラジオドラマが放送される日の朝だ」ニューランドはぞっとするような口調で言った。「何かいい手はないかと考えながら、ロンドンを車で走り回っていた。そして思いついたのが、例のハットピン殺人事件だ。女性が聞き耳を立てているドアの鍵穴からハットピンを刺して殺したという手口には覚えがあった。マーロウに同行して立ち会ったリハーサルのことも思い出した。嬉しくて叫びそうになったぜ！　あのドラマではドアの鍵穴に耳を当てるシーンがあり、その役を演じるのがマーロウだったからな。まさに願ってもないチャンスだった。殺害計画を考える途中でホテルに戻る途中で、何ともありがたい話が舞い込んだ。ニューボルトのじいさんからの電報で、昨夜のうちにおばの病状が悪化し、至急ロイストン・タワーズに戻って来いという内容だった」

ロープが肉に食い込むので、ジェフリーは縛られたまま、せわしなく身をよじらせていた。「トンプソンとはいつ連絡を取った？」

「殺害手順を思いついてすぐさ。お前も知ってのとおり、トンプソンは以前関わっていた映画会社で俺の代役を務めていた。怪我を負う危険があるシーンで、俺のスタントマンとして演技をするために雇われた俳優だ。姿形がよく似ているので、ちょっとメイクをすれば、俺とそっくりになる。奴はこしばらく失業中で、百ポンドやると言ったら理由も聞かずに依頼を引き受けた。すぐさま俳優事務所経由でトンプソンと連絡を取った。それから奴の宿泊先に行き、依頼内容を説明した。あいつはかなり生活に困っていて、喉から手が出るほど金が欲しかったようだ」

ニューランドはジェフリーの前で立ち止まると、両手をこすり合わせた。「俺たちはこういう手順で動いた。トンプソンを俺の車で村まで連れて行き、車で待たせた。俺はロイストン・タワーズに戻った。夕食を食べてから、ニッカーソンに開局を祝う電報を打ちたいので、村までちょっと歩いてくるとわざわざ伝えてから出かけた。村に行って電報を打ち、俺そっくりにメイクしたトンプソンと同じ服に着替えてからロイストン・タワーズに奴を送り届け、俺はロンドンへと向かった。トンプソンが馬鹿なことさえ考えなければ、うまくいく計画だった。召使いのほとんどが村の仮面舞踏会に出かけ、ロイストン・タワーズには誰もいない。トンプソンには、できるだけ口を利かないよう言っておいた。ドラマをよく聴き、放送中に何かあったら、スタジオに電話して問い合わせろとも。同じことを考える聴取者は山ほどいるだろうから、電話はきっとつながらないし、その晩、俺がロイストン・タワーズにずっといたという、何よりの証拠となる。そのあとトンプソンは何か理由をつけて屋敷を抜け出し、村まで来て俺と落ち合う。そこでもう一度服を交換し、奴は翌朝の一番電車でロンドンに向かうという寸法だ。その間、俺が何をしていたかは、長々しく説明しなくてもいいだろう」ニューランドは顔色ひとつ変えずに話を続けた。「車をスタジオに横付けし、裏口から忍び込んだ俺はリハーサル室に入って、マーロウのハンドバッグからフラットの鍵二本のうち一本を抜き取ると、そこに待機して、お前と主席警部が立っていた小スタジオのスピーカーから聞こえてくるせりふを聞いていた。例の暗転する場面に来たところで、俺はドアに歩み寄り、鍵穴にハットピンを差し込んだあと、全速力で逃げた。俺がスタジオを出る際、ドアが閉まり、車が発進する音が聞こえたはずだ」

「だが、もし失敗したら」ジェフリーは自分の置かれた立場を忘れて尋ねた。「見つかったらどうするつもりだった？」

「お前が考えるほど危ない真似じゃなかった」ニューランドはこう答えた。「まず、現場で俺の顔を知っていたのは、ニッカーソンとドラマ制作スタジオにいた連中だけだった。ニッカーソンと顔さえ合わせなければ大丈夫だった。その辺をうろついてる奴らに見られても、開局式典の招待客だと思われるような服装もしていた。身の危険を感じたのは、鍵穴からピンを差し込んでからスタジオを抜け出す六十秒間だけだ。車はスタジオから少し離れたところに停め、丈の長いコートを羽織り、帽子を目深にかぶった。トンプソンがロイストン・タワーズから電話する時間とほぼ同じ頃、電話ボックスからニッカーソンに電話を掛けた。この辺は実に絶妙な間合いだったよ！　ロイストン・タワーズから掛かってきたはずの電話が、まさかスタジオの交換台と目と鼻の先からで、しかも似たような問い合わせ電話が殺到していた時間帯だったのだからな！」

「僕も同じことを考えてたよ」ジェフリーは落ち着き払った声で言った。「残念ながら、それを述べる時機を逸していたけどね」

腹立ちからニューランドの顔が一瞬赤く染まった。「ほう、それほど頭が回るのなら」と、うなるような声で言った。「その後の展開も説明できるはずだ」

「もちろんさ」ジェフリーが落ち着き払って答えた。「お前はベイズウォーターのフラットまで車で行き、家主と警官が出ていく頃合いを見計らってから部屋に入って、例の手紙を探した。それ以外にも、なかなか使えそうな書類を見つけた」

ニューランドはしばらくジェフリーをにらんでいたが、肩をすくめた。

「そのとおりだ。俺はフラットの中をくまなく見て回った。目当ての手紙はもちろん、ソラニンに関するフィルムが入った缶も。自分の犯行計画に不利になる形跡をすべて消すためだ。鍵をこじ開けるためにハットピンを持参したが、途中で飾りが取れ、ハットピンがどこかに吹っ飛んでしまった。探す時間はもうなかった。お前が現場で見つけたことは、翌日の昼、新聞で読んで知ったよ。ベッドルームのワードローブが二重底になっていて、例の書類は、その二重底を探していて偶然見つけた。俺が書いた手紙があったのもちゃんと確認してから外に出た。フィルム缶については、危険を冒してまで探そうとはしなかった、家主がいつ帰ってくるかわからなかったからな。ロイストン・タワーズに戻ってから時間を掛けて書類を調べた。メアリ・マーロウと名乗る女の素性を調べ上げたのはそれからだ。あの女、ヴィヤルダンとかいう男から命じられた以外にも日記のようなものを付けていて、スタジオの火災と、ガラッシュという化学者を殺してからの出来事をすべて書き残していた。最初は日記だったが、最後のほうは、スティーニー・ロッダが麻薬組織を裏切ったことを立証する証拠が書き付けてあった。ページを繰って読んでいるうちに、シムズが――これからは、あいつを本名で呼ぶことにしよう――殺されたのが判明したら、かえって俺に有利に働くかもしれないと、ふと思った。目の前のテーブルに載った書類は、彼女の相棒の裏切りをもれなく暴いたものだ。しかもこれがとてつもなく便利な武器になる――ロッダの悪事を密告する暗号をシムズがラジオの放送で無事伝えられていれば、裏組織は警察の手が及ぶ前に奴を殺すに違いない。だが、ブラックバーン、お前にはすべてお見通しだった。お前たちのフラットを訪ねたあの晩、俺の前で指摘したとおりだ――ちなみに、お前が俺の完全犯罪を脅かす存在になると確信したのはあのときだ。お前はいとも巧みに事件のからくりを解いたが、俺が麻薬組織の一員だという指摘だけは間違っていた。シムズの日記を読むまで、麻薬組織との関わりは一切知らなかった。翌朝、俺はニッカーソンと約束があり、ロンドンに行った――愛する人を失った失意の男という役が転がり込んできたからな」ニューランドは上機嫌だ。「途中で新聞を買って読んだら、シムズの検視を行った医師が心臓麻痺との診断を下したとの記事があって、ほっと胸をなでおろした。そして、警察を相手に、ちょいと気の利いた形で鼻を明かしてやろうと考えた。警察をやり込めるのは面白いだろう、と――もしお前が俺より頭が回り、シムズが殺されたと見破ったなら、あの書類を警察に送り届けさえすれば、ロッダが組織に殺されれば、警察は『罠が至るだろうと踏んだのさ。これも想定の範囲内だったが、ロッダのもとに急行して逮捕するところに仕掛けられた』厄介な迷路から出られなくなる」ニューランドはひと息つくと椅子へと歩み寄り、前に引くと、縛られたままのジェフリーと向かい合うようにして座った。

「なあ、俺は完璧な役を演じたはずだ」彼は喜びを噛みしめるように言った。「お前が疑問に思うようなことは話した。ただ、まさかお前らが、シムズが殺された手口を立証するとは夢にも思わなかったし、先週の木曜日、主席警部が電話で、あの女が殺された事実を警察が裏付けたと、俺に電話してきたのにも驚いた。他にも頭を悩ます問題がいくつか浮上した。あの小賢しいシムズめ、保身に走り、俺がおばに毒を盛っていたことをスティーニー・ロッダに話していたんだ。あの女、ロッダにフィルムは渡していたんだが、ありがたいことに、俺が書いた手紙は隠し持っていた。シムズの奴、自分の身に何かあったら、フィルムと一緒に手持ちの情報を警察に持ち込めとロッダに指示していたんだ。シムズが麻薬組織に荷担して自分を売ろうとしていたことなど、ロッダはもちろん知らなかった。だが、秘密をネタに小金を稼ごうとしたのはロッダも同じだった。奴に脅迫されたときには、息が止まるかと思った。あいつがあの映画さえ手に入れてなければ警察につき出してやることはできたし、ロッダだって、俺に楯突くようなことを言わなきゃよかったんだ。シムズの死が朝刊に載るや、ロッダはあの手紙を手に入れようと動いたに違いない。車で彼女のフラットに乗りつけたはいいが、俺がすでに持ち去ったあとだった。そこであいつは悟った、俺が口封じのため、シムズを殺したのだと。ロッダが来たときのためにと、俺にとって一番都合のいい作戦を練った。シムズが寝返って裏組織にお前を売ろうとしていると教えてやろうかと考えたが（あの女が殺される前に暗号を伝えられたら、の話だ）、そんなことを言ってもロッダが脅迫をやめるはずはないと思い直した。英国を離れてほとぼりが冷めるまで姿をくらまし、戻ってきたらきっとまた脅してくるはずだ。しかし、組織が自分を追っていることをロッダがまだ気づいていなければ（これもまた、組織が奴の裏切りを知ったという前提のもとだが）、組織が奴を消す絶好の機会であり、俺は悩みの種が消えてくれてほっとするというわけさ！　しかも、この作戦がうまくいけば、スコットランドヤードに例の書類を送り、シムズ殺しの犯人をロッダになすりつけるに決まっている。俺の秘密を知りすぎているロッダを警察に逮捕させる気など毛頭なかった。警察が裏組織より先にロッダの身元を知ることになれば、俺が自分の手で奴を殺すつもりだった。そうすれば警察に知れることはない——ロッダは裏組織の報復で殺されたのか、それともシムズ殺しの犯人がふたたび手を染めたのか、あいつに不利な状況がもれなく書いてある書類は警察に届く、ロッダの名前を伏せ、警察は確証を得られなくなる。かくして書類がシムズの相棒の身元を知る頃には、組織が奴の息の根を止め、俺はロッダを殺さずに済むと踏んだんだ。だが俺はふたつ間違いを犯した。主席警部がこんなに早く情報を得るとは思わなかったこと——そしてブラックバーン、お前がこれほど鮮やかに難問を解決するとも思わなかった」

ジェフリーは静かに言った。「ロッダが持っていた拳銃型シガレットケースと、弾を込めた銃とをすり替え、お前があいつを殺したことぐらいはお見通しだ」

ニューランドは憎しみと賞賛が入り交じった表情でジェフリーを見た。「そこまでわかっていたのか、ブラックバーン？」声から力が消え失せていた。「そう、お前の言うとおりだ。木曜の昼、主席警部から今晩フラットに来て欲しいと電話があったとき、シムズの相棒の身元を調べていると悟った。裏組織はまだそこまで手を回しておらず、うかうかしていられなかった。警察の手が及ぶ前にロッダの息の根を止めなければならなかった。ロッダが持っている拳銃型シガレットケースを使うという殺害計画はすでに立てていた。あいつが銃口を自分のほうに向け、タバコを口に放り込むのを見るたび、あれを本物の銃にすり替えたら大変なことになるだろうと常々思っていたんだ。本物の銃と同じ大きさで、重さもあまり変わらないからな。シガレットケースとそっくりの銃をあらかじめ入手しておき、弾を込めたものをポケットに入れ、奴が滞在していたホテルに向かった。あのフィルム缶を渡すよう言ったが、フィルムは俺が約束の金を払い終えるか、奴が鍵を警察に渡すまで貸金庫に預けると言ったので、怒ったふりをしたところ、俺を陥れようとしたことを白状した。ホテルまで取りに来るなら小切手を渡そう、俺はロッダにそう持ちかけた。奴は小躍りした。そして帽子とコートを取りにベッドルームに行った。その間、窓辺のサブテーブルに置いてあった奴のシガレットケースをしまって、本物の銃にすり替えた。照明のソケットから電球も抜き取っておいた。ロッダは俺とウィンチェスター・ホテルまで来て、暗くなるまで金額の交渉を続けた。話がついたところで俺は小切手を切り、あいつに渡した。一緒に飲まないかと誘うと、ロッダは乗ってきた。シムズから貰ったクスリをグラスに入れると、奴はひと口飲んだか飲まないかというタイミングで意識を失った。ポケットを探って小切手を取り戻すと、例の貸金庫の鍵を探した。ところがあいつは持っていなかった。てっきり持っていると思ったのに！　となると、奴の部屋を探さなければならないのか。だが俺にはそんな余裕はなかった。お前たちのフラットに八時に行く約束をしており、もうじきその時間になるところだったからな。そこで意識がおぼろげなロッダを下の階まで歩かせ、俺の車に放り込んだ。ホテル・スプレンディッドまで車を走らせると、裏口付近の庭にあいつを転がした。そうすれば自力で自分の部屋に戻るだろうと考えたからだ。ところがその計画が思わぬ方向に転んだ。あの馬鹿、ゆうに一時間はあの庭で眠りこけていたんだ。奴は自分の部屋に戻り、シガレットケースだとばかり思っていた代物をいじっているうちに、自分で胸をぶち抜くというのが俺の筋書きだった。帰る途中に部屋に寄って鍵を探すだけの時間的猶予を持たせるため、ロッダの遺体が翌朝まで見つからないよう工作した。それなのに、刑事たちが邪魔をしやがった、まったくの偶然で、ロシア人のあの女優があの場に居合わせたというのは知ってのとおりだ。確かに、引き金を引いた瞬間、彼女がホテルにいたと聞いたときは心臓が止まるかと思った。ひょっとしたらロッダと話して……女に何もかも打ち明けたかもしれない。ロッダが撃つ瞬間を見ていたなら、自分で自分を撃ったのも見ているわけだし、それでは俺の計画とつじつまが合わなくなる。そもそも俺は、組織の人間がロッダを殺したように偽装したかったのだから。チャンセリー・レーンにある貸金庫の事務所から、お前と刑事が例のフィルム缶を持って出てきたのを見たときは、頭の中が真っ白になった。てっきりロッダが白状し、警察が裏を取るために映画を観ようと画策しているのだと思った。映画を観られたら、俺は捕まったも同然だ、と。見境が着かなくなり、お前の相棒を轢き殺そうとした。うまくいかなかったので、フィルムがまだあるんじゃないかと、今度はお前のフラットを漁った。ところがまた別の馬鹿野郎に邪魔された。ほんの一瞬の隙を見て逃げ出したってわけさ」

ニューランドが口をつぐむと沈黙が流れた。そして立ち上がって椅子をどけた。狂気をはらんだ光が消え去ったあとの瞳は、雲が影を落とした池にも似た、憂鬱な色をたたえていた。すべての感情を排除したようにも聞こえる冷静な声で、彼は続きを話しだした。

「『アラビアンナイト』の格言を覚えているか、ブラックバーン？　『月を網でとらえ、幸運という風を我がものにできると考えるのは愚者だけだ』。俺の最大の手抜かりは、まさにそういうことだった。俺は頭がいいが、幸運という風がどの方向から吹いてくるかを予知できるほどには賢くなかった。ロッダの殺害を画策するようになってから、幸運の風は俺に味方しなかった。それでは運どころか、敵とも戦えない。シムズが暗号を流した夜、幸運の風がお前たちに向かって吹かなければ、あの女が殺されたとは、露ほども疑われはしなかっただろう。ロッダが死んだあの夜、運命の女神がオルガ・ルシンスカを彼の部屋の窓の外へと送り込まなければ、ロッダの死には裏組織が関わっていると、警察はいまだに信じていただろう。そう考えると俺は急に怖くなった。巧妙な作戦を講じて臨んだのに、その作戦が自分の力ではどうにもできなくなってしまった」ニューランドは天を仰いだ。「シムズやロッダを殺してしまったのを悔やんでるんじゃない！　ふたりとも人間の顔をしたクズだ。消されてもしょうがない連中だったんだ！」

ジェフリーは強い口調で質した。「トンプソンはどうなんだ？　死に値するような悪事を何ひとつ働いてはいないじゃないか！」

ニューランドは肩をすくめた。「トンプソンが死んだのはまさに自業自得さ」彼はさらりと言った。「あいつが俺のやることに口出ししなければ生きていられただろう。だが違った。トンプソンの正義感の強さが徒（あだ）になった。生きていれば、俺の生き死にに間接的には関わっただろうが、死ねばそんな力はなくなる。だから死んでもらわなければならなかった。俺が死ぬか、あいつが死ぬか。だが俺は、トンプソンの命みたいな些細なことでは済まないほど、重大な事件に関わってしまったんだ。お前たちのフラットを荒らしてホテルに戻ると、トンプソンが俺の帰りを待っていた。あいつに払った百ポンドを返しに来たんだ。月曜の夜の件で納得できる説明が聞けなければ、この一件を警察に話すと言ってきやがった。やれるものならやってみろ、と、俺は言った。何も隠し立てすることは何もないし、どうしてもと言うのなら、俺の車で最寄りの警察署まで送ってやろうと持ちかけた。トンプソンは、まさかそんなつもりはなかったと引き下がった。だが俺は逆に、自分の潔白を晴らすにはそれしかないと譲らなかったんだ。そりゃそうだろう、何とかしてあいつを車に乗せたかったからな。トンプソンを乗せたところで、俺はスパナで奴に襲いかかった」

　ニューランドは両手を後ろで組み、部屋の中をまた歩きはじめた。

「意識を失ったトンプソンを後部座席に乗せ、ロンドン中を一時間ほど車で走りながら、この遺体を自分にとって一番いい形で遺棄する手段を考えた。トンプソンの遺体として発見されたくなかったからだ。俺たちはとてもよく似ている——下手をすると、計画はすべて台無しになってしまうかもしれない。カニング・タウンのあたりを走っていたところで名案が頭に浮かんだ。トンプソンの遺体が見つかるんじゃない……アンドリュー・ニューランドが死んだことにすればいいんだ！　遺体の身元を隠す格好の手段であるのは間違いない上、事件をさらに撹乱させる要因となり、しかも俺は逃げおおせる」

「ちょっと待て」ジェフリーが口を挟んだ。「お前の遺体が発見されたら、もう二度とアンドリュー・ニューランドには戻れないし、おば上の遺産も相続できないんじゃないのか？」

「そのとおり」ニューランドは嫌な顔をした。「だが、おばの遺産などどうでもよかった。自分の身を守るほうが先決だった。危険な賭けに打って出た結果、大敗を喫したことに気づいたのさ！　それにロッダが死ねば、毒はもう調達できなくなる——だから、おばの病状は数日で好転したじゃないか。彼女はきっと健やかに余生を送るだろう。俺は自分の不始末を乗り越えて生きていくしかない。おばの遺産を貰い損ねたばかりか、処刑台の上で人生が終わる可能性が高くなったのだから。ということで、遺体をアンドリュー・ニューランドとして処分し、そのあとはどこかで新しい人生をやり直そうと決意した。いい考えだと思った。賭けに負けても別の生き方がある。犯罪者としては失格でも、俺は優秀なスポーツマンなんだよ、ブラックバーン。いや、不運に見舞われた犠牲者と考えれば、俺は犯罪者失格じゃないかもしれない。とにかく俺はポプラー（ロンドン・イーストエンドにある旧自治区）まで行き、使われていない倉庫の裏に車を着けた。そこでスパナを取り出してトンプソンの顔を滅多打ちにし、数時間川に沈めておけば、俺と見分けがつかない程度に崩した。服を着替えたのはそのあとだ」

「封筒に住所を書いたのは、僕を陥れるためか」ジェフリーが尋ねた。

「そうとも！」全身にみなぎっていた怒りが一気に収束し、ニューランドの顔が紅白のまだらに染まった。彼は一歩踏み出すと、ジェフリーに噛みつきかねない勢いで言葉を吐いた。

「理由を教えてやろうか、ブラックバーン！　今の俺を見ろ——生きがいをすべて失った！　お前から見れば、俺は贅沢な暮らしをしてきたかもしれない。その代償として、俺は良心と引き替えに三人を手にかけた。お前が悪いんだ！　ことあるごとに俺の邪魔をし、妨害し、計画を阻止してきた。すべてお前のせいだ！　お前さえいなければ、俺は誰からも疑われず、金にも困らず自由を謳歌できただろう。お前がうろちょろ詮索して歩いたせいで、俺は殺人の疑いを掛けられている。東インド・ドックにトンプソンの死体を突き落としたときから、何があってもお前を殺してやると決めていた。トンプソンの遺体が川から引き上げられ、俺が死んだことになり、彼のポケットからあの封筒が見つかれば、好奇心に駆られたお前は絶対に鼻を突っ込み、ここまでたどり着くはずだと踏んだんだ」ニューランドは一歩引き下がると、一語一語の重みを確かめるような口調で、ものものしくしゃべった。

「もしこれを最後に俺の命が尽きるのなら、ブラックバーン、二度と探偵ごっこができない場所にお前を追い込んでやる！」

　ニューランドは実にもったいぶったしぐさでコートを脱ぐと、テーブルに置いた。「自分の服を血で汚したくないからな」と、コートを脱いだ理由をあっさりと語った。「コートを汚すとかなり面倒なことになる。血のシミは言い訳のしようがないからな」と言うと、腕まくりし、毛に覆われた、逞しい腕をあらわにした。「この家が空っぽなのも怪しまれる、ならば――」ニューランドは突然話すのをやめると、がっしりとした体を緊張させた。そして追い立てられた雄牛のように猛然と振り返った。「あれはなんだ?」彼は怒鳴った。

耳をつんざくホイッスルの音が返事をするように鳴り響いた。続いていくつかのホイッスルが大音量で耳障りな音を上げる。ジェフリーは縛られていたロープを引っ張った。ロープがゆるんだ。そして彼は、寒さでこわばった唇に無理矢理笑みを浮かべ、しゃがれた声で言った。「主席警部、こんなときにまでラジオのミステリードラマの伝統を踏襲しなくてもいいのに。ニューランド、最後の最後で助けが来たぞ!」

今度はがらんどうの廊下にウィリアム・リードの怒声が響きわたり、鍵の掛かったドアに逞しい肩が突撃する音が聞こえた。口をあんぐりと開けたまま様子を見守っていたニューランドは、怒りと狂気に恐怖が入り交じった高い叫び声を上げた。彼は大股で前に進み出ると、腰のポケットに指を突っ込んだ。

「何にでも鼻先を突っ込む、この豚野郎が! 警察は全部知ってるんだろ? みんな調べ尽くしたんだろ? こんなことはもうおしまいにしようぜ! 俺を地獄の業火で焼き殺すというのなら、お前ら全員道連れにしてやる!」

振りかざしたニューランドの手には、ジェフリーの尻のポケットから取りだした黒い小型の銃があった。そして歌うような笑い声を上げ、一歩前に出た。そして拳銃を六インチ先にあるジェフリーの額に向けた。ジェフリーは目を閉じた。

「さあ、知恵を絞りたまえ、賢人ブラックバーン君」ニューランドが怒鳴った。指が情け容赦なく引き金を引いた。カチリ、という音のあと……黒い銃の銃身から太々としたタバコが一本飛び出すと、ジェフリーの眉間にぶつかってから絨毯に落ちた。アンドリュー・ニューランドは眼を見開き、阿呆のように銃を見つめたまま突っ立っていた。その隙を狙ってジェフリーが動きだした。

ジェフリーは筋肉に力を蓄えた。頭を低くし、全身の力を込め、椅子ごと前に突っ込んだ。硬い頭にみぞおちを狙われたニューランドは不意に突かれた雄牛よろしく倒れた。彼はうめき声を上げ、床に転がって息もつけずにいた。ジェフリーは唇を歪ませ、そんな彼の様子を見やった。

「本物の銃とおもちゃの区別がつかないのはスティーニー・ロッダだけじゃなかったようだな」ジェフリーは冷たく言い放った。

木材と金属がきしむ音がやむと同時にドアが破られた。コノリーとドンリンを従えたリード主席警部が、つんのめるようにして部屋に飛び込んできた。

第六章　ドラマの終焉

「じゃあ説明しよう」デュパンが言った。「君にはっきりわかるように、君の考えを逆にたどってみることにしよう……」

エドガー・アラン・ポー『モルグ街の殺人』

翌朝、優秀なスポーツマンが自慢だったアンドリュー・ニューランドは過酷な最期を受け入れた。朝食を運んできた若い警官が、壁にもたれ、何も言わずにおとなしくベッドに座っているニューランドを発見した。黒い瞳はぼんやりとした膜に覆われ、しっかりとした顎がだらりと落ちていた。具合が悪いのかと思った警官がとりあえず話しかけたが返事はなく、独房の中に入ってニューランドの広い肩を揺すった。彼の体は大きく揺れ、バランスを失い、独房の床に手脚を投げ出して倒れた。驚いた警官が抱き起こすと、半開きの唇からかすかにアーモンドの苦い匂いがするのに気づいた（青酸カリを摂取すると、呼気からアーモンド臭が確認される）。

かくしてフリート・ストリートの新聞各社では、組み版工がすぐさま招集され、ニューランドの経歴について詳しく述べた記事の活字を組み直して、その死を伝える速報へと差し替えたのだった。ラジオ、新聞、電話が英国諸島の津々浦々までこのニュースを伝える間、ジェフリーと主席警部は、スコットランドヤードの執務室に閉じ籠もっていた。

大ぶりの白い歯の間に葉巻をくわえ、べっ甲縁のメガネを存在感のある鼻に乗せ、ウィリアム・リードは回転椅子に身を預けていた。フェーン・プレイス二二番地で、鍵の掛かったドア越しに聞いたニューランドの告白をカーターに口述筆記させたものに目を通している。最後のページにたどり着いたところで机の上に書類を置くと、メガネを外した。そして、眼下にエンバンクメントが広がる窓辺に立ってタバコを吸っていたジェフリーのほうを向いて言った。

「それにしても――とんでもない事件だったな」興奮しているせいか声が大きい。「君はこの一件をどう総括するかね？　ニューランドという男は、どこをどう見ても外面（そとづら）のいい好青年だった。ところがその善人のマスクの裏で、こんな悪事を働いていたとは」と、リードは肉づきのいい指で書類をトントンと叩いた。

ジェフリーはくわえていたタバコを手に持ってから振り返った。「モラン大佐に裏の顔があることを見破ったホームズの推理を覚えていますか？　樹木は一定の高さまで伸びたあと、人目にはつきにくい変化を見せるものがあることを指摘し、それは人間にも当てはまると言いました。人は先祖から受け継いだ資質をそっくりそのまま受け継いで成長するが――その血脈には、突如として善人にも悪人にも変えてしまう要素があるという、面白い推理を展開したのです」（『空き家の冒険』でのエピソード）

主席警部はうなった。「若干無理のある考え方だな」

ジェフリーは微笑み、「ワトスンも似たようなことを言いましたが、もう少し丁寧な物言いでしたよ」と言ってから、真剣な表情で語った。「ニューランドは異常性格者の一族の出だったのは間違いありませんでした。その後わかったことですが、彼の父親は精神病院で亡くなり、夫の死に衝撃を受けた母親も他界しました。両親のことはニューランドには告げられなかったのですが、生まれ持った性格というものはおのずと不幸を招くものです」

主席警部は煙の輪を吐き出すと、ふわりと浮き上がる様子を眺めた。「いつからニューランドを疑っていた？」

ジェフリーは机に近づくと、椅子を引いて座った。「ロッダが自殺を図ったようだとルシンスカが語ったとき、初めて疑念を持ちました。コノリーが彼女を連行し、あなたが寝室に引っ込んでから、ロッダがなぜ、あんな無様な形で自分を撃ったのか、その理由を考えてみました。ルシンスカの釈明を振り返ってみましょう。ロッダはテーブルに歩み寄ると、実に自然に、迷いもなく拳銃を手に取り、自分に向けたと言っていましたね。そこで僕の理性的な思考が一斉に疑問の声を上げたのです。普通、そんな風に自殺を図るわけがない。だいたい道理に合わない――笑止千万です。どう考えても、ロッダは自殺を図る気などなかったはずです。次に、どうすれば何も起こらないと油断して弾の入った銃を自分に向け、引き金を引くだろうかと……でなければ……」

ジェフリーは机に身を乗り出して天板をコツコツと叩いた。「でなければ、ロッダはこの動作が習慣になっており、まさか発砲などするわけがないと思っていたことになります。あのときの僕は自己嫌悪のあまり、自分をワームウッド・スクラブズ刑務所（ロンドン北西部にある刑務所）にぶち込んでやりたくなりましたよ。何て間抜けでぼんくらだったのだ――ロッダが持ち歩いていた拳銃型シガレットケースのトリックを、そのときようやく思い出したんです――オートマチック・リボルバーとまったく見分けがつかなかったので、開局式典の夜、奴がポケットから取り出したとき、僕たちは本物と勘違いしたじゃないですか。あのとき、ロッダがどうしてそんなことをしたのかということも説明がつきます。真っ暗な部屋に戻ったロッダは麻薬でまだ頭がもうろうとしており、まずタバコを吸って落ち着こうと考えました。テーブルに歩み寄り、シガレットケースだと思い込んでいた代物を手に取って自分に向け、引き金を引いた！　左手が損傷し、火薬で黒くなっていた理由も説明がつきます。あのシガレットケースを使うとき、ロッダはいつも右手で引き金を引き、左手で飛び出たタバコをつかんでいました。ところが、ある人物がシガレットケースと弾を込めたオートマチック・リボルバーをすり替えたため、タバコが出て来るはずの銃口から銃弾が飛び出し、無意識にかざした左手を吹き飛ばして、ロッダの胸に深々と食い込んだというわけです。銃から指紋が検出されなかった理由もこれで納得がいきます。覚えてらっしゃいますか、ロッダは手袋をしたまま銃を扱っていたのです」

　ジェフリーは椅子を後ろに揺らしながらタバコを吹かし、目を閉じた。

「この発見がきっかけとなり、いくつかの謎が解けました。誰がおもちゃの銃を本物にすり替えることを考えたかはもちろん、どうしてそんなことをしたのか、それまでちっともわかりませんでした。犯人はロッダの部屋に忍び込み、彼の帰りを待っていたのに、その場でなぜ射殺しなかったのか。理にかなった答はひとつ――その人物には殺せない事情があったのです。ロッダが拳銃を自分に向けたとき、犯人はその場を立ち去っていなければならなかったからです。そこから僕は、犯人が逃げた理由に行き着きました。つまり、彼は別の場所にいなければ、論理的に矛盾するのです――ロッダ殺しのアリバイ作りのためでしょう。そのことを念頭に置き、僕はかなり集中し、じっくりと考えました。まず、ロッダが殺された時間のアリバイを確認すべき人物を列挙しました。シムズ殺害の夜、鍵が掛かっていたドラマ制作スタジオにいた人々にはアリバイがあるため除外。それ以外で事件とのつながりがあるのは？　キャスリーン・ノウルズと謎の人物、ムッシュ・ヴィヤルダンだけです。しかし、ミス・ノウルズは足を骨折し、放送日の朝から自宅を一歩も出ていませんでした。彼女が犯人ではありません。ムッシュ・ヴィヤルダンはどうでしょう。ロッダが殺された時間に彼がロンドンにいたという裏が取れないばかりか、わざわざそんな手間を掛けてアリバイを証明するのも馬鹿馬鹿しいでしょう。では、他には誰が？　しばらく考えた結果、アンドリュー・ニューランドのことを思い出したのです。最初は理屈に合わないと思いました。けれども、それほどおかしな話でもなく、次第に確信へと変わりました。というのも、アンドリュー・ニューランドには、あのときロンドンにいた誰よりも、確実で完璧なアリバイがあったからです。ロッダが殺されたとき、彼は僕たちと一緒に僕らのフラットで話をしていたじゃないですか！　事件をどの方向からとらえても、誰かがロッダを射殺することで、動かしがたいアリバイを手に入れたいためにでっち上げた作戦だという結論に行き着きました――奴が殺されて一番得をするのは、アンドリュー・ニューランドです」

　主席警部は眉根を寄せた。「しかしニューランドの足取りは、ドクター・ニューボルトを通じて確認したじゃないか。シムズが殺されたそのとき、彼はロイストン・タワーズにいたという事実は疑いようがなかった」

「そのとおりです」ジェフリーは目を開けた。「まさにその点が、この事件を不可解極まりないものにした要因でした。僕も当初は、あり得ないこととして除外していました。ひとりの人物が同時に二か所に出没できるわけがないと自分に言いきかせて。電報や通話も証拠として挙がっていましたし。

　ですから、どんなに根拠が薄くとも、とにかく証拠を手に入れようと考えました。そこで僕は、ニューランドに関わることを細かく調べ上げました。シムズが殺された翌朝、彼が僕らを訪ねてきたときから、ドクター・ニューボルトの訪問までの時間に絞って考えることにしたのです。考えすぎて頭が割れるように痛んだ瞬間、椅子から転げ落ちんばかりの事実が頭に思い浮かびました」

ジェフリーは椅子を前に傾けた。そして両手を机につき、主席警部をじっと見やった。ジェフリーの灰色の瞳がかすかに光った。

「警部」彼は静かに話しはじめた。「シムズの死について調べて欲しいとニューランドが訪ねてきたあの朝、あなたは何気なく彼に時間を尋ねましたよね？　ニューランドは腕時計をしていない手首を見せて、三日前に壊したので修理に出していると言いました」ジェフリーは片方の眉をくいと上げた。「覚えていますか、警部？」

リードはうなずいた。「ああ、代わりに君が時間を教えてくれたんだったな」

「そうです。さて」ジェフリーは声を落とすと、自分の発言をよく聞けと言わんばかりに指一本で机を叩いた。「ドクター・ニューボルトは昨夜、あの放送があった夜、ニューランドがおばの病床で看病していた様子を話してくれました。ドラマはあと数分で始まるからと、ドクター・ニューボルトはニューランドに代わってベッドサイドに座ったのです」

「確かドクターは……『彼は自分の腕時計を見てうなずきました。疲れ切って話もできない様子でした』と言っていたな！」

リードは居住まいを正した。「断言してもいい！　君の言うとおりだ。なぜそこに気づかなかったのだろうか」

ジェフリーはにやりと笑った。「僕だって自分を殴りたい気分ですよ」彼は苦笑いを浮かべた。「僕らの名誉のために言っておきますが、もう一週間前の話ですから――しかも、他のことが一切頭から吹き飛んでしまうほど大変な一週間でしたしね。この矛盾点に気づいたとき、僕の過去の記憶が、うなりを上げて動きだしました。要はこういうことです。シムズが殺された夜、アンドリュー・ニューランドは腕時計をしていた。ところが十二時間後、彼は腕時計を持っていない、三日間身につけていないと僕らに言ったのです。どういうことでしょう。腕時計はタイピンや襟を留める飾りボタンとは違い、身につけたことを忘れるような代物ではありません。人は普通、一日に何度も腕時計を目にします。腕時計とは壊れて初めて、そのありがたみを知るものです。であれば、ニューランドは必ず腕時計のことを記憶に留めていたでしょう。ここで決定的な事実が浮上しました。腕時計の一件は、ドクター・ニューボルトかアンドリュー・ニューランドのどちらかが意図的に虚偽の発言をしたということです」

「ただし、論理的に考えると、ドクター・ニューボルトがうそを言う理由はないでしょう。腕時計のあるなしなど、そんな些細なことなら、なおのこと必要ありません。そうなると、うそをついているのはアンドリュー・ニューランドということになります。それにしても、なぜ彼はそんなつまらないうそをついたのでしょう。もしニューランドが真犯人だとすると、彼は巧妙で計算され尽くしたうそをあらかじめ考えた上で語ってきました。数か月を費やし、細かいところまで完璧を期したトリックを考えた男です。ならばなぜ、こんな誰にでもわかる矛盾で疑われるような真似をして、すべてを無駄にしたのでしょうか。すると、事件が別の側面から見えてきました。うそをついているのはアンドリュー・ニューランドではなく、シムズ殺しのさなかにロイストン・タワーズにいたドクター・ニューボルトが誤った事実を信じ込んだのだろう、と。先ほども言いましたが、ひとりの人物が同時に二か所に出没するのは不可能です。しかし、ちょっと考えてください——ニューランドがロイストン・タワーズにいなかったかもしれない。そうなると、ドクター・ニューボルトが目撃した、ベッドの脇にいた人物は誰だったのか。腕時計に目をやり、しかも、疲れ切って話もできない様子だった人物とは。ニューランドは替え玉を屋敷に置き、その間に凶行を働いたのではないでしょうか。考えれば考えるほど、この仮説は現実味を帯びてきました。替え玉がいたのなら、腕時計についての矛盾に説明がつきます。ニューランドは替え玉が腕時計をしていたのに気づかなかったのです。ベッドの脇に座っていた人物が疲れ切っていて話もできない様子だった理由も納得がいきます。その人物はニューランドと姿形は似ていても、声は違っていたのでしょう。僕たちが確認した電話の件も、これで解明されるわけです。すべてが論理的に一致します」

ジェフリーは吸っていたタバコをもみ消すと、新しいタバコに火をつけた。主席警部は何も言わなかった。うなずいて話の先を促すこともしなかった。

「しかし、誰が替え玉になったのでしょうか。変装がすぐ見破られるおそれがあるため、ニューランドとそっくりの人物が必要です。双子の兄弟でもいたのでしょうか。しかしニューランドの身寄りはおばひとり。ロンドンに替え玉でもいたのでしょうか。替え玉の件は荒唐無稽という理由で却下しようかとも考えましたが、彼が映画俳優だったことを思い出しました。ニューランドが映画で主演を務めたと、ニッカーソンが語っていたのを覚えていますか？　冒険活劇で、スポーツ選手版バッファロー・ビルを演じたという話を。主役が怪我をするといけないからという理由で、危険な場面でスタントを演じる替え玉役者を雇うのは珍しいことでしょうか。まさか！　映画業界では、替え玉は当たり前の慣習です。であれば、ニューランドに替え玉がいた場合、その人物は訓練を積んでいるでしょう

——歩き方、身振り手振りなど、彼になりきるためのあらゆる訓練を。あの晩、ニューランドの代わりを務めるには最適の人物です」

主席警部は一インチほど伸びた灰を灰皿に落とすと、小声でうなった。「ニューランドが死んだらしいとの一報があったとき、君の仮説は揺らがなかったのかね?」

「揺らぐですって?」ジェフリーは声を荒らげた。「そんな生やさしいもんじゃありません! ゆうに一時間は騙されていましたよ。ニューランドがシムズとロッダを殺したなら、偉大なるユークリッド先生の名にかけて、誰がニューランドを殺したというんです? 僕はまたしても思い違いをし、真犯人は、僕らがまだ出会ったこともない、謎の人物だったかと迷いました。でもその仮説は理にかなっていない! もしそうなら、ニューランドが手をかけた第一、第二の殺人が道理に合わないじゃないですか——よって、彼は死んではいないと考えました。そこで僕は、ニューランドが死んだとされる経緯を、順に追って確認しました。『川から引き上げられた遺体はニューランドと見て間違いないだろう。ニューボルトと主席警部の両方が身元を確認したのだから』と考えながら。そう、身元です! 身元が一番の決め手ですから。すると——よく考えたものです——ニューランドはロイストン・タワーズにいたとドクター・ニューボルトが証言したなら、ロイストン・タワーズにいた人物の行動はすべて、替え玉がやったことになるわけです。ならば、川から引き上げられた遺体がニ、ュ、ー、ラ、ン、ド、の替え玉だった可能性は——いや、そんな細工は可能じゃないか? 考えれば考えるほど確信は深まりました。ニューランドが殺される理由はまったくありませんが——彼の替え玉が殺されるのなら理屈は通る。ニューランドの不安を解くすべを誰よりも心得ているのが替え玉だからです。こうして僕は、ニューランドは生きていて、新たな策を巡らせているとの結論に至ったのです。もうひとつの決め手となったのが、あの封筒にあった住所です。殺されたのが替え玉ならなぜ、住所を殴り書きした封筒をポケットに残していたのでしょう。これは罠でしょうか——僕に仕組んだ罠でしょうか。もしそうなら、ニューランドの頭脳に直接対決を挑もうと考えました。なぜなら警部、一連の殺人の動機に対する疑問が払拭できなかったからです。ニューランドはどうしてこんな手の込んだ真似をしたのか。それを突き止めるため——僕は自分から罠に陥り、彼から真実を訊き出そうとしたのです」

ジェフリーはひと呼吸つくとふたたびにやりとした。「警部の寝室に駆け込んで、『億歳！　兆歳！』（『鏡の国のアリス』〔訳・山形浩生〕の『ジャバウォックの詩』より）と歓声を上げたのもそのせいです」そして立ち上がると背筋を伸ばした。「あとはあなたもご存じのとおり」

「それで君は、ウォーダー・ストリートにある俳優の所属事務所で、アラン・トンプソンの名を訊き出したのかね？」リードが尋ねた。

「はい」ジェフリーは窓辺に歩み寄ると、タバコの先を空へと向けた。「警部とフェーン・プレイスに寄る手配を整えたあと、所属事務所の人間なら、ニューランドの替え玉のことを知っているはずだと思いつきました。日曜の朝現地に赴いた僕は、五百枚ほど俳優の写真を調べました。トンプソンの名前はこうやって見つけました」

主席警部はうなずいた。くわえていた葉巻を唇から離して口髭を引っ張ると、「今回もお見事な推理だと言うしかないな」と、しわがれた声で無愛想に言った。「だが、君はやはり無鉄砲な若者であることに変わりはない。拳銃の形をしたおもちゃのシガレットケースをポケットに忍ばせ、危険を承知であの家に乗り込んでいくようではな！」

ジェフリーはいつものくせのある身振りで肩をすくめてみせた。「おっしゃるとおり、子どもじみた行動でした。でも、僕だって意外な計画を考えついたのだと、ニューランドにどうしても示したかったのです。いいですか、あいつが僕の目の前で見せた態度が何とも口惜しかった――僕のエゴは傷つけられ、粉々に砕け散ったんです！　それに、ロッダを殺すためにあいつが仕組んだ手段がわかっていたことも言いたかった」

「あんな危険な目に遭ってまで……？」

「危険なんて目じゃないです。この手の厄介な事件では、すべてが計算どおりに進むよう、用意周到に計画されているため、スコットランドヤードの権力は結果的に及ばないのが常だということも承知していました。ニューランドは僕から銃を取り上げて撃つという計画を最初から立てていたのです。彼がそのことに言及しなければ、僕はもっと怖じ気づいていたでしょう。いずれにせよ、すぐに警察へ助けを求めるべきでしたが」

「どう考えても馬鹿げた行動にしか思えん」リードはうなった。

「どのみち、あの家には突入したわけですから」ジェフリーは指摘した。「警察にとって必要な証拠を得るにはそうするしかないじゃないですか。僕がその役を買って出たのは、罠は僕に仕掛けられたものだったし、他の人間が来たら、警察に話が回っているとニューランドが気づいてしまうじゃないですか」

「それもそうだ」主席警部はジェフリーの言い分を認めた。「とにかく面倒な事件ではあったし、無事解決したことを神に感謝しようじゃないか。今回もまた、罪のない人物が犯罪者と同等の苦しみを負った。ミス・ボイコット＝スミスの遺産の行方は神のみぞ知る、だ」

「ドクター・ニューボルトはまだ彼女に伝えていないのですか？」ジェフリーは小声で尋ねた。

リードは首を左右に振った。「彼女がショックに耐えられるほど体力を回復するまで伏せておくつもりだそうだ。当面、ニューランドが長旅に出ているという話をしておけば、しばらく落ち着いていられるだろう」彼が身を預けると、座っていた回転椅子がきしむ音がした。「金が幸福をもたらすという説教をたれようとする奴がいたら、ミス・ボイコット＝スミスの遺産話をしてやるといい！」

沈黙が流れた。リードは葉巻の火を灰皿の中で消すと、机の上にあった書類に向かいはじめた。ジェフリーが少し間を置いてから口を開いた。「カーターから聞きましたが、ヴィヤルダンがウィーンで捕まったそうですね？」

リードはうなずいた。「昨夜遅くにな。当然のことだが、奴は黙秘を貫いているため、シムズが例の暗号を放送で伝えられたのかについては、ヴィヤルダンが口を割るまでわからない。何はともあれ、暗号の件は、事件がすべて解決すれば明らかになるはずだ」

ジェフリーは窓辺を離れて机の前に立った。リードはタイプ打ちされた書類を繰りながら、金属製のクリップを外したり留めたりしていた。ジェフリーは、どこか落ち着きのないリードの様子が気に掛かった。主席警部がようやく話しはじめたが、視線は下に向けたままだった。

「ああ、そういえば、ラジオのことだが」リードは無愛想に言った。「君は――いや――あくまでも私の印象だが、君はフラットにあるラジオには関心がないのかね？　ならば」リードは口髭を引っ張った。「あれだ、処分してしまおうかと思っているんだ」

ジェフリーは驚きを隠せない声で言った。「だけど、警部――ラジオはあなたのお気に入りじゃ――」

「そんなことはない！」リードは怒鳴った。そして苛立たしげに書類をさばいた。「私はいいんだ。

実を言うと——近頃、ラジオに飽き飽きしていたところだった。明日の朝になったら、あの妙ちくりんな機械を売る当てを探そうと思う」

ジェフリーは両手をポケットに突っ込んだままドアまで行くと振り返った。「それは素晴らしい、警部」彼は真面目顔で言った。「僕は大歓迎です。ただ、やり方があなたらしくない」

「じゃあ、どうすればいい？」主席警部が噛みつくように言った。

「そんなことをしたら捕まってしまうじゃないですか」ジェフリーがやり返した。「他人の所有物を売却する行為は法に反しています。それにあのラジオ受信機は、もうあなたの所有物ではありませんん」そう言うと、顔中真っ赤にしたウィリアム・リードを見て吹きだした。「実は、警部……僕があのラジオを売ってしまいました、今朝、あなたが出勤したあとにね！」

訳者あとがき

ラジオドラマと聞いて、まず思い出すのは中学生の頃、NHKラジオで聴いたディック・フランシス原作『度胸』です。広川太一郎氏演じる騎手、ロバート・フィンに憧れ、その後〈競馬シリーズ〉をむさぼるように読んだ日が昨日のことのように思い出されます。ラジオドラマは役者の声と効果音だけで繰り広げられ、聞き手の想像力はおのずと広がります。本書『闇と静謐』は、そんなラジオドラマの生放送中に起きた、想像を絶する密室殺人を軸に展開する物語です。第二長編『魔法人形』と同年（一九三七年）に発表された作品であるため、『魔法人形』の後日譚へも言及があり、ファンの心をくすぐる演出も施されています。

本書は「第一巻」、「第二巻」の二部形式を取っています。第一巻の巻頭言を飾るのは、BBCのラジオドラマ部門でプロデューサーを務め、C・S・ルイス作『ナルニア国ものがたり』七部作の第六弾『魔術師のおい』のドラマ化を手がけたランス・シーベキングの『ラジオドラマ論』です。シーベキングはテレビドラマの将来性にいち早く着目し、その後はテレビの脚本やプロデュースを主に手がけるようになります。

さて物語は一九三二年五月十五日、英国放送協会（BBC）の新社屋、ブロードキャスティング・ハウスの完成を祝し、各界の有名人を招いた記念式典に、我らがジェフリー・ブラックバーンと、スコットランドヤードのジェイミソン・リード主席警部が招待されるところから始まります。式典に続いて行われたラジオドラマ『暗闇にご用心』の生放送中、新進女優のメアリ・マーロウが突然亡くなるという大ハプニングが発生。当初は心疾患による病死との診断が下されたのですが、死因に不審な点が多いのが気になったジェフリーは他殺を疑い、独自の捜査に乗り出します。放送中のスタジオは内側から鍵が掛かっており、外部からの侵入は不可能。検視にあたったコンロイ医師のもと、新たな事実が明らかになります。その後事態は二転三転し、ジェフリーがたどり着いた真相とは……。

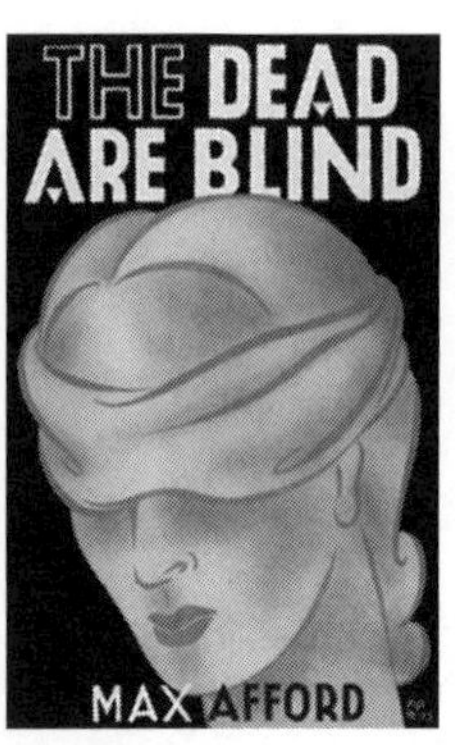

The Dead are Blind（1937,JOHN LONG,LTD）

〈A Jeffery Blackburn Mystery〉The Dead are Blind（2007,RAMBLE HOUSE）

　アフォードの作品論、作家としての位置づけについては大山誠一郎先生から解説で詳しくご紹介いただきましたので、訳者である私は、魅力あるキャラクター像を中心に語っていきたいと思います。

　まず、主人公である、数学者にして素人探偵のジェフリー・ブラックバーン。本書ではこれまで以上に八面六臂の活躍を見せてくれます。スコットランドヤードの主席監察医、ドクター・コンロイと専門用語を駆使してメアリ・マーロウの死因を推理するシーンは前半のヤマ場といえるでしょう。『魔法人形』では〈小男〉と形容される程度の扱いだったドクター・コンロイは今回、ジェフリーを医学の面でサポートします。冷徹ながらも仕事熱心で、過去の記録をさかのぼり、予想だにしなかった事実を手に入れるのです。友人とカードを楽しんでいた途中に主席警部に呼び出され、文句をたれながらもきっちりと仕事をこなす姿は、ダンディにして、スタイリッシュ。

ドクター・コンロイ同様、『魔法人形』では名前が言及する程度の登場だったコノリー刑事とジェフリーとの名コンビぶりも見物です。

また、ジェフリーの相棒としておなじみ、スコットランドヤードのジェイミソン・リード主席警部も健在です。過去二作と比べるといささか影が薄い印象がありますが、要所要所を引き締める、いぶし銀的な存在感を見せてくれます。特に開局記念式典に集まった大勢の人々の中から、白粉でしゃれ込んだ麻薬密売人、スティーニー・ロッダの姿を認め、鮮やかな身のこなしで追い出すシーンは印象的です。

そしてこのスティーニー・ロッダ、当時世間を騒がせた日本人の麻薬ディーラー、ミヤガワ・ヤスキチと一枚嚙んでいたことが明かされます。一九三〇年代のロンドンで日本人がモルヒネを売りさばいていたとは、何とも興味深い話と思い、調べてみましたところ、神戸出身の商人、ミヤガワ・ヤスキチが逮捕されたのは一九二三年十一月のことでした。「今はどんな偽名を使って悪事を働いているのかは知らんが――ミヤガワ・ヤスキチが一九三二年に麻薬密売事件で逮捕されたことは忘れてはいないはずだ」（二一九ページ）とあるのは、アフォードのちょっとした思い違いでしょうが、まあ、ご愛敬ということで。

第一巻を彩る女優陣にも触れておきましょう。まずは主演女優のオルガ・ルシンスカ。かつては映画で主役を張っていた彼女も寄る年波には勝てず、活躍の場をラジオドラマに移します。エキセントリックに不満を口にし、現場の人間をうんざりさせる（これには、とある事情があるのですが……本編でご確認を！）、いかにも大女優然としたキャラクターです。

対するマーサ・ロックウェルは庶民的な容姿のせいか、ラジオドラマで長年脇役を務めてきたベテラン女優。趣味はミステリ小説を読むこと、しかも結末を先に読み、結末に至るプロセスを楽しむのがミステリの醍醐味との持論を展開します。「犯罪推理なんて、呆れるほど古くさいわ。今はね、殺人犯の正体を明かすことより、その正体を前もって知っていて……犯人であることを証明する知恵比べを見るほうが、ずっとわくわくするじゃない。殺人犯がわかったら客観的な目を持ち、犯人が行方をくらまし、足取りを消し、いろんな手を使って警察をやり込める様子が見物できるわけ。これぞ現代犯罪の醍醐味というもの！」（五九～六〇ページ）アフォードが彼女にこう語らせたのは、本書が世に出た一九三七年から先立つこと数年間に、いわゆる倒叙ミステリが相次いで発表されたのを意識してのことではないでしょうか。一九三一年、アントニイ・バークリーが『殺意』（フランシス・アイルズ名義）を世に送り出し、一九三四年にはフリーマン・ウィルス・クロフツが『クロイドン発一二時三〇分』を、翌年にはリチャード・ハルが『伯母殺人事件』をと、いわゆる「三大倒叙ミステリ」と呼ばれる名作が生まれています。私も仕事でミステリを読むときは結末と解説を先に読んでから冒頭に戻り、途中の伏線を細かく拾っていきます。とはいえプライベートで読むときは、まっさらな頭で、心から謎解きを楽しむようにしています。

第一巻の終わりでメアリが殺されたこと、その手口が明らかになり、第二巻では、ジェフリーがさまざまな困難を乗り越えながら真犯人にたどり着くまでが描かれます。次々と見つかる新たな証拠、待ち受ける幾多の困難を乗り越え、ロンドン市内を縦横無尽に動き回るジェフリーの足として欠かせない存在が、ベントレーのロングノーズ・スポーツカーです。

ベントレーのスポーツカーは一九二〇年代イギリスの裕福な自動車愛好家の間で人気を博し、〈ベントレー・ボーイズ〉と呼ばれたファクトリーチームは、ル・マン24時間レースで五回の総合優勝を果たしました。かの白洲次郎もベントレーのスポーツカーを愛したひとりです。作家イアン・フレミングは〈ブロアー〉というモデルのオーナーとしても有名で、〈００７シリーズ〉の原作では、初期三作のボンド・カーはアストン・マーティンではなく、ベントレーのスポーツカーだったというエピソードをご存じの方も少なくはないでしょう。ビンテージカーとして今もなお大切に乗り続けているユーザーが多い車でもあります。

本作は、二〇〇七年にRAMBLE HOUSE社から出版された〈A Jeffery Blackburn Mystery〉シリーズを底本に訳出しました。なお、本作は過去二作と比較すると登場人物が非常に多く、混乱を避けるため、地の文では彼の呼称を〈ジェフリー〉に統一しました。一方リード主席警部は前二作とのイメージとバランスを取り、〈リード〉と〈主席警部〉を適宜使い分けて訳しました。また、文中でジェフリーが『芸術の一分野として見た殺人』の一説を引用する部分は『トマス・ド・クインシー著作集〈1〉』（国書刊行会・刊［鈴木聡・訳］）を、また『鏡の国のアリス』については山形浩生氏がご自身のウェブサイトで公開されている翻訳を参考にしました。

〈オーストラリアのジョン・ディクスン・カー〉と呼ばれるマックス・アフォード。彼の最高傑作と名高い作品が、約八十年の月日を経て日本に紹介される運びとなりました。ひとりでも多くのミステリ・ファンにお読みいただけることを願ってやみません。

末尾ながら、本書の解説を書かれている大山誠一郎先生より貴重なアドバイスを多々いただきました事、記して感謝いたします。

オーストラリアのクイーンズランド

大山誠一郎（ミステリ作家）

クイーンズランド州　オーストラリア連邦北東部の州。州都はブリスベン。

マックス・アフォードの邦訳も、『魔法人形』（国書刊行会）、『百年祭の殺人』（論創社）に続いて本作『闇と静謐』で三冊目となった。ファンとしてうれしい限りである。

第一作『百年祭の殺人』ではオーストラリアのメルボルンを舞台に猟奇的な連続密室殺人、第二作『魔法人形』ではイギリスの田舎を舞台にオカルティズムの雰囲気が濃厚に漂うお屋敷物を描いたアフォードだが、第三作となる本作では一転して、ロンドンのBBCラジオ局という当時の最先端の空間を舞台に、ミステリドラマ放送中に出演者が本当に殺害されるという事件を扱っている。前作との舞台と雰囲気のあまりの違いに、当時の読者はさぞかし驚いたことだろう。

私は『百年祭の殺人』の解説も書かせていただいたのだが、そこで、アフォード作品の特徴として次の二点を挙げた。

第一は、密室をしばしば扱うが、密室そのものの謎解きが主眼ではなく、密室は別の目的を果たすための手段として機能していること。この点で、ジョン・ディクスン・カーよりもクレイトン・ロースンに近い。

第二は、エラリー・クイーン（一九三〇年代なので、国名シリーズ）との共通点がいくつもあること。

『百年祭の殺人』の解説を書いた時点では、『闇と静謐』は未読だった。アフォードの最高傑作とも言われる本作を読まないまま、アフォード作品の特徴を挙げたわけで、そうした特徴がはたして本作にも見出せるのだろうかとずっと気になっていた。

結論から言うと、前記二点の特徴は、本作でもはっきりと表れている。舞台がどのように変わろうとも、アフォード印ともいうべき特徴は健在なのだ。


【警告！　以下で本作の真相に触れています。未読の方はご注意ください】


まず、第一の特徴——密室そのものの謎解きが主眼ではなく、密室は別の目的を果たすための手段として機能している——を見てみたい。

本作の第一の殺人で使われたのは、ドアの鍵穴に耳を押し当てている被害者に向けて、反対側の鍵穴からハットピンを突き出し、被害者の耳を通して脳に刺して死に至らしめるというトリックである。一見したところでは傷口がないので、心臓麻痺にしか見えないという。

もし密室そのものの謎解きが主眼ならば、このトリックを使って考えられる状況設定は、被害者以外誰もいない密室で、被害者が死因不明の死体となって発見される——というものだろう（心臓麻痺とも見まごうというのだから、たとえば、そこで過ごした者は必ず死ぬといういわくつきの部屋で被害者が死体となって発見されたが、現場は密室状態で、被害者は恐怖のあまり心臓麻痺を起こしたとしか見えない——といったベタな演出も考えられる。オカルト趣味の『魔法人形』を書いた作者だから、そういう演出も好きだったはずだ)。

だが、作者はそうしなかった。現場のドアに施錠はしたものの、被害者以外に六人もの人間をそこに存在させ、容疑者としたのだ。密室となりうる空間に容疑者を入れてしまえば、そこはもはや密室ではなくなる。密室に使えるトリックを、密室には見えないかたちで使っているのだ。

作者はなぜ、こんなことをしたのか。

抽象化してみよう。密室トリック(足跡のない殺人や視線の密室なども含む)とは、施錠されたドアや壁によって、あるいは足跡の不在や視線などによって、作中の空間を、「犯行が可能な空間」と「犯行が不可能な空間」とに分けるものである。「犯行が可能な空間」には死体以外に誰も存在させず、「犯行が不可能な空間」にのみ容疑者を存在させたものが、通常の密室殺人だ。

では、「犯行が可能な空間」に、死体とともに何人もの容疑者を存在させたらどうだろうか。「犯行が可能な空間」に何人もの容疑者がいるため、読者＝探偵の目はそちらに集中し、「犯行が不可能な空間」には向けられない。というより、「犯行が可能な空間」だけが、謎解きの舞台となる空間＝ゲーム空間だと思われる。仮に「犯行が不可能な空間」に容疑者がいたところで、読者＝探偵はその容疑者を意識しないのだ。

そうした状況を作った上で、密室トリックを解明し、「犯行が不可能な空間」でも犯行が可能だったことを明かす。このとき容疑者は、「犯行が可能な空間」にいた者から「犯行が不可能な空間」にいた者へと、ダイナミックに転換するだろう。

本作で言えば、「犯行が可能な空間」はスタジオ、「犯行が不可能な空間」はスタジオの外部である。ハットピンのトリックが解明されることで、容疑者はスタジオにいた者からスタジオの外部にいた者へと百八十度転換する。

スタジオのドアの先には廊下があり、廊下の先には道がある――道はロンドンの中心へとつながっている。ということは、だ、六人の容疑者から犯人を絞り込むのではなく、今やロンドン市民六百万人が相手だ（P178～179）

リード主席警部の言葉に象徴される容疑者のダイナミックな転換、これこそが作者の狙いだったのではないだろうか。

『百年祭の殺人』では、密室そのものの謎解きが主眼ではないといっても、少なくとも通常の密室殺人の様相は呈していた。しかし本作では、密室に使えるトリックを、密室には見えないかたちで用いている。密室は別の目的を果たすための手段という特徴はここに極まったといえよう。

＊

【警告！　以下で本作およびエラリー・クイーンの『エジプト十字架の謎』、『アメリカ銃の謎』、『チャイナ橙の謎』、『スペイン岬の謎』の真相に触れています。未読の方はご注意ください】

次に、第二の特徴――クイーンの国名シリーズとの共通点が多い――を見てみたい。

『百年祭の殺人』の解説で私は、クイーンとの共通点として、密室の扱い方、事件を検討する際のディスカッション、探偵役のキャラクター、犯人隠蔽のトリックを挙げたが、『闇と静謐』は、さらに共通点が多い。共通点と言ったが、アフォードの方があとである（第一作『百年祭の殺人』は、国名シリーズ第九作『スペイン岬の謎』刊行の翌年に出ている）ことを考えると、影響と呼ぶべきかもしれない。

『闇と静謐』に見て取れるクイーンの影響の一つ目は、やはり密室の扱い方だ。先ほどアフォードの第一の特徴として述べた、密室そのものの謎解きが主眼ではなく、密室は別の目的を果たすための手段として機能している点である。この点でジョン・ディクスン・カーよりもクレイトン・ロースンに近いと述べたが、クイーンにさらに近い。

具体的には、『チャイナ橙の謎』である。『百年祭の殺人』の解説でも『チャイナ橙』を挙げたが、『百年祭の殺人』よりも『闇と静謐』の方が『チャイナ橙』の影響は大きい。というのは、『闇と静謐』は、密室殺人に使えるトリックを、密室殺人には見えないかたちで用いているが、まったく同じことを『チャイナ橙』もしているからだ。

同作で使われるトリックは、死体を利用してドアの向こう側から施錠するというものである。このトリックを用いれば、部屋に死体が転がっているがドアは室内から施錠されており、外部からの出入りは不可能だった――という通常の密室ができるはずだ。ところが、同作の犯人は、このトリックを用いて通常とは逆のことをする。事務室にいた犯人は、待合室で被害者を殺害し、また事務室に戻る。そして、くだんのトリックを用いて、境のドアに待合室側から施錠をするのだ。事務室には待合室との境のドア以外のドアがないので、犯人の方が閉じ込められたことになる。一方で、被害者の死体は誰でも出入り可能な待合室にあるので、通常の密室殺人は成立しない。

先ほどの言葉を使えば、犯人はドアに施錠するトリックで「犯行が可能な空間」（待合室およびその外の世界）と「犯行が不可能な空間」（事務室）とを分け、「犯行が可能な空間」には死体とともに自分以外のすべての容疑者を置き、「犯行が不可能な空間」に自分を置いたのだ。トリックが解明され、「犯行が不可能な空間」でも犯行が可能だったことが明かされたとき、容疑者は「犯行が可能な空間」にいた者から「犯行が不可能な空間」にいた者へと転換する。そして、「犯行が不可能な空間」にいた者はただ一人だから、その人物が犯人だと特定される。

この「犯行が可能な空間」にいた者から「犯行が不可能な空間」にいた者への容疑者の転換は、『スペイン岬の謎』でも行われている。同作の犯行現場は、砂浜の手前にあるテラスである。テラスに通じる道は二つ、砂浜からのものと屋敷および幹線道路からのもの。そして、犯人が現場に来たとき、潮はかなり引いていたと思われた。もし犯人が海から来たのならば、砂浜には足跡が残されたはずだが、そうしたものはまったくないので、犯人は屋敷または幹線道路から来たことになる。こうして、足跡の不在により、「犯行が可能な空間」である屋敷および幹線道路の先の世界と「犯行が不可能な空間」である海とが分けられる。しかし解決において、犯人は捜査陣が考えたより早い時刻、満潮だった時刻に現場に来ていたことが明かされる。海から来ても砂浜には足跡が残らなかったのだ。これにより、「犯行が可能な空間」（屋敷および幹線道路の先の世界）にいた者から「犯行が不可能な空間」（海）にいた者へと容疑者が転換する。

「足跡の不在」に着目するとわかるように、『スペイン岬』は実は、広義の密室である足跡のない殺人として演出することもできた作品である。しかし、『チャイナ橙』と同様、密室物としての演出が避けられている（『法月綸太郎ミステリー塾　海外編　複雑な殺人芸術』（講談社）に収められた「密室――クイーンの場合」という評論で、法月氏は『チャイナ橙』と『スペイン岬』のこの構成を、「密室」の「脱‐不可能化」と呼んでいる）。

以上から、『闇と静謐』と『チャイナ橙』と『スペイン岬』とのあいだには、次のような構造的同一性が見て取れる。

密室を成立させることができるトリックで、「犯行が可能な空間」（スタジオ／待合室およびその外の世界／屋敷および幹線道路の先の世界）と「犯行が不可能な空間」（スタジオの外部／事務室／海）とを分ける。その際、「犯行が可能な空間」に何人もの容疑者を置いておく。このため、その空間においてのみ犯人捜しが行われ、そもそも「犯行が不可能な空間」には目が向けられない。そして、トリックを解明することで初めて、「犯行が不可能な空間」の存在が意識され、「犯行が可能な空間」にいた者から「犯行が不可能な空間」にいた者へと容疑者の転換が行われる。

ただし、『チャイナ橙』や『スペイン岬』では、「犯行が不可能な空間」（事務室／海）にいた者はただ一人なので、容疑者の転換によりその人物が犯人だと特定できたが、『闇と静謐』では、「犯行が不可能な空間」（スタジオの外部）にいた者はロンドン市民六百万人なので、容疑者の転換により容疑者はかえって増えてしまい、先に引用した言葉をリード主席警部が吐き捨てるように言うことになったわけだ。

つまり、『チャイナ橙』や『スペイン岬』と『闇と静謐』との違いは、「犯行が不可能な空間」にいた人数の違いである。ただ一人ならば、容疑者の転換により犯人だと特定できるが、多数ならば事件の捜査はさらに困難になる。だから、『チャイナ橙』や『スペイン岬』では容疑者の転換が解決場面でなされたのに対し、『闇と静謐』では中盤でなされたのだし、『チャイナ橙』や『スペイン岬』では容疑者の転換が犯人特定と結びついているのに対し、『闇と静謐』では物語のダイナミックな展開のために用いられているのだ。

クイーンの影響の二つ目は、大勢の人間が居合わせる場所を犯行現場に選んだことだ。第一の殺人は、開局記念式典当夜のBBCラジオ局という、大勢の招待客でごった返す場所で起きるが、これは『ローマ帽子の謎』での劇場、『フランス白粉の謎』でのデパート、『オランダ靴の謎』での病院、『アメリカ銃の謎』でのロデオといった舞台を思わせる。

ただし、違う点もある。大勢の人間が居合わせる場所を犯行現場に選んだため、クイーンの前記四作品では容疑者の数が膨大になり（エラリーいわく「容疑者が貨車に積んで捨てるほどいる」〔井上勇氏訳〕）、それをどう絞り込んでいくかが読みどころでもあった。一方、本作では施錠されたスタジオでの犯行ということで、容疑者はそこにいた六人にすぐに絞られる。

もっとも、すでに述べたように物語の中盤で容疑者はスタジオ内の六人からロンドン市民六百万人へと広がってしまうので、結局、膨大な数の容疑者という点でも共通しているともいえる。一つの都市の住民全員を容疑者とするところは、クイーンの後年の作品『九尾の猫』を思わせもする（ただし、ロンドン市民六百万人が容疑者というのはさすがに誇張だろう。犯人は、被害者がスタジオにいること、しかも「目の前に観客がいるときのように、実際に動いて演技をする」ことを知っていなければならず、それに該当する人間は限られる）。

さらに、「大勢の人間」に着目して、『アメリカ銃』との共通点を見ることもできる。『アメリカ銃』

では、犯行はロデオの最中、大勢の観客が見ているときに行われたが、『闇と静謐』では、犯行はラジオドラマの放送中、大勢の聴取者が聴いているときに行われたからだ。

こうした状況だと、大勢の人間を前にしているときに犯行を行う必然性がなければならない。『アメリカ銃』の場合、ロデオの最中に犯行が行われたのは、飯城勇三氏が『エラリー・クイーン論』（論創社）で指摘しているように、「被害者の後ろでは四十頭の馬が疾走しているわけだから、馬から落ちた死体は後続の馬の蹄で踏みにじられることになり、顔が無傷ですむはずがない」という効果を狙ったためだった（ただし実際には顔は奇跡的に無傷だった）。『闇と静謐』の場合、ラジオドラマの放送中に犯行が行われたのは、ドラマの脚本にある通りに被害者が動くので、ドアの鍵穴に耳を押し当てるというかなり特殊な行為も被害者に無理なくさせることができ、犯行に打ってつけだったからだと思われる。また、途中で否定されはするが、被害者が殺されたのが麻薬組織のリーダーへのラジオ放送を介した連絡を阻止するためだったという説では、ラジオ放送の最中に殺害するのに強い必然性がある。さらに、犯人は婚約者の死をラジオ放送で聴いたと言うが、この状況は極めてドラマチックで絵になるので、犯人がそのとき実際には現場に来ていたという可能性が思いつきにくくなる。

影響の三つ目は、名探偵が何度も間違った推理をすること。これはもちろん『ギリシャ棺の謎』である。ジェフリーは最初、スタジオ内部犯説を唱える。スタジオを立ち去った足音や車が走り去る音は、効果音を出す道具によるものという推理だが、犯人を具体的に指摘するまでは至らない。しかしこれはいくつもの点で否定され、ジェフリーはスタジオ外部犯説へと転じる。以降の推理はいずれもこれを前提とすることになる。ただし、以降の推理で最初に具体的に犯人の名を挙げたのはリード主席警部で、スティーニー・ロッダ犯人説を主張する。ロッダが被害者を殺したのは、麻薬組織のリーダーに、ロッダが裏切り者であることを告げようとしたからという説だ。ジェフリーはこれに異を唱え、真犯人がそのように思わせようとしているのだという。そして彼自身は、キャスリーン・ノウルズ犯人説を唱える。しかしこれも、ノウルズ自身によってすぐに否定されてしまう。そして最後に、アンドリュー・ニューランドが犯人だという真相にたどり着く。

『ギリシャ棺』で、大学を卒業したばかりのエラリーは自慢の鼻をへし折られ、「僕が、どんなへまを仕出かしたかを考えたとき——なんという思いあがった、手のつけられない、ひとりよがりの頓馬野郎だったか考えたとき……」［井上勇氏訳］と言うが、ジェフリーも、「今回の事件は僕にとって『語られなかったワーテルローの戦い』になるのだろうか——ジェフリー・ブラックバーン、失意と屈辱をもって撤退し、今後引き合いに出されるたびに誇りを傷つけられ、恥じ入ってすごすごと逃げるような事件になってしまうのだろうか」（P272）とうめくほど悩む。

ただし、違いもある。『ギリシャ棺』の犯人は、偽の手がかりをいくつも用意し、エラリーに何度も誤った推理をさせようとする超人的な犯人だが、本作の犯人はそのような超人ではない。本作の犯人が仕組んだのはロッダ犯人説ぐらいで、ノウルズ犯人説などはジェフリーが勝手に思いついたものだ。このことは推理にも関係しており、『ギリシャ棺』では新しい推理は前の推理を取り込んだもの（前の推理が否定されると、そのような推理をさせるべく置かれた偽の手がかりが、今度は犯人を示す手がかりとなる）だが、本作ではそれぞれの推理は単発的である。

名探偵が推理をしては否定されるという趣向の場合、あとの推理になるほど出来がよくなるもので、『ギリシャ棺』でも、解決の一つ前の推理は、人によっては解決よりもよく出来ていると思うほどだが、『闇と静謐』でも、解決の一つ前の推理——ノウルズ犯人説は非常によく出来ている。「それまで名前しか出てこなかった人物に会ったとたん、犯人だと指摘する」というトリッキーな趣向で、私は真相よりむしろこちらの方が好みである。

影響の四つ目は、犯人の隠し方だ。いわゆる顔のない死体トリックが用いられているが、これは『エジプト十字架の謎』と『アメリカ銃の謎』を思わせる。映画のスタントマンを用いているところは『アメリカ銃』に近い。うまいのは、スタントマンが顔のない死体トリックのみに用いられるのではなく、第一の殺人でアリバイ工作のための替え玉としても用いられる——というよりむしろ、犯人の当初の計画ではそちらが主眼であり、顔のない死体トリックは、スタントマンを殺してしまったあとで捻り出したものである点だ。初めから顔のない死体トリックを行うつもりではなかったのだ。『アメリカ銃』を意識しつつも違いを出そうとする作者の姿勢がうかがわれて面白い。

ちなみに、クイーンは、『エジプト十字架』や『アメリカ銃』とほぼ同時期に書かれた別の作品でも顔のない死体トリックを用い、さらに別の作品ではこのトリックをにおわせる記述をするなど、初期ではこのトリックを多用していたが、アフォードにも同じ傾向が認められ、そんなところまでクイーンに似ている。

影響の五つ目は、探偵役のキャラクター。ジェフリーのような衒学趣味の名探偵は黄金時代の本格ミステリにはよく出てくるが、ワトソン役たるリード主席警部とは父と子ほどの年齢差があり、ジェフリーはリードに対し敬語を用い、リードはジェフリーの衒学趣味を嘆く——という点から、二人の関係はエラリーとリチャード警視を思わせる（ただし、ジューナ少年に該当する存在は出てこない）。国名シリーズ当時のエラリーをもう少し生意気でなくするとジェフリーに、リチャード警視を大柄にしてタフにするとリード主席警部になるかもしれない。

国名シリーズの影響をうかがわせる点はまだある。本作では麻薬組織が重要な役割を果たすが、これは『フランス白粉』を思わせる。『フランス白粉』では麻薬組織がデパートの書籍部の本を介して連絡を取っていたが、本作では第一の殺人の被害者が、ラジオ放送を介して裏切り者の名前を麻薬組織のリーダーに伝えようとする。

冒頭でリード主席警部がガソリンの主成分であるテトラエチル鉛を毒物として使用する手口について言及するが、これはまさに『ローマ帽子』で使われたものだ。ちなみに、この毒薬談義にもミステリ的な意味はちゃんとあって、真相でアガサ・ボイコット＝スミスに毒が盛られていたと明かされたとき唐突な印象を与えないように、毒の話題を早くから振っておく役割を果たしている（毒を盛られる老婦人にアガサという名前を与えたのは、毒薬ミステリを数多く書いたアガサ・クリスティへのオマージュだろうか？）。

また、映画フィルムが証拠の一つとなるところは『アメリカ銃』を思わせる。『アメリカ銃』では、エラリーは、ロデオの一部始終を撮ったニュース映画フィルムから、犯人特定のロジックを導く手がかりや補強する手がかりをいくつも見つけ出す。『闇と静謐』では、ジェフリーは、『原野に死す』という教育映画フィルムから、最初はキャスリーン・ノウルズ犯人説を、最終的には真相の一部（犯人は叔母にアルカロイド毒の一種であるソラニンを盛っていた）を引き出すのだ。

ただ、国名シリーズの最大の特徴の一つである長大で綿密なロジックは、本作では見られない。第二の殺人の手口から犯人には確固たるアリバイがあるはずという推理と、腕時計を巡る証言の矛盾から替え玉の存在を導き出す推理からなるシンプルなものだ。多重解決を取り入れた分、個々の推理は『百年祭の殺人』よりも分量が減ったようで、そこが少し物足りなくもある。

もっぱらクイーンの国名シリーズと対比して論じてきたが、ここで別の作品を持ち出したい。ヴァル・ギールグッドとホルト・マーヴェルの合作長編『放送中の死』（原書房）である。この作品もBBCのスタジオでラジオドラマを放送中、殺人の場面で出演者が本当に殺害されるという事件を描いており、しかも刊行は一九三四年で『闇と静謐』のわずか三年前だから、アフォードが本作執筆時に『放送中の死』を意識していた可能性は非常に高い。アフォードは一九三六年からABC（オーストラリア放送協会）の脚本家兼プロデューサーで、ラジオ局の内情を知っているという点では同様だったから、『放送中の死』を読んで挑戦意欲をかき立てられたのかもしれない。

『放送中の死』と読み比べてみると、『闇と静謐』のストーリー展開について納得できる箇所がある。先ほど述べたように、『闇と静謐』では、「犯行が可能な空間」（スタジオ）にいた者から「犯行が不可能な空間」（スタジオの外部）にいた者へと容疑者を転換しているが、この転換を、『チャイナ橙』や『スペイン岬』のように解決場面で行うのではなく、中盤で行っている。その理由としては、読者を引き付けるダイナミックな展開を中盤で行いたかったからとも考えられるが、『放送中の死』と違う展開にしたかったという理由もあるのではないか。というのも、『放送中の死』は終始、容疑者を事件当時スタジオ近辺にいた者に限定しているからだ。同じくBBCを舞台にするのならば、展開を変えようとアフォードが思ったとしても不思議ではない。『放送中の死』をすでに読んでいた読者は、『闇と静謐』の中盤で、容疑者がBBCの外に飛び出したので茫然としたのではないだろうか。

『放送中の死』では、被害者は、ドラマで殺される演技をした俳優だったのに対し、『闇と静謐』ではそうではないというのも、意図的に違えた点だと思われる。そのことを強調するように、ジェフリーは、殺される演技をするオルガ・ルシンスカが被害者にならなかったことを何度も不思議がってみせる。

さらに、『放送中の死』のネタばらしになるので詳しくは言えないが、『闇と静謐』は『放送中の死』の真相そのものをミスディレクションにしようとした節があり、同作を読んだ人ならにやりとすることだろう。

さまざまなたくらみに満ちた本作を読むと、アフォードの作品をもっと読みたくなる。森英俊氏の『世界ミステリ作家事典〔本格派篇〕』(国書刊行会)によると、ジェフリー・ブラックバーンものの長編はもう二編、"Fly by Night"と"The Sheep and the Wolves"があるとのこと。後者は残念ながら芳しくない出来栄えだが、前者の方はジェフリーが〈ふくろう〉と名乗る神出鬼没の怪盗(!)を相手にする話で、〈ふくろう〉の正体も意外だという。アフォードファンの一人として、この作品も訳されることを強く願いたい。

〔訳者〕
安達眞弓（あだち・まゆみ）
宮城県生まれ。訳書にエリザベス・デイリー『閉ざされた庭で』（論創社）、ブルース・シュナイアー『暗号技術大全』（ソフトバンククリエイティブ、監修：山形浩生、共訳）、スティーブン・ロビー『ジミ・ヘンドリクスかく語りき』（スペースシャワーネットワーク）、ジェフ・バーガー『都会で聖者になるのはたいへんだ　ブルース・スプリングスティーンインタビュー集 1973 ～ 2012』（スペースシャワーネットワーク）など。マルタの鷹協会会員。

闇（やみ）と静謐（せいひつ）
——論創海外ミステリ　172

2016 年 5 月 25 日　　初版第 1 刷印刷
2016 年 5 月 30 日　　初版第 1 刷発行

著　者　マックス・アフォード
訳　者　安達眞弓
装　画　佐久間真人
装　丁　宗利淳一
発行所　論　創　社
〒 101 - 0051　東京都千代田区神田神保町 2 - 23　北井ビル
電話　03 - 3264 - 5254　振替口座　00160 - 1 - 155266

印刷・製本　中央精版印刷
組版　フレックスアート

ISBN978 - 4 - 8460 - 1524 - 4